· 河 南 省 作 家 协 会 重 点 作 品 扶 持 项 目 ·

巨翅白鸟

青 年 作 家 文 丛

维 摩 著

河南文艺出版社

· 郑州 ·

图书在版编目（CIP）数据

巨翅白鸟/维摩著. —郑州：河南文艺出版社，2020.6（2021.1 重印）

（青年作家文丛）

ISBN 978-7-5559-0610-0

Ⅰ.①巨…　Ⅱ.①维…　Ⅲ.①短篇小说-小说集-中国-当代　Ⅳ.①I247.7

中国版本图书馆 CIP 数据核字（2020）第 069052 号

策　　划	李　勇
责任编辑	郭　阳
书籍设计	小　花
责任校对	丁　香
丛书统筹	李勇军

出版发行　河南文艺出版社
本社地址　郑州市郑东新区祥盛街 27 号 C 座 5 楼
邮政编码　450018
承印单位　河南新华印刷集团有限公司
经销单位　新华书店
纸张规格　890 毫米×1240 毫米　1/32
印　　张　8.375
字　　数　170 000
版　　次　2020 年 6 月第 1 版
印　　次　2021 年 1 月第 2 次印刷
定　　价　35.00 元

编委会

目　　录

空瞳

　　唐素素终于如愿以偿，当上了瞎子。

　　老唐头闻讯后连声说好，这孩子成了，我就是明天咽了气，也能放心走了。他老伴儿听得直翻白眼，恨不得聚集肚子里所有的口水啐他一脸，可无奈人已衰老，满口牙齿皆非原装，嘴唇边上肌肉松弛、皱纹横生，失去了啐人的力气。她憋了半天，憋出来几声干咳，咳完以后望了望坐在窗口失魂落魄的素素，摇摇头，拎起篮子，晃晃悠悠地出门买菜去了。

　　老太太下楼时跟年轻人打了个擦身，年轻人走出几步又回过头来，问："你是素素的妈妈吧？"老太太听到这一口软绵绵的普通话，禁不住浑身筛起了鸡皮疙瘩。楼梯狭窄，光线昏暗，声音稍大些就簌簌掉灰，年轻人拍拍头上的灰尘，期待着老太太肯定的答复。老太太仰视了一下，猜测是素素常常挂在嘴上的那个同学周成，可她实在看不清他的相貌。按说这样的楼道里是需要明灯的，可没人改造线路，电费还需要几户分摊，为了省下那仨核桃俩枣的费用，白天就只好关了电源。邻居们靠多年形成的阶梯感也能应付自如，只是遇上陌生人，就要费些猜疑。老太太想通了心里也就有了数，看来中午一定是要加俩好菜了。她说，你去吧，素素在家。

周成答应了一声，迅捷的脚步声再次响起。

周成进门时素素正跟老唐头有一搭没一搭地下着盲棋，周成蹑手蹑脚地放轻了步子，把手上的水果饮料轻轻堆在桌子上，正要找凳子坐下，素素却拍了拍床边，说你来这儿坐吧。

周成一下子僵住了，屁股悬在空中，不知道该落还是不该落。

老唐头咧嘴一乐，说愣着干吗？

周成受宠若惊，三步并作两步走过来坐在床边，问她手术时间定了没。

素素说定了，你放心吧。

周成说，宋明给我打电话，问你的情况，我如实说了。

素素说，其实当瞎子挺好，吃喝拉撒都有人伺候。

周成听得一头雾水，不知如何接话。老唐头把话头抢过去，说，当一回过过瘾就行了，别死皮赖脸地折腾人。素素撒娇说，爸，这才几天，你就烦我了。老唐头说没错，赶紧嫁了人我省心。

老唐头这皮糙肉厚的话落在周成耳朵里，却像是飘飘仙乐般让人陶醉。他急于想说点什么，又不知从何说起。正犹像不定，唐素素又开了口，中午别走了，就在这里吃饭吧，陪我爸喝两杯。

周成的"好"字还未出口，老唐头就撅着屁股钻进床下，摸出一瓶酒来。

这事儿说来话长。

老唐头已经得了俩小子，到了年近半百，老蚌生珠，忽又得了素素。俩儿子虽然已自立门户，听了这消息也窘得不行，老唐头却我行我素，招摇过市，喜不自胜。那时候计划生育风声正紧，他就把素素送到乡下二弟家养着。乡下也查得严，就转移到山里的亲戚家，隔三岔五的，他就和老伴儿带些油粮肉蛋进山去探望，临走留些现金，嘱咐几句。这样颠沛流离了好几年，直到该上学的年龄，唐素素才被接回自己家里，一口山里的蛮音，用了小半年才改过来。老街坊们见了，都冲老唐头挑大拇指，夸他腰身壮、胆气豪，老枪也能立新功。老唐头听了，哈哈笑着，说谁让咱家地肥呢，随便撒把种儿就能长成庄稼。老街坊们哄地笑开了，说笑完老唐头就邀请几个老哥儿们去家里喝酒。每到此时，老伴儿脸上总会掠过一丝尴尬。这也难怪，女人嘛，哪怕活到一百岁还是女人，面对这种事情，不可能像男人那么豁达。

唐素素自小机灵，心思细密，很讨老唐头喜欢。只有一点让老唐头不太满意，就是她那双眼睛大了些，不像是唐家的人。笑的时候还好，眯起来如同横卧的弯月，玲珑可人；可一旦哭起来，就如同搅动了两池深邃的湖水，寒鸦惊散，芦苇横斜，波光缭乱，看上去让人心疼得很。仅仅是眼睛不如意也就罢了，谁料这丫头的脾气也随了眼神，看见什么就要什么，拂了她的意，非得大闹一场不可。还在怀里那会儿，老唐头夫妇进山里看她，她伸手让抱，老唐头刚接过来，她就把老唐头衬衣兜里的钢笔扯了出去。那支笔是老唐头当青工时的初恋女友送的。几十年来，连老伴儿都不敢轻易去碰，哪知这孩子捏在手里，张嘴就咬。众所周知，所谓钢笔，只有笔尖是钢制的，其他部位基本都是塑料件，经不起这么折腾。老唐头当下发了急，丢下孩子去争，孩子死死捏着分毫不让。老唐头手上用了点力，眼看钢笔就要到手，素素却把手一松，哇一下放声大哭。老伴儿把老唐头朝后一推，连忙抱起素素哄了起来，谁知她越哄素素闹得越凶。老唐头躲在墙根儿眼睁睁瞅着，只听得素素哭声越来越长，吸气越来越短，瘦弱的胸脯鼓起来又塌下去，塌下去再鼓起来，每一次似乎都用尽了全身的力气，到后来竟然一声长嘶，哭得背过气去。老唐头傻了眼，老伴儿吓得给素素摩胸捶背掐人中，过了好一阵儿，孩子嘤咛一声，总算醒了过来。饶是如此，还继续趴在娘怀里抽抽搭搭，一副余怒未消的样子。老唐头实在没了辙，只好把钢笔恭恭敬敬地递到素素手里，素素这才破涕为笑，开始为所欲为。老唐头也想开啦，啥玩意儿也没孩子重要，想开了自然心平气和。他看着素素把那"初恋"拆得七零八碎，咧着浸满蓝墨水的小嘴哈哈大笑，自己也呵呵笑了起来。

老唐头说这孩子眼大不聚光，看不长远，话音落地没多久，唐素素就近视了。唐素素近视是因为看棋谱熬的。她刚懂事那会儿，老唐头宠着她，说我得把自己这一身本事都教给素素。老伴儿哧一声说，什么本事，不就是巴掌大的地盘上争胜负吗？老唐头说你别小看这巴掌大的地盘，里面藏着千军万马呢。老伴儿说你别夸你那千军万马，这么多年也就挣了几把搪瓷茶缸。这话一点儿不假，那几把搪瓷茶缸还是簇新的，宝贝样摆在唐家的搪瓷茶盘里，这样的用具早就被远远抛在了时代后面，陈设的意味远大于实用价值。老唐头敝帚自珍，老伴儿也心有灵犀地每天擦拭，就像伺候祖上传下来的宝贝，要是哪个冒失鬼动了这些印着鲜红"奖"字的搪瓷茶缸，定会招来老唐头一顿数落。唐家的两个儿子小时候因此没少挨训，长大后就赌气没接老唐头的衣钵，幸好有了素素。刚从山里接回来那两天，素素晚上哭闹，老伴儿怎么哄都哄不住，老唐头从棋篓里摸出几枚棋子，往她手里一塞，素素马上就咂咂嘴安然入睡了。老唐头得意地说，你看咋样，我闺女天生就有这慧根。老伴儿不耐烦地打断他，说拉倒吧，她心尖儿热，棋子凉，安神，赶紧睡觉去。话虽这样说，老唐头教素素下棋，老伴儿却从来没拦过，这也算变相支持。有一回老伴儿去儿子家，嘱咐他照顾自个儿和素素。老唐头满口答应，谁知下午他被几个老哥儿们拐走，忘记了接素素放学，喝酒喝到深夜才回去。家里亮着灯，素素一个人坐在棋盘边打谱，瘦小的身影沉浸在黑白世界的攻防两端，昏黄的灯光为她镀上了浅浅的金边，如同少年时油灯下的自己。许是酒精上头的缘故，老唐头看到此景竟然眼圈发酸，连忙把手里的烧饼给她递了过去。唐素素边啃边看，等老唐头煎了鸡蛋从厨房出来，她竟然握着没啃完的烧饼在沙发上睡着了。从那以后，老唐头就把那几把搪瓷茶缸一股脑儿都给了素素。她拿它们喝茶、泡面、煮鸡蛋，想怎么用就怎么用，就连磕碰掉瓷老唐头也从不心疼。

　　那时国营大厂效益滑坡，如同断了钢缆的电梯样飞速下跌，电梯外灯红酒绿电梯内人心惶惶。先是减员增效，下岗工人一批接一批，效益却始终没能增上去。接下来破产兼并，最后连地皮都卖了，只剩下几十栋苏式居民楼。因为拆迁补偿问题谈不拢，木木呆呆地杵在那里，与周围的一派繁华格格不入。厂子办的中小学，教学质量直线下降，有点能耐的都调到了别的学校。唐素素本来学习成绩就是中游，中考时不出意外地落在了重点线外面。摆在眼前的就两条路：上普通高中，混个毕业证，考大学肯定是没谱的事儿了；上厂技校，学一门手艺，在大厂云集的九都也能混碗饭吃，只是这碗饭过于辛苦，后半生多半在社会底层苦苦挣扎。老太太原本是一副风轻云淡、随遇而安的样子，人嘛，怎么过都是一辈子，她和老唐头都是工人，平平淡淡的不也这样过来了？老唐头却不这样想，今时不同往日，过去大厂红火，生老病死、上学就业都给你一手包办，只要够资格，涨工资、分房子也有的是机会，可现在市场经济商品社会了，什么都讲究效率，旧机床一样的厂子运转不动，眼睁睁看着都垮掉了，皮之不存，毛将焉附？更何况"国营"俩字早已绝迹多年，如同老唐头那几把搪瓷茶缸一样成了文物。工厂里机器跟人抢岗位，抢得工资都发不全，挣一分钱要掰两半花，过去的那些福利想都不敢再想。唐素素还小，改变命运只能靠上大学拿文凭一条路，要是这时候松了劲儿，将来就很难摆脱困境了。

听了这话，唐素素也着了急。

周末，老唐头把俩儿子叫到家里，拿出了珍藏多年的九都大曲。据说连这家当年红遍全省的酒厂也早就破产重组过了，这一批产品是当年质量最好的，获过省里的大奖，比现在的产品要醇厚许多。前几天老唐头刚在老哥儿们家喝过，只一杯，便满口生津，齿颊留香。他立刻想起来自己家里似乎还有一瓶存货，原本想邀请老哥儿们过年时再细吹细打地品鉴一回，此刻也顾及不了那么多啦。老唐头鬼鬼祟祟地把酒从床底下摸出来的时候，外层裹着的油纸已经发黄变脆，纸屑与灰尘扑簌簌掉落一地。素素眼尖，连忙跟在后面把磨得发亮的水泥地板打扫干净。老伴儿一大早就在厨房里忙活，平日里难得一见的鸡鸭鱼肉满满当当地摆在窗前的圆桌上，倒挤得人有些局促了。头顶的吊扇已老迈，身影迟缓，嗓音嘶哑，还在竭力为小屋引来清风。酒过三巡，老大就开始满嘴跑火车。老大媳妇听得抬不起头来，一边吮着空空的筷子，一边唉声叹气。老大说，爸，你这也太跟不上形势了，过两天我给你买台空调，改善改善生活条件。老唐头说行，就冲你这孝心，咱爷儿俩走一个。老大端起杯，和老唐头一饮而尽。老大得了头功，老二自然也不能无动于衷，老二媳妇伸手没拉住他，他站起身就给老唐头面前的酒杯斟满了。他说，爸，咱家这黑白电视也超期服役啦，赶明儿我给你换个彩色的。老唐头听得眉飞色舞，眼前平坦宽阔的金光大道晃得他眼花，他刺溜一下把杯子咂得涓滴不遗，摆摆手说，你妈和我用不着空调电视机，还是折现吧。

老大和老二面面相觑，不明就里。老二媳妇原本正与一根油汪汪的鸡爪子进行殊死搏斗，此刻战斗戛然而止，鸡爪子失去了反抗目标，捏着兰花指直撅撅杵在她嘴里。嘴里的口水之前已经汪洋恣肆，此刻没有来得及收束干净，顺着油汪汪的兰花指滴落下来，敲得桌子微微颤抖。这颤抖让老大媳妇如梦方醒，她连忙抽了几张纸巾递过去，然后目光在众人的脸上环顾了一周，小声问道，家里出啥事儿了？

老唐头从盘子里揪出另一根鸡爪子，递到老大媳妇的碗里，然后自顾自地斟上酒说，你妹要上学，借读费少不了啊。

嘶哑的蝉声从绿色的纱窗外长驱而入，把整间屋子推进沉默的深渊，头上的吊扇还在无休无止地旋转，就像奔忙的人生永远离不开原点，到头来大多数努力却只是绕着原点徒劳。唐素素霍地站起身给两个哥哥添上酒，又把酒杯恭恭敬敬地端起来递到两人手里，然后后退一步鞠了个躬，脆生生地说了一句，谢谢大哥二哥。

这一下有点措手不及，实话讲，老唐头真没有安排这样的节目，可临到了事儿头上，唐素素总觉得自己应该表示一下，她还是学生，能做的只有这个。可她并不明白，有时候发自内心的举动，在别人眼里却显得无比矫情。

她大哥和二哥万万没想到，回家吃饭还能遇上这么好的文艺演出，还能抖出这么精彩的包袱。两人实在不甘心喝这杯酒，可当着老唐头的面，也不好再把酒杯放回桌上去，就这样尴尬地端着，一时没了主意。唐素素看在眼里，自然明白两位哥哥的意思，这么炎热的天气里，被一支冰冷的羽箭洞穿算不上什么好事儿。她克制着胸腔里的滚滚浪涛，冷冷说了句，遇见乞丐还给一块钱呢，就不愿意帮帮自己的一奶同胞？

素素，你啥时候吃过咱妈的奶？

闭嘴。老太太把筷子往桌上啪地重重一放，说，素素，去把厨房那盆鸡蛋汤端来，让他们喝了赶紧滚蛋。

事情就这样过去了。酒桌上的话还不如夏天里的一阵雨，雨过去以后还能湿湿地皮，留点儿凉风，话说完就无影无踪了，既看不见，也抓不着。空调和彩电自然没有送来，折现更是不可能。离开学又近了，唐素素偷偷哭了几回，眼睛就渐渐肿了起来。原本就很大的近视眼此时变得更加空洞，架上眼镜以后老气横秋，全然没了少年蓬勃的样子。老唐头传给她的棋谱都整整齐齐摞在桌上，再也没有翻过。那天素素执黑先行，开局占尽主动，谁知随后昏着儿迭出，未到中盘，素素就投子认了输。老唐头鼻孔里重重哼了一声，把棋盘一推，扭屁股出了门。

中午老唐头没回来，素素担心老头想不开，暗自责怪自己，要是早上下棋用点心，也不至于惹老头生气。此刻已经过了饭点，谁知道他有没有挨饿，素素说我得出去找找。老太太拦住她说，你爸有他的事儿，你在家等着。

素素就收拢了心思，捧着棋谱坐在棋盘边等着。楼顶上明晃晃的太阳收束了火焰，往街对面密密匝匝树林样的高楼后一落，蝉声喑的就长了，绿色的纱窗里又有了风。老太太的身影在两三平方米的小厨房忙碌不休，炸花生、拍黄瓜、煎带鱼、拌豆腐，又把酒盅摆上，然后对素素说，坐这儿等。素素站起来，还没走到桌子边上，蓝布绳边的竹门帘一闪，老唐头就进屋了。老太太撩起围裙擦擦手，问，妥了？

妥了。

唐素素还小，那顿饭吃得糊涂。老唐头却是真真喝醉了，晚上呼噜声起得老高，弄得街坊四邻都没睡好。早上在院门口买油条的时候，街坊们都打趣他，晚上没少锄地吧？

老唐头嘿嘿一笑说，老了，锄不动了。

没锄？没锄你打呼噜那么使劲。

是睡觉姿势没摆好。

那可得赶紧改啊，打呼噜也要讲文明。

下不为例，下不为例。

开学后，老唐头就把素素送到了市重点九都三中。三中离家不远，可还得住校，又是一笔不大不小的费用。老唐头说你不用操心，已经给你预备下了。素素这时才回过味儿来，埋怨他不应该去求两位哥哥，既然他们绝情，您也没必要用热脸去贴冷屁股，这么大岁数了看人脸色，该有多难。老唐头摆摆手说，你爸老了，脸面不值钱，你将来能考个大学，分配个好工作，比什么都强。

唐素素不是读书那块料，三年下来，仅仅考了个九都师专。倒是下棋没有耽搁，拿到大学录取通知书那年，她一路考到了业余5段，大学时又进了一级，算起来也相当于省冠军水平。老唐头心里五味杂陈，喜的是素素下棋上终于有些模样了，忧的是大专文凭已经在社会上失去了竞争力，三年后还得为就业犯愁。唐素素心明眼亮，知道老头操心的是什么事儿，本打算刻苦用功，毕业后升本考研，谁知事与愿违，十几年寒窗苦读下来，只得了一张大专毕业证，万千辛苦全都打了水漂。唐素素又跟六年前一样在棋盘边失魂落魄，只是这次少女长成了大姑娘，光阴已经一去不回头了。

那天没下棋，老唐头只是闷闷地与她对坐了一会儿，扭着屁股出了门。

和上次一样，老唐头中午没有回家，老太太晚上照例做了四样菜，把酒摆上，等着他。落日西斜，楼宇森林里灯火渐起，老唐头踏着夜色与蝉声进了门，身上还带着未散尽的暑气，老太太问，妥了？

妥了。

终究还是吃了这碗饭，老唐头补充说。唐素素不明就里，两只毛茸茸的大眼睛扑闪着望着他。老唐头一口气喝掉了三杯酒，小屋里立刻酒香萦绕。素素还要给他满上，他摇摇手止住她说，爸岁数大了，只能喝这么多。

素素想起多年前街坊们与老唐头在油条摊子前的那番对话，不禁双颊如火。

老唐头说，市棋院缺人手，你先去帮忙，将来有机会入了编，也能抱一个事业单位的铁饭碗。

素素不作声。

吊扇吱吱呀呀转着，邻居家空调的滴水声连绵不绝，从纱窗外清晰地渗透进来，似乎也携带了更多的溽热。夏天的温度与城市的繁华成正比，这些年连耐热的老人们都有些不堪忍受了。老唐头摇动蒲扇，嘴里费力地嚼着花生米。他的一半牙齿已经不堪重负，这样脆硬的食物只能用舌尖搬运到另一边细细研磨，这样的动作使得嘴角渗出一丝白沫，他边吃边用毛巾擦拭着。

素素说，爸，你有事儿瞒着我。

声音不大，却叮当一下敲在老唐头心上，如同锤头敲打一颗钉子，精准有力。老头儿抬眼望了望老太太，老太太也正在望他。两下相望，一脸茫然。

素素又说，爸，你有事儿瞒着我。

老唐头说，你都知道啦？

素素点点头。

老唐头说，是老大还是老二？

素素说，是二哥。

老唐头说，什么时候的事？

素素说，就前几天，我想问问当初上学借了他多少钱，他说我上学哪里用咱家出钱。我再问，他就不肯多说了。

老唐头叹了口气。这口气太深，太用力，以至于从胸腔里涌出来后，整个人就塌下去半截子。他用毛巾擦嘴的时候，纱窗外突如其来的夜风撞进了怀里，就如同二十年前的那个晚上，他一个人在车间值班时，李工慌慌张张推门进来时一样。

当时李工已经是年轻的技术科科长，可他还自认是老唐头的徒弟。毕业分配来的头三个月，他在这里人生地不熟，不仅上班跟着老唐头在车间熟悉工作，就连三餐都在老唐头家吃。有时喝醉了，就在老唐头家打地铺。可李工毕竟是李工，名牌大学毕业，前程远大，在车间锻炼没多久，就一路提拔，炙手可热。据说他跟干休所里某位高干的小女儿正在谈恋爱，婚期定在秋天。

车间值班其实就是防盗，除此之外没有什么活儿可干，老唐头刚把收音机关掉，李工就进来了。李工推开门时手里抱着一个包裹，虽然夜风习习，他的额头依然溪流不断，白的确良衬衣被汗水浸透，紧紧贴在脊梁上，贴身的白背心清晰可见，他说师傅，我拾了个孩子。老唐头丢下手里的茶缸，接过来一看，孩子瘦得如火柴样，正沉沉睡着，头发湿漉漉的像是新生不久。老唐头说，在哪儿拾的？李工说在厂门口的花坛里，那儿没灯，人影也稀。老唐头说，没人你去那儿干啥？李工一下子就噎住了，眼神闪闪烁烁。老唐头说，你跟我说实话。李工扑通一声跪在水泥地板上，声音就像卸车时把木料扔在地上一样。他说，师傅，这孩子我不能要，你救救她。老唐头缓缓退回藤条椅子里，垂着头犹豫不决。李工说，师傅，要是让别人知道了，她娘和我就都完了。老唐头说，作孽呀，作孽。李工直撅撅跪在灯影里，如同断了电的机床，额头的小溪静悄悄地倾泻在地板上。就在老唐头说到第三个"作孽"的时候，孩子哇一声哭了。

李工立刻从地上弹跳起来，拙手笨脚地解下挎包，掏出奶粉和奶瓶，拎了热水就往里浇。老唐头拦住他，泼掉茶缸里的茶叶渣滓，洗净了，把热水倒在里面晾上，摆摆手对李工说，你走吧。李工没说话，冲老唐头"嘭嘭嘭"磕了三个响头，起身退了出去。

老唐头试了水温，调好奶粉，把橡胶奶头塞进孩子嘴里，细如蚊蚋的哭声才渐渐止住。孩子吃饱后再次沉入睡梦，老唐头这才发现李工的挎包还放在桌上，显然是他故意留下的，里面有两包奶粉、五百块钱。

秋天，李工已经升为副厂长。婚礼时，老唐头两口子都没去，街坊们问起来，老唐头推说得了感冒不愿意出门，其实老太太明白，他是想让李工放心。时光一晃眼就跑出去老远，李工早就从厂里调到市里，距离远了，日子就更平淡了。

素素说，他还认我这个闺女？

老唐头没说话。

素素又说，管生不管养，还算人不？

老唐头用筷子夹了一粒花生，扔在嘴里。

素素说，我今晚要到同学家住。

老唐头一语不发，眉头紧锁，像是把全身的力气都聚集在了腮帮子上，他努力用牙根磨着花生，嘴边渐渐渗出白沫，他扯过毛巾擦着，眼睛却盯着桌上的饭菜。唐素素站起身一阵忙碌，背起包走进了夜色里。

唐素素再次回家已经是三天以后，回来后往床上一倒，空洞的大眼睛盯着屋顶呆呆出神。老太太在厨房里下了碗汤面条，切了一把葱花，煎了两个荷包蛋，倒了一大勺小磨香油，她端过来就着泪水吃了，投在老太太怀里大哭了一场。晚上，老唐头从外面散步回来，素素已经收拾起了情绪，静静在棋盘前等着他，她说，爸，下棋吧。

那局棋老唐头被撵得透不过气来，素素一上手就布局高位，咄咄逼人，老唐头稳扎稳打巩固边角，妄图侵入中腹，谁知素素在左下角强行打入，彻底掏走实空。行至中盘老唐头就暗自盘算要输掉三四目，与其如此不如全力搏杀。素素冷静应对，不仅守住了自己的大龙，而且收官时打劫成功，大胜白棋七目半。

夏天的晨光总是来得突然，素素望望窗外，树影和楼房的轮廓清晰可辨，炸油条和卖豆腐脑的摊子已经开始忙碌。她回过头来看着老唐头说，这是我学棋以来，下得最好的一局。

老唐头用三根指头捻着发青的棋子，大拇指在圆头上摩挲了一圈又一圈，终是把它丢进了藤条编的棋盒里，然后扶着腰站起来，连声叹气，爸老了，老了。

九都市不乏围棋人才，可优秀的大都已被选拔走，或是去了大城市。这与九都的经济实力密切相关，浅水池终究是养不住蛟龙的，能留在这里的多半是些高不成低不就的业余棋手。在九都棋院，大家的段位跟唐素素差不多，都是业5或者业6，以素素最为年轻，无论棋力还是精力，都在人生的巅峰时期。有人说素素加把劲，也许能晋级职业段位，老唐头听了，摇摇头说，超龄啦，能在九都混碗饭吃，已经是运气。

唐素素还真参加过职业围棋定段赛。那年她大一，本打算在学业上多下些功夫，将来依靠文凭立业成家，谁知遇上了宋明。宋明是外系的，认识宋明多亏周成。唐素素到班里第一天，就有男生走过来问她，说你是不是唐素素。素素一愣，说你认识我？男生说我叫周成，少年宫学棋那会儿你赢过我。

唐素素立刻想起来那个输完棋哭鼻子的男生。

那时候九都城里学棋的地方不多，少年宫是最有名的了，很多孩子都是在那里受的启蒙。有一次少年宫组织比赛，周教练给老唐头打了电话，说你家姑娘学棋也有些年头了，来我这里和孩子们过过手呗，赢了还有奖品。老唐头说奖不奖的倒无所谓，抢了你的冠军可别怨我。周教练哈哈一笑说，又不是春兰杯，不赢房子不赢地的，你就放心抢吧。周教练这一大度，唐素素就不再客气，一路过关斩将，决赛里和周成相遇了。

之前的比赛，都是孩子们在教室里面下棋，老唐头和周教练在外面抽烟。两人都是出了名的老烟枪，年轻时曾是老对手，凑到一起浓烟蔽日、言谈滚滚，说不完的鸡零狗碎，远远望去还以为是教室外面失了火。一下午时间，方圆两米以内痰渍横斜，黄色和白色的烟头密密麻麻如同地毯，柔软匀称地铺在脚下，散发出温和的灰烬气息。打扫卫生的阿姨偶尔路过，看到这张"地毯"以后差点儿背过气去，等她回过神来，开始敲着院子里的槐树咒骂那些进进出出、把冰糕棍扔在地上的小屁孩儿。小屁孩儿们不敢辩解，因为辩解只会招来更恶毒的咒骂，她一边骂一边恶狠狠地盯着两个老烟枪，恨不得把他俩碎尸万段后扫进垃圾堆。周教练和老唐头都是见过大场面的人，对这一切视而不见，不动声色地继续吞云吐雾，直到当天的比赛结束。

等到决赛那天，这一幕终于演到了头。周成是周教练的儿子，唐素素是老唐头的心头肉，两人的决战是不能因为吸烟和扯闲话而错过的。周成先执黑子，布局有板有眼，胸有成竹，素素应对了几手，也都是常见的套路。下到中盘，两人局势难解难分，素素灵机一动，故意卖个破绽，摆出一个陷阱。周成起初还很谨慎，几次换手后终于克制不住，主动发起了进攻。周教练看在眼里，忍不住叹气连连，偷眼观望老唐头时，那边一脸得意。小孩子的棋局大都是这样的，一个失误就会造就一连串的昏着儿，从而决定输赢的走向。输了棋的周成心情本来就压抑，抬头看到周教练一脸铁青，禁不住放声大哭。唐素素得了大胜，不免有些扬扬自得，哭啥？下棋本来就有输有赢嘛。

这话就像棋谱似的，被周成牢牢记在了心里。周成说，唐素素，咱俩还真是有缘。素素说，小时候的事儿，你还记仇？周成说，我不记仇，我要记仇也不会让我爸去找你了。唐素素这才想起来，得了那次冠军以后，周教练来过老唐家几次，想让素素跟着他学棋。老唐头一口回绝了，理由是当年你下不过我，现在你儿子下不过我闺女，凭什么让我闺女跟你学棋？

这话在逻辑上无懈可击，周教练听完气得两眼发黑，憋了半天撂出一句话，老唐头你顽固不化，非得耽误孩子不可。

老唐头递过去一支烟，拍拍周教练的肩膀说，老周，其实我也没指望她将来吃这碗饭，上大学才是正路嘛。

听了这话，周教练再没上门。

周成算是接了周教练的衣钵，不仅下棋用功，同样热心围棋活动。他说素素，我听说历史系的宋明棋力不错，咱仨成立个围棋社吧。唐素素懒洋洋地应了一声，没想到周成还真给弄成了。校团委不但支持他们，还帮助他们协调了一间教室，作为平时的活动场地，组织个比赛什么的，也都在那里举行，唐素素就是在那里认识宋明的。

此前，周成领着一帮围棋爱好者把海报贴得校园里到处都是，所以围棋社总是人满为患。周成常常跑外联，棋社值班的任务就交给了宋明。唐素素始终对这个围棋社不够热心，但禁不住周成一再劝说，终于决定去看一看，尽一点儿做主将的义务。那天她一进门，就看见宋明正在同时与五个人对弈。五盘棋一字排开，每个人都在棋盘前冥思苦想，只有宋明身影潇洒，落子如飞，即便对手都是初学者，这样的画面也足以打动任何观众。唐素素作了自我介绍，大家就围过来起哄说两位主将来一局，让大家开开眼。有人收拾好了桌椅，摆好了棋具，宋明递了一个"请"的手势。唐素素落落大方地回了个"谢谢"，右手食指和中指就拈起了黑子。那局棋两人下得心照不宣，几乎是完全背了一遍棋谱。世间棋谱何止成百上千，只是她一上手，他就立刻能找到唯一的谱子去应对。这样的默契感实在太好，唐素素一瞬间有了找到知音的感觉。

从此以后，围棋社里总少不了两人的身影。

那一年在周成的张罗下，三人一起参加了全国职业围棋定段赛。虽然在校园里是当仁不让的高手，校际比赛也是所向披靡，但在全国的尖子面前，他们也只能黯然失色。周成落在百名开外，宋明勉强挤进七十名以内，可惜能入段的只有男子组的前二十名和女子组的前三，相比之下唐素素倒是发挥得不错，一路杀入女子组十强。回来的路上，周成很兴奋，说唐素素你可以再考两次，我觉得凭你的实力一定能够成为职业棋手。听了这话，唐素素心里扑棱棱放飞了一群鸽子，感觉天地无比开阔，似乎自己跃身其中，也能尽情飞翔，只有宋明一直闷闷不乐，话也不多。

唐素素知道宋明好强，这次没入围，明年他就超龄了，从此以后只能在业余棋手里面混混日子。而素素还有两次机会，如果真的侥幸定段成功，两下比较，他脸上肯定就挂不住了。那天晚上，唐素素在琴湖边柔软的夜风里问宋明，说你是不是不想让我再考了。宋明只是沉默，既没有肯定也没有否定。素素就笑了笑，说那我就不考了。听了这话，宋明的眼睛在月色下微波荡漾般地闪了闪。

周成听说了素素的决定，一脸痛惜，几次劝解无果，终于还是眼睁睁看着素素也超龄了。毕业那年，周成说现在学棋的孩子多了，他想在九都开一家棋馆，教孩子们下棋，陪考级定段的棋手练练手，虽挣不了什么大钱，但养家糊口还是没问题的。他邀请素素加盟，素素听了，一直没有应声。

宋明知道素素是在等自己开口，只要他伸出手去，素素一定会跟他回南方的那座小城，可他犹豫再三，终究还是没有开口，甚至连走的时候都悄无声息。

一段感情就这样无疾而终。

素素说，早知如此，当初我就应该把职业段位考下来。老唐头默不作声。素素说，爸，你是不相信我能考上？老唐头摇摇头说，我不是怀疑你的棋力，我是怀疑你的眼力。你也不是眼力不好，而是太好，眼力太好就省去了心力，省去了深思熟虑。

唐素素说，这难道不好吗？

老唐头说，有好处，也有不好处。你太依赖它，必会反受其累。

比如说李工，就是你亲爸。你也知道的，现在他的身份已经不同以往，他有自己的家庭，你去找他，你希望跟他抱头痛哭一场，从此以后父女相认冰释前嫌，可你忘了你这样就抢走了别人的爸爸，你这是要改变他的生活现状，这就如同让你改变自己的下棋习惯，你肯定是不乐意的，所以他也肯定不会见你。你看到了他这么绝情，就忘记了他已经多次帮你，他帮你就意味着他还认你，要知道他也完全可以选择不帮。

唐素素说，你咋知道我去找他了？

老唐头挥挥手示意她别打岔，继续说道，比如说那个宋明，你只看见了他跟你下棋的默契，你就忘记了他的自私狭隘，你一味让着他，结果他不辞而别。

比如你感觉状态很好时，下棋就不循常理，喜欢高位布局，好像进可取势，退可做实。遇上棋力不及你的，这下法纵横捭阖，潇洒率性，能获大胜，赢得酣畅淋漓；可一旦遇上棋力相当或是略胜于你的，人家就会趁你立足未稳，掏走你边角上的实地，把你驱赶进中腹去四面受敌，你的"势"失去了实地的支持，变得单薄无力，一旦被分割成首尾不能相顾，那这棋局必定崩盘。下棋这么多年，你赢起来长江大河，输起来一溃千里，总是感觉不够稳定。你爸我知道，你赢棋赢在眼活手快，输也输在手快眼活。

你细想想，你亲爸是你的势，看上去无限可能但只是有可能；我是你的实，圈住了我这块实地你才能有所依附，才能用得上那个势。宋明是你的势，周成是你的实，周成这小子对你死心塌地，是可以托付终身的；宋明跟你在下棋上有默契，顶多只能交个朋友。

唐素素满脸绯红地打断他，说，爸，谈恋爱这种事儿，怎么能脚踏两只船？

老唐头说，我也就是那么一比，总之你这手快眼活的毛病得改改。

唐素素赌气说，那还不如让我成了瞎子。

老唐头说，瞎了也好，眼亮不如心明。

老唐头这张乌鸦嘴，一说狠话就成真。

前几天，那个南方小城的棋手们到达了九都，要在这里参观学习，并且还要与九都棋院进行三场交流赛。唐素素因为头天受了凉，高烧未退，就没有参加棋院举行的欢迎宴会。老唐头跟她说完这个消息，问她能不能参加比赛。她心里咯噔一下，隐隐觉得一颗沉睡很久的种子在心里破土发芽，眼看就要蓬蓬勃勃地长起来了。她说参加，一定参加。老唐头说，第三场吧，这两天养养病。她说好，说完就陷入了沉睡。第三天一早，老唐头告诉她，前两场双方各胜一场，最终的胜负就看今天的战况了。素素感觉身上还是有些乏力，两只脚软绵绵的，踩不住地板。老太太给她搅了一碗鸡蛋面汤，她喝下去后总算喘匀了气息。

唐素素早早在棋盘边坐定，等待即将开始的比赛。门口的人群突然喧闹起来，有人喊着领导来了，让让，让让。话音刚落，院长就陪着一个穿白衬衣的中年男人走了进来。那个男人脸上带着温和的微笑，金丝眼镜下安放着一双深邃的大眼睛，看上去跟唐素素眼镜后面的那双眼睛一模一样。唐素素嗓子突然就哽住了，不由自主地离开座椅站起来。男人走过来向她伸出右手，她连忙用冰凉的双手握住。男人的手厚实柔软，给她传递着绵绵不绝的温暖。他说，唐素素，我今天特意来看你的比赛，加油。

素素感觉眼角有些潮湿，语无伦次地应答着，也许每个没见过世面的年轻人都会这样吧。大家在温和的说笑中散开，各自坐到各自的位子上去了。素素大脑一片空白，坐下去竟然发起呆来。发呆的时间真是既短暂又美好，唯有如此才能显得珍贵。等宋明在唐素素面前坐定，这珍贵也就一闪而逝了。短短几分钟之内经历这么多意外，唐素素的心脏险些从胸腔里跳出来。她耳朵里嗡嗡作响，周身的血液流速加快，如同高速公路上失去控制的汽车，随时都可能撞上护栏。她很想问问宋明最近怎么样，有没有结婚，工作顺不顺利，可裁判员根本不给她这个机会，对局就在一片慌乱中开始了。

指尖捏住棋子的那一刻，唐素素突然就镇定下来，像婴儿时拿到棋子就能安然入睡一样。她想起当年和宋明下的那局棋，她相信那种默契还在，于是她毫不犹豫地弈出心领神会的一手。

宋明愣了一下，她分明看到了他脸上片刻的迟疑，那迟疑转瞬即逝，却把白棋下在了她意料之外的位置。

是他忘记了，还是他另有所图？唐素素心里迸发出一连串问号，她遏制着这些问号的翻腾，还是按照当年的对局弈出一手。

这次宋明没有犹豫，落子如飞，稳固了自己的布局。

眼前的一切没来由地虚晃了一下，唐素素恍然觉得那一下虚晃似乎使墙壁和门窗都变得扭曲。她不敢再抬头，她知道自己是落花有意，眼前人却流水无情。

于是她杀入中腹，强行取势。宋明则沉着应对，稳扎稳打。唐素素把自己最凌厉的杀招一并使了出来，四处出击，小小的棋盘上飘出了硝烟和血腥的味道。宋明却依然不动声色，坚守自己的实地，偶尔与黑棋纠缠，也是占尽便宜。行到中盘，盘面上白棋已经占优，唐素素孤注一掷，连消带打，终于把一块白棋带入绞杀，宋明随即陷入长考。

长考结束，他弈出了她最不愿意见到的那步棋。

唐素素眼前一黑，只好投子认输，可认输后她就没能站起来握手。因为她什么都看不见了。医生说是视网膜脱落，需要手术治疗，但恢复起来也不容乐观。现场一片慌乱，领导离开时也一脸尴尬。

老唐头那天并不在场，棋谱是周成在棋院抄了以后拿给他的。他看完以后就把它轻飘飘地放下，他说不亏，买了个教训。这话背后的事儿别人都不知道，因为素素她亲爸之前跟老唐头说过，如果这次能取胜，素素就占据了有利条件，他就能想办法让素素进棋院的正式编制。他也没有说，这三天，《九都晚报》一直在关注这次比赛，对棋院的输赢聚讼纷纭。

这些事儿都没什么意思，与其提前告诉素素，还不如让她永远不知道。

唐素素眼睛复明以后，休养了好长一阵子。那次输棋使她失去了进棋院事业编制的绝好机会，她也毫不介意。亲爸通过老唐头告诉她，说以后再给她找机会，她轻描淡写地拒绝了。她说周成的棋馆挺好，她在那里下棋从没有输过。见过的人都说，唐素素下棋慢了很多，每次落子几乎都要耗尽时间，每次对局，无论对方是初学者还是高手，她都只是终局险胜，赢得不多不少，回回都是一目半。

（原载《红豆》2018 年第 3 期）

巨翅白鸟

  大雨下了三天，神仙趁涨水逃走了，泥地里留着细碎的足迹，延伸到屋后的厕所里。厕所依坡而建，半壁悬空，下面是二尺深的溪水，可想而知，神仙在逃跑的路上是如何忍辱负重。缸里的浮萍七零八落，小鱼被神仙吃掉了一大半，剩下的几尾躲在角落里瑟瑟发抖。杜遇握着半截火腿肠，本想让神仙尝尝鲜，最后还是喂进了自己的肚子。房东的孩子闹夜哭，让他一个字也没写成。他说老桑，你家小孙子不欢迎我。老桑给他递来一根烟，说自从你把神仙请进门，俺家就没消停过，别说是你，我们也三天没睡好觉啦。杜遇用脚尖踢了踢酱色的粗砂大缸，说神仙跑了，这下遂了你的愿。老桑探头看了看，脸上的皱纹立刻散开了：

  怪不得，今天雨能停。

  雨停了，天却还是阴着。路上断了不少树，空气里到处都是湿漉漉的断茬气味。没断的被大风梳理了一夜，都软塌塌倒向一边。老桑的老伴儿从香菇棚子回来，架着黑腻腻的两只油手，说我刚才看见鳖仙顺水往潭里去了。听了这话，杜遇立刻扛起网子跑出了门。回来的时候，网子没了踪影，怀里多了一只白鸟。

老桑嘎嘎笑着，说你这是抱女人的弄法，抓鸟应该拎住翅膀。杜遇说不行，它骨头断了。老桑这才注意到它那团耀眼的白羽紧紧闭拢着，像是一蓬贴身收紧的长裙，边缘缀满了蕾丝和流苏。他把手猥琐地伸过去，想要探探那条裙子的底部。它挥舞黑色的喙自卫，蓝色的眸子里目光锋利，老桑后退一步说，性子挺烈。

杜遇得到一只白鸟的消息像昨晚的疾风样迅速走遍了全村，很快人们便涌进老桑家的院子里，鞋子上沾着黄黑色的泥，各色面孔挤挤挨挨，杂乱的说话声如同骤然而至的阵雨，让杜遇疲于应付。有人说应该卖个好价钱，有人说最好上交，还有人说要圈养起来，让它生一窝小崽子。老桑的大孙子趁杜遇不备偷偷走上前，摸了摸那团蜷缩的羽毛，湿滑的触感让他心尖战栗。那只鸟突然尖叫一声，白色的巨翅翕张了一下，呼啦啦跳上杜遇的肩头。湿热的院子里刮过一阵凉风，时间突然就停住了。每个人都看到了白色大鸟展翅的一刻，他们深信它本应该飞翔在尘世之上，藐视村庄和城市，唾弃蝼蚁和人群。只有杜遇能触摸到它白色羽毛下细微的颤抖，他抱着它跑向自己的车，老桑哎哎叫着，说晌午饭已经做上了，还吃不吃。杜遇没空回话，发动汽车，扭了几下就从山里跑回了城市。

白鸟在副驾驶的座椅上颠簸入睡，像极了好莱坞电影里的疲惫美人，以至于杜遇要上楼时，不得不更加小心地把它抱起来。它醒了几秒钟，确定了安全，又枕着他的肩继续沉睡。这一套动作让陈红感到诧异，她一向以为这个男人已经丧失了爱惜美好事物的能力，自从女儿上中学住校以后，他就重新退回了无法无天的独居生活。起初，他突然消失的时候，她还别有用心地跟踪过他，结果是一无所获。时间久了，也就无所谓了，夫妻俩各过各的。房门一关，即是深山。杜遇的丈母娘看得摇头叹气，当年俩人黏黏糊糊的时候，她都不敢轻易推姑娘的门，也不敢离墙根儿太近，生怕那些咿咿呀呀的声音扎破了耳朵，坏了自己守寡多年的定力。现在事情颠倒过来啦，她总是有意无意地撺掇他们，说话露骨露肉，如同欲求不满的老鸨子。杜遇无动于衷，倒是把陈红听得满腹狐疑，四处扬言要给她张罗个后老伴，吓得她落荒而逃。

杜遇的房间通着阳台，乌云散尽，白色的月光缓慢注入进来，白鸟单脚站在里面，头缩进巨翅，细瘦的影子投到墙上，城市的夜晚因此变得沉静。

白天也是如此。正是太阳直射北回归线的时候，没有人愿意在院子里逗留，偶尔有孩子跑过，五色斑斓的笑声搅动了油脂样沉重的空气，就会招来大人的呵斥。笑声在呵斥中戛然而止，余波消失在远处。阳台是通向深山溪水的幽径，白鸟的每一次振翅，都会有湿润和清凉席卷而来。杜遇坐在地板上，凝望着这些湿润和清凉。

　　那天下午，老王受命敲开了杜遇家的门。陈红先是在猫眼里看见了老王头顶的环形山，继而发现环形山里满是水渍，拉开门，老王热淋淋的往里就进。陈红哎哎叫着，说换鞋换鞋。老王说不用了，扔掉凉鞋，光着脚就往杜遇的房间走。房门关着，老王凿了几下，没有回应，转身问陈红说，老杜呢？

　　进山了，说是有写作任务。

　　没回来？

　　回不回来的，又不给我汇报，我咋知道。

　　再说下去就没意思了，老王进电梯的时候，陈红的话锋还透过门缝穷追不舍：你们是搞文化的，也不注意注意形象。老王没听进去，环形山里热气奔涌，裤衩凉鞋虎虎生风。杜遇失联已经三天，最后一次通话，他还在山里，再打给老桑，老桑说他两天前就回城了。两天，要是换成老王，别人就当他喝透了躺在路边醒酒，可这事儿绝对不会发生在杜遇身上，这家伙牵绊太多，总是活得不洒脱。

　　走得太快，老王在院子里犯了会儿高血压，伴随细微的心律不齐。他从头上的环形山里捞出一把汗，咸腻腻地甩在草坪上，感觉全身血液正在被太阳抽空。这时候头顶上刮过一阵凉风，他听见一声惊呼，陈红从六楼窗户里探出身来，绿色的凉风正从她身边肆意涌出，把她的衣衫鼓荡得无比汹涌。陈红喊道，老王，快上来。那时候正是下班高峰，院子里的老老少少拎着馒头和蔬菜、啤酒和猪头肉，用异样的目光打量他俩。陈红似乎明白了什么，砰一声合上了窗户，院子里的凉风立刻止息了。

杜遇家清爽湿润，此刻的温度要比外面低一些，但是已经没有刚才那么惊人了。老王看见丝丝缕缕的绿色凉风从杜遇房间的门缝里流出来，淌得满地都是，从墙壁来看，似乎积得有四五寸深，正在无声无息中缓缓退潮。陈红惊魂未定，声音还有些发飘，零零落落组不成句子。老王问她有没有房门钥匙，她翻箱倒柜地找了一把交给他。老王把那把钥匙往门锁里一送，逆时针拧了一下，门就无声无息地打开了。

真是一场灾难。

老王眼睁睁看着一头鹿向自己冲过来，头顶擎着树枝样繁茂的角。他躲闪不及，鹿就撞在他胸口，先是头角，然后是躯干，最后是尾巴，碎成无数绿色的小片，淹没了他的赤脚。兔子、刺猬、松鼠和山羊从老王和陈红身边争先恐后地跑过，前赴后继地撞碎在身后的墙上，绿色碎片迅速积够了二尺多深，屋子里凉风荡漾。杜遇坐在爬满青苔的石头上，赤裸的双脚浸在溪水中，白鸟在对面站着，娴静如同少女，裙裾当风，蝴蝶和黄鸟围着她上下翻飞。老王朝她走过去，细碎的脚步惊动了整个森林，白鸟翕张巨翅，所有的绿色一收而尽，他还没有来得及说点儿什么，白鸟就跳过窗户，消失在阳台里。

白墙反射着阳光，杜遇的房间重新闷热起来。陈红注意到他窗台上那盆茉莉花，她记得那花已经枯死一年多，打扫房间时她差点把它连盆扔掉，可是现在那丛枯枝却绿意葳蕤，白色的香气填满了整个房间。陈红走过去折下一片叶子，绿色的汁液立刻粘上了指尖。

如果世间一切事物都可以像那盆花一样，该有多好。陈红这样想着，眼泪流了一夜。第二天一早，杜遇拉开自己的房门，水就哗啦一下涌了进来，打湿了脚和拖鞋。那时候他心尖猛地颤了一下，险些去敲陈红的房门。然而最终他什么也没有做，他抬头看了一下挂钟，把屋里的水扫进洗手间。时间尚早，他决定先去早市，然后走路上班。

杜遇已经成了早市上的常客，天色微明，鱼贩子们都纷纷赶到这里，等待这个从不讨价还价的老板。只要小鱼鲜活，杜遇一定是包圆全要。几天来传言四起，有消息说他是本地夜市烧烤摊的最大老板，谁要是能给他供货，那绝对吃喝不愁。这个传言让杜遇陷入了很多麻烦，例如鱼还没有买上，就被卖羊肉的小贩团团围住，兜售羊鞭羊眼，这玩意儿比烤小鱼利润大多啦，杜老板你来点儿吧，滋阴壮阳，保证新鲜。

杜遇看着羊肉贩子娴熟地玩弄那一坨红白相间的嫩肉，尾椎骨里传来惊恐的凉意。这凉意经久不绝，伤到了杜遇，也影响了陈红的情绪。夜里陈红抖落被单，赤条条骑在杜遇肚皮上，说你现在有点消极啊，要不要做做思想工作。杜遇一脸愧疚，说状态不好，算了吧。陈红不依不饶，赤着脚跳下床，打开电脑和投影，咿咿呀呀的英语和日语就传了出来。陈红看得心跳耳热，杜遇却骤起鼾声。窗外白鸟抖了抖羽毛，柔软的声音惊得杜遇一跃而起，边穿裤子边往阳台上走。陈红一语不发，拾起衣服回了自己房间。沉静的夜色里，她重重地叹息一声，那一声响彻整个小区，所有的卧室听到以后都熄灭了自己的灯。

第二天杜遇没有去早市，陈红蓬头垢面上洗手间时，看见杜遇正坐在餐桌前不咸不淡地翻着手机。桌上摆着煎蛋和面包片，牛奶燕麦粥因为等待过久而爆发出焦躁不安的香气。陈红故意在洗手间拖延了很久，直到餐桌上传来杜遇散乱的敲击声，她猜测他急于离开，于是扎好头发走出来，坐到他对面。杜遇递过来一双筷子，陈红接过来放回筷笼里，又取出一把勺子，喝了三口粥，把煎蛋夹在面包片里咬了两口，问他：有事儿？

杜遇说，不想再去早市了。陈红说，好。

杜遇说，鸟还要吃鱼。陈红说，好。

就这样，每天早上买鱼和喂鸟的事情落到了陈红身上。

这么大的一件事儿，不可能永远被锁在门里。据说老王头天晚上喝大了，跳到饭桌上进行了热情洋溢的演讲，同事们拦都拦不住，于是整个饭店的客人都知道杜遇家养了一只白鸟。当然，他对于白鸟施展法力把森林搬进楼房里的描述过于细腻精彩，成为全场的笑料。老王举起一只盘子，倒掉里面的剩菜，把盘子反扣在头顶，愤愤不平地说，我如果喝醉了，为什么盘子不掉下来？酱色的汤汁顺着鬓角缓缓下坠，同事们望着他纷纷点头，说你确实没有醉，盘子也确实没有掉下来。老王说，白鸟的事儿，你们信不信？

信，当然信。

听了这话，老王放下盘子，快乐地从桌子上跳下来，打车回家去了。

老王睡醒后预感到形势不妙，所以压根儿就没有来上班。从泡上第一杯茶开始，杜遇的办公室就不停地有人拜访，其间还不断有电话打来。关于白鸟的话题让他经历了从无奈到愤怒的漫长旅程，以至于后来他反锁了办公室，拔掉了电话线，关上了手机。这样的清净并没有持续几分钟，电脑上 QQ 闪动，他点开一看，是孙鹭发来的消息：杜老师，能不能见见面，聊聊你的鸟。杜遇愣了一下，像是看见孙鹭正擎着秀丽的颈子等他，他胸腔里春水涌动。他飞快地操起键盘，敲下三个字：老地方。

老地方可真是够老的。灯光沙哑昏暗，椅子油漆斑驳，桌子上的玻璃板年事已高，两条发黄的裂纹纵贯全场。老板透过沉重的花镜盯着孙鹭说，我认识你。粗砂样的嗓音让杜遇咽喉发痒，不自在地咳嗽了两声，老板说我也认识你，你女儿常常谈起你。杜遇想了很久，实在想不通女儿怎么会来过这里。孙鹭说，来两杯沙冰吧。他说好，我送你们，免费的。

屋子里仅有两个顾客，老板竟然不收钱，这样的店活该没有生意。

关于鸟的新闻应该不是孙鹭的职责范围，她是跟领导的，写的是大稿子，基本都发在头版和二版，鸟的新闻永远不可能占据这个位置。自从她如此这般以来，杜遇就失去了与她见面的机会。这使得杜遇对她产生了些许陌生，他舔了一下嘴唇，问她最近怎么样。她说累，写的都是废话，做的都是无用功。杜遇说，我以为你喜欢这行的。她没有摇头也没有点头，杜遇只好喋喋不休地跟她说起了自己获得白鸟的经过。她垂着睫毛听，沙冰在口腔里旋转几下后，流入秀丽的颈子里。杜遇看着她面无表情的样子，突然觉得自己有点愚蠢，于是他收束舌头，小店里只剩下空调的沙沙声。

鸟不是应该向往自由吗，孙鹭说，为什么把它圈在阳台上。

杜遇和孙鹭正在吃冰那会儿，老王敲开了他家的门。陈红正在喂鸟，开门的是她妈。这孩子魔怔了，她妈说。老王走到阳台，看见陈红蹲在地上，手里握着一条青色的小鱼。白鸟伸长了颈子，每一次下嘴都把陈红的手啄得砰砰响。陈红活动一下手指，抄起小鱼继续喂。老王看到这个情景，就知道她是想起女儿了。陈红说过，女儿每次回家，都要陪她在阳台上坐一会儿。有一次老王偶尔遇见，发现这个女孩儿颀长瘦削，有点像眼前的这只白鸟。他说，我劝劝老杜，把鸟送走吧。陈红没说话，喂完鱼指指窗台上的茉莉，说老王，这花送你了。

这花原本是老王送给杜遇女儿的，如今算是物归原主。

老王捧起那盆茉莉的时候，白鸟振动了巨翅，这一次没有绿色的风奔涌出来，他怀疑上一次是不是自己看错了。

杜遇回来时，他家楼下的院子里已经挤了不少人，有邻居也有记者和狗仔。因为出过几本书，给两部片子做过编剧，在本地报纸上开着专栏，所以杜遇大小也算个名人，市民自然对他的八卦感兴趣。有人说他家明明有人，为什么敲门却不开。杜遇问他们的来意，都说是想看看那只鸟。听说那只鸟可以当空调用，大家哄笑着说。杜遇反问，这事符合常识吗？

符不符合常识，你让我们看一下总可以吧。

杜遇没有接话，打电话叫保安来撵人，转身就上了电梯。

每次老王来找陈红，陈红她妈总是自觉地躲在厨房里，杜遇敲门她也会故意耽误点时间。杜遇从来不会直接用钥匙开门，免得因为打不开而尴尬。时间久了，陈红她妈就忘记了反锁。这次杜遇被人追得紧，只好拿钥匙开了门。听到门响后，陈红她妈从厨房出来，手里端着一碗热腾腾的汤。那碗汤放在杜遇面前时有点心虚，冒着乱蓬蓬的白色热气。杜遇把那碗热气一饮而尽，走进自己房间落了锁，从此以后再也没有打开过房门。

这栋房子实在没意思。

陈红她妈劝她，说是老杜先对不起你，如果不是他开车莽撞，我外孙女也不会死，他自己做错了事，对你还爱答不理，现在又弄个破鸟，神神经经的，你不能再被他拖累了。老王其实也不错，狠狠心跟他生个孩子，一切从头再来。陈红犹豫了几天，终于写好离婚协议塞进杜遇的门缝里。拿到杜遇签字后的第二天，老王就把陈红接走了。接下来的事情都是陈红她妈一应张罗，电视冰箱空调洗衣机什么的杜遇自然是用不上了，沙发床垫家具之类的虽然陈红不会再用，自己那边还是需要的。搬家公司叮叮咣咣忙了小半天，一百平方米的房子搬空了八十多平方米，剩下的依旧是静悄悄的。

守在院子里看鸟的看了一场乱糟糟的搬家戏，实在没有什么收获，徘徊了几天都散去了。有胆子大的在楼顶放了绳索，垂到杜家窗子边，跳进去一看，除了通往阳台的房间紧锁着，其他都是空荡荡一片死寂。狗仔们走的时候忘记了关窗，于是刮风时窗帘就老被吹到楼外面，没多久就碎成了毫无色彩的布条条。据说有人曾经在杜家阳台对面的楼上架起望远镜，蹲守了三天三夜，镜头里既没有出现过白鸟，也没有出现过杜遇，似乎他就这样悄无声息地蒸发了。

三个月后的一天，大雨覆盖了整座城市。人们说，这是北方几十年来最猛烈的降雨。骤雨止息的时候，人们聚在院子里测量积水有多深，街道上有人划起了小舢板，快递和送外卖的使用起了冲锋舟。新闻说由于城市排水系统修建于几十年前，施工标准比较低，已经超负荷运行，目前相关单位正在抢修，预计明天全城的积水会排干净，市民们无须恐慌。另外，友情提醒大家河道正在行洪，请不要去附近玩耍。邻居看到积水从杜遇家门缝里流出来，才想起他家已经很久没有关过窗了。物业上来敲了门，依然是没有任何回应。大家三三两两地在楼下说着闲话，探讨杜遇这样才华横溢的艺术家是如何患上神经病的。

　　就在这个时候，杜遇家阳台上的窗户突然打开了，一只白色巨鸟跳上窗台，环顾四周，引颈鸣叫了一声，这一声让整个城市的所有声音都黯然失色。院子里的居民举头望着它，楼上的居民则争相打开了窗户。杜遇家有只白鸟，原来这是真的。人们还没有来得及给记者和狗仔们打电话，那只鸟就扇动翅膀跃向空中，小区里的积水被疾风搅动，不安地抖动着涟漪。这时杜遇也出现在窗口，他赤裸着张开双臂，就像白鸟张开着翅膀。他凌空一跃，沉重的肉身便急坠而下。每个人都忘记了惊呼，因为他们看到一片片羽毛从杜遇的臂上背上肚皮上生长出来，他的腿覆盖上了金色的鳞甲，黑亮的脚趾如同铁钳，只是短短的几秒钟，他就变成了另一只巨翅白鸟。这只鸟在坠地的瞬间振动翅膀，骤起的狂风带起了巨浪，让人疑心小区变成了海洋。他成功地飞了起来，在众人头顶盘旋了一圈，直追先前的白鸟而去，似乎只是扇动了两三下翅膀，就消失在了蓝色的天空里。

　　孙鹭接到了陈红的电话，说是杜遇把房子留给了她。后来才弄明白，是杜遇在离婚协议背面写的一行字，很潦草，但是同样具有法律效力。于是她雇了个锁匠打开了那扇门，门里涌出的绿色光芒让她睁不开眼睛。光芒散尽后，到处都是灰尘和蛛网，以及形状各异的鸟粪，但她确信她在光芒中看到了那只巨翅白鸟。接下来的日子里，她辞去了报社的工作，开了一家小花店，闲时写作画画，竟然成为小巷里深藏的文艺女神。

后来，老王跟老桑说起过这件事，老桑说那只鸟是个妖精。老王问他，为啥老鳖能当神仙，白鸟却只能做妖精。老桑想了想说，它太漂亮了。

（原载《广州文艺》2018 年第 4 期）

倒叙流年

一九九八年夏季的某一天，第二堂课结束后，我哥带着他的狗腿子们呼啸着从楼上的复习班席卷下来，挤得下楼做操的人流东倒西歪。我看见人流里裹着新来的化学老师赵红叶，她细条条的身子就像树枝上没崩开的花儿，或者像没有配平的方程式般充满了神秘，她的包臀裙和细高跟在密密匝匝的蓝色运动服里鲜艳夺目。我心想，坏了。这俩字还没出口，人流就溃了坝、决了堤，上午八九点钟的太阳突然一暗，我就被冲卷到了一楼的水泥地板上。我爬起来的时候后脑勺湿漉漉的，伸手一摸全是鲜红的血。我哥从后面蹦下来搂住我，说，我抓了她的奶子，奶子，奶子，连说三遍，如同不知疲倦的复读机。我没心思跟他贫嘴，抖开他就走，他说你猜像啥。我说馒头吧。他说错，像桃子，软桃。

这俩字一下子就把我震住了，后脑勺的伤口血量猛增，汩汩如泉。我哥说快走，去妇幼保健院包扎，要不然你小子就挂了。我说你个缺德货，为了摸老师奶子把亲弟弟开了瓢。他说别废话，谁有钱快给我点儿。他那些狗腿子纷纷掏兜，我哥不管多少拿上就走，我捂着后脑勺跟在后面，一路上接受了无数饱含深情的注目礼。妇幼保健院就在隔壁，也算得上大医院，伤口缝合很有经验，平价收费，童叟无欺，只是负责包扎的实习护士水平不咋地，我怀疑她是"野战医院"毕业的。那天她处理完血渍，用纱布从我的下颌到后脑勺缠了三圈，然后在我头顶系了个大大的活扣儿，看上去就像两只白色的兔耳朵。我顶着这两只兔耳朵走进校门的时候，空气里洋溢着欢乐的气氛，连威严端庄的政教主任都忍俊不禁，只有李校长脸色铁青，他冲着我哥喊，小王八蛋你给我过来。闻听此言，我哥一米八二的身高立刻萎缩成了一米六五。他灰溜溜地走向校长办公室，我也跟在后面。那时候我想得很简单，就是想帮我哥打打掩护，渡过难关。可是李校长把我挡在门外，竖着眉毛说，你去上课，其他事儿别管。

　　我胆小，从来没敢违抗过李校长的命令。我顺从地走向教室的时候，心里对赵红叶恨意渐生。我想她此刻一定正在校长办公室的仿皮沙发上梨花带雨，声泪俱下地控诉我哥的罪行。她跺着脚，细高跟狠狠敲击地面，胸前的两枚软桃波澜起伏，配合着黄鹂一样婉转的哭声。这样的声音用化学分子式写出来一定饱含毒性，这样的情景足以让任何男人义愤填膺，李校长用木头直尺梆梆梆敲着我哥低垂的脑袋，像是往墙上楔一根钉子。他恐吓他，要将他绳之以法。你要是过了十八岁，就得吃枪子儿，李校长恶狠狠地说，还有俩月，你就作吧。赵红叶在抽泣中偷眼观望，心里别提有多舒坦啦。

然而我想错了，我走进教室的时候，赵红叶正在黑板前配平方程式。她不是我们班的任课老师，显然是友情客串临时代课的。我还没喊报告，她就说进来吧。我的座位在第二排，讲桌正下方。她转过身来给学生们讲配平过程的时候，胸前的白衬衣上还隐约有俩灰色的指头印儿，她丝毫没有介意，继续风轻云淡地讲着，就像什么事也没有发生过。我发现她的声音一点儿也不像黄鹂那样婉转，倒是有些爽脆利落的御姐范儿，干净踏实。她的落落大方让我羞愧，我替我哥脸红。他这个惹事精，著名混蛋，黑社会的替补队员，除了横行霸道欺压良善以外，又加了一条，非礼女老师。人们不敢对他说三道四，就只能对着我的后背指指点点：

看，那就是李模范他弟。

长久以来，我都以此为耻。

没过几分钟，我的羞愧就被打断了。何小腰埋怨我的兔耳朵挡住了她的视线，看不见黑板上的方程式里有几个铁原子。李榜样你能不能低低头，她说。这话像是给夜晚沉寂的战场上甩了个手榴弹，那些爱说笑的女孩子立刻机关枪一样说起怪话来，教室顷刻变成了庙会。我双颊烈火熊熊，烧得不知所措，我发誓从此以后再也不爱何小腰了，她竟然为几个微不足道的铁原子让我当众出丑，是可忍孰不可忍。我看见赵红叶也笑了一下，如同春风吹过细柳般不易察觉。她笑完，就从讲台上走下来，把我的兔耳朵拆掉重新绑好，又把多余的绷带剪掉。她做这些事情的时候离我只有五厘米远，除了我妈，我还从来没跟一个女人如此近距离地接触过。我闻到她身上缭绕的香水气息，就像某个深蓝色夜晚缓缓升起的月亮。我敢打赌，她是这所灰蒙蒙的学校里唯一用香水的女老师，此前我听说何小腰也用香水，我曾经对知道这个秘密的男生和女生嫉妒不已，可是现在，何小腰又算什么呢？随她去吧。

那是赵红叶在我们班上过的唯一一节课，那节课讲的什么，我一句也没听进去。

我听说我哥在校长办公室里被关了整整一堂课时间，下课铃一响，狗腿子们都在班级门口分列两厢，热烈欢迎他"刑满"释放。他回来时脚步欢快，一点儿不像受了苦的样子。我知道那是他自己逞强，校长的鞋底子可不是好受的，只不过那鞋底子只抽屁股不抽脸，所以外人看不出来罢了。从时间上判断，我猜他挨完打后又被罚了跪，这次不知道膝盖下是直尺还是黑板擦，我从来不问，问了他也不说。课间时他下来找我，这次他微服私访，身边没有带任何跟班儿，显得平易近人。他勾着我的脖子，把我带到教学楼背后的桂花树下。桂树旁牡丹初败，芍药和蔷薇花影摇动，如同蓝色和黄色的海潮，这些海潮在透明的阳光里涌动，让人莫名地浑身燥热。他说榜样，你得帮我个忙。我说啥忙，我可不会打架。他说打架用不上你，我想让你帮我画幅画儿。我松了一口气，问他画啥。他吭哧吭哧半天才从牙缝里挤出俩字，这个二皮脸居然还会害羞，这景象实在让人意外，我憋着笑憋得肚子疼，可是我不敢笑出来，我害怕挨揍。

我抓起碳条的时候，就忘记了自己身处课堂。如果不是我爸反对，我当年一定会报考美术学院。初中时我靠画画扬名半个西工区，高一时几乎所有中学的漫画社团都来跟我交流过。很多社长或者主将来的时候气势汹汹，走的时候垂头丧气。他们最得意的作品在我眼里还不如擦屁股纸，他们需要先用铅笔构图然后再用钢笔描线，而我从来都是抓起钢笔一挥而就，剩下的时间就是我四十五度角仰望天空，一副活该挨打的装×相。他们虽然手心痒痒，也没心思揍我，我这手绝活儿让他们面如死灰。后来有那么一段时间，总有一些不认识的同学来找我求画，男生要七龙珠或者城市猎人什么的，女生则喜欢天是红河岸或者灌篮高手，我高兴时就画一两张，不高兴时谁也不搭理，久而久之就没人愿意主动找我了。他们说我太怪，不好接触。其实那时候我已经不再喜欢漫画，疯狂地迷上了素描和速写，有时也画几张水粉，但很快就放弃了这种糟糕的尝试，因为我笔下的色彩实在过于草率，常常出现红色的芭蕉或者灰色的苹果，我怯生生地提出想考美院的时候，我爸就打击我说：从小到大你就没看懂过色卡，回回体检让你哥帮你，趁早死了这条心。

我真死心了，画画却从没有停过。这是重点中学，我成绩中游，即便不考美院，混个三流大学上上也不是太难，所以平时我上课画画老师也从不干涉，只要不扰乱课堂纪律，老师乐得清闲。有时候我的座位空着，他们也熟视无睹。只有一次我旷课时间有点长，他们慌慌张张地去找校长，校长说没事，那小子准在公园画画儿呢，自从他妈去世以后，他就老是这样。老师们哦了一声就散去了，等到晚自习铃响那一刻，我又准时回到自己的座位上。我喜欢画花、画鸟、画眼前的风景，画胸中的大海，只不过每一张画都是黑白灰三种调子。我可以区分出灰色的三十种不同明度，并且在白纸上精准地表现出来。我热烈地爱着何小腰的那段日子里，常常独自在公园里看玫瑰，我沉迷于光线在花瓣上的明暗分布、每一根刺和每一滴露水的光泽。回到家里，我把它们画出来再撕碎，悄悄扔在离家很远的垃圾堆。这事做得不机密，我和我哥同住一个屋，什么也瞒不过他。我哥说这么好的画，毁掉实在太可惜。我因为被窥破隐私而恼羞成怒，他则因为真心的赞美没得到回报而怒火中烧，我俩打了一架。确切地说，是我被痛打了一顿。打完我后，他就请我上街吃米线，吃吱吱冒油的桶饼，他裤兜里总有些来路不正的钱，挥霍起来无比潇洒。我揉着隐隐作痛的屁股，嘴里塞满肉香，呜呜啦啦地说，这事儿你不能说出去。他很干脆地答应了。

　　忘记跟你说了，我哥吭哧吭哧说出的，就是"玫瑰"俩字。这桩请求活泼动人，让我不由自主地郑重起来，所以画画时我选择了碳条而不是铅笔。这幅画即将完工的时候，我突然想起我哥向我求画时的窘态，终于克制不住笑出了声。那时候四野俱寂，树梢无风，物理老师正在黑板前奋笔疾书，午后的阳光穿过玻璃窗长驱直入，照得水磨石地板和三面白墙明晃晃的。黑板靠近窗口的部分正在发光，物理老师手里的粉笔在光斑里沙沙作响。教室里到处都是蚕吃桑叶般的沙沙声：前几排学生正在全神贯注地做着笔记，最后排的学生正在书堆的掩护下梦着周公。我的笑声爆发出来，如同池塘边的蛙鸣，惊破了这一幅和谐美好的画面。我止住笑声，看见前几排学生对我怒目相向，后几排学生擦着口水在不知所措中缓缓醒来，好好的一堂课就这样被我毁掉了。物理老师捏碎粉笔，从讲台上跳下来就要抢我的画。他那一跳的距离是如此惊人，让我怀疑他大学上的是体育院校。我用双臂死死护住我的画，他扯不住我的画就改扯我的袖子，扯得我半截膀子从衣领里掉了出来。我感觉何小腰的目光从后面投射过来，落在了我粗黑的光膀子上，使我的难堪数倍增加。我说撒手，他说给我，我说不给，他说不给就滚蛋，说完，呼啦一下就掀了我的桌子。书和笔还有本子散落一地，粉笔末和灰尘在教室里上下翻飞。我傻傻地坐在凳子上，手里捏着那张薄纸。我相信很多人看见了那张画，他们发出轻声的惊叹，然后将目光投向我身后的何小腰。我的秘密就这样暴露在众目睽睽之下，我立刻把那张纸揉成一团，跑出了教室。

物理老师姓鲁，鲁莽的鲁，这人就这样耿直，他把我撵走后就让人关上教室的门，继续上课，跟没事人似的。我气得直咬牙，路过政教处时停下脚步，那里没锁门，我闯进去就掀桌子。没掀动，那桌子很大，上面还盖着厚厚的玻璃板。我朝玻璃板下压着的老鲁照片吐了口浓痰，把他桌上的书全部推倒。那些书失去平衡后潮水一样倾泻在地板上，发出呼呼啦啦的声音，就像刚才老鲁掀翻我的桌子一样。少年侠客理应如此，行走江湖快意恩仇。我轻声说着，心里如同喝着陈年的女儿红，我的白马就在酒楼外的垂柳下拴着，我要骑上它行走雪山大漠。我看见书堆下的玻璃板里也压着许多照片，其中一张上并没有老鲁，而有我爸。我爸居于画面中心，举着试管正在讲解，五六个和我年纪差不多的学生们围着他倾听。这张照片透着那个时代流行的假模假式的摆拍风格，我却不能拒绝它的吸引。我看见那些学生脸上散发着矫揉造作的兴奋光芒，津津有味地盯着我爸手中空荡荡的玻璃试管，似乎那里面酝酿着一场小小的风暴。只有一个人与众不同，那是一个瘦弱的短发女生，她被挤在照片的角落极易被人忽略，她没有看那根空试管，而是专注地盯着我爸的眼睛。我想把那张照片取出来，没注意玻璃边缘有个小小的豁口。只是无声无息一下子，我的掌心便与外界接通了，我感到温热的空气挤进我的皮肤，殷红的血液滴落下来，政教处办公室抹上了我的蛛丝马迹。我预感到要有大事发生，白马长剑救不了受伤的少侠，我慌乱地寻找止血工具，在混乱中摸到了扔在地上的那团纸。

这个办公室本不应该有素描纸的。

我扔下那团纸原本是为了掀桌子，此刻却把它握在手心里止血，等我明白过来时，就听见一声怪叫正从自己的胸腔里向外迸发。我展开那张大八开白纸，衰老的玫瑰皱纹纵横，一半被染上斑驳的血污，一滴露珠挂在血污的花瓣上面，闪烁着奇异的光泽。那光泽绝对不是我的画笔画出来的，我梦想着有一天自己能画成这样，可是现在远远不行。我抖动一下，那滴露水便从花瓣上掉落下来，摔碎在了地板上。地板上有那么多书，它偏偏躲过它们，在白色的水磨石上开成灰色的小花。那朵小花生命短暂，水渍蒸发干净的时候，我手里就只剩下了一枝鲜活的玫瑰。我肯定那是一枝活着的玫瑰，那种既坚实又柔和的凉意，只有活生生的植物才有。我眼睁睁看着多余的白纸化成细碎的灰尘，感到有一只无形的手突然拨开胸膛，紧紧攥住了我的心脏。

突然间铃声大作，我惊慌失措，夺门而逃。

后来，李模范告诉我说，那时我一眼就看出来，你小子在骗我，可我转念一想，这朵花挺特别，你要实在不想画，我也不勉强，没必要拆穿你。

我无可奈何地笑了一下。

他说，只是我不在学校就罩不住你了，你自己机灵点。

我狠劲儿点了点头，从小到大我都没挨过外人的打，就因为他是我哥。只有一次，上初二那年有个混混在校门口跟我要钱，我瞪了眼，他抡起拳头就要揍我，另外一个混混跑过来拦住他，说这是李模范他弟。他高举的手轻轻落下来，拍了拍我的肩膀，从别人手里夺了根糖葫芦送我。

李模范走了以后，我心里很难受。

　　我蹲在教学楼背后的桂花树下等着，我哥鬼鬼祟祟地走过来，手里拎着个黑色塑料袋，不论装画还是装花，这都是无可挑剔的工具。他走近我时，我还对着那朵花呆呆发愣。他踢了踢我的脚，问活儿干完没。我抬起头，把手里那朵奇怪的花举过去。他眼里犹疑一下，继而亮起了光，他说真是朵奇怪的花，竟然一半黑色一半红色。

　　几分钟以前，我还以为它是黑色间灰色的，多少有点儿发黄，这会儿知道了它真正的颜色，就有点儿舍不得给他。他却不容分说地抢过去，丢了一句话：你多少钱买的，回头找我报销。我说是画的，不是买的。他没有接腔。抬头一看，早就走远了。

　　那天黄昏我又是在公园里度过的，我没有拿画夹，对着桥边的落日看了很久，直到它坠入河心，我脑子里还满是干将莫邪之类的故事。据说古时候的名匠为了铸造出最好的剑，甘愿舍弃性命，投入熊熊炉火之中。或许一滴血真的能改变一个作品，赋予它生命或者灵性。就好像凡·高割掉自己的耳朵，高更抛妻弃子一样迷狂。这样的念头过于可怕，我不敢轻易再去尝试。我想起了老鲁的玻璃板下压着的那张照片，这张与他无关的照片竟然被隐藏在无人注意的地方，实在想不通他是什么用意。我曾经翻过我爸的相册，他这样一个井井有条的人，竟然没有保存这张照片。我虽然很好奇，但也不会去问。我知道，我如果去问他，得到的只能是一顿训斥。自从我妈不在以后，他就老是一副苦大仇深的样子，从来没给过谁笑脸。那原本只是一个意外，有一次放学后我妈去学校找他，回来时受了风，病快快的身子扛不住，在病房挣扎了半个多月。在那漫长的半个月里，我妈没有再跟他说过一句话，就像是变了一个人。我们三人的轮流陪护变成了沉闷的无声电影。有一天夜里月光很白，她突然把我叫醒，眼睛在黑暗的病房里发着光。她恢复了以前的絮叨，只是舌尖僵硬嘴角跑风，我实在听不清她说些什么。我眼皮酸困，百爪挠心，我说妈，半夜三更的，你烦不烦。她不再说什么，借着月光，我看见她朝我很慢很慢地眨了眨眼睛，我把耳朵贴上去，她用尽全力亲了我一下，亲完咕咚一声就掉入了浓稠的黑暗里。在我成人以后，那是我妈唯一一次亲我，迅猛而突然。我的尴尬还没有退去，她就化为了炉子里的青烟。从那以后，我家就没再进来过任何女人。十年来我爸积攒的负能量太多，提前进入了更年期，就像是一只受了惊吓的河豚，鼓起全身的短刺，随时随地准备给别人来那么一下子。

晚自习铃声响起的时候，我刚刚走进校门，校园浸泡在深蓝色的夜里，空气凝滞不动，教学楼窗户里透着明亮的灯光。迟到的人影慌慌张张，急匆匆往班级里走，只有我无动于衷。我到操场边懒懒散散地走了一圈，被提着手电筒执勤的根号二逮了个现行。他本来是去捉拿谈恋爱的小情侣的，计划搞个出其不意，谁知道考试将近，小情侣们都去刻苦攻读了，兴师动众扑了个空。他有点儿失望，垂头丧气地往回走，正赶上我撞上门来。他拿灯往我脸上一照，问干啥的。我说打水去。我们学校的热水房在东墙根儿，操场横贯南北，是必经之路。在这个学校里，晚自习唯一的自由，就是可以悄悄地去打水喝，这是李校长不久前定下的规矩。自从这个规矩立下以后，就常常见到青年男女相约前往热水房打水，一去就是多半个钟头，回来的时候一前一后。女生脸上红扑扑的，脚步散乱，男生则很夸张地拎着好几只水杯，粗声粗气地说是帮助同学们打水，结果打回来的热水温吞吞跟自来水差不多。热水房该换锅炉啦，男生们心照不宣地说着，女生听完哄一声低笑，笑得人心里荒草疯长。

这真是对锅炉房工作的恶意诋毁，我可以作证，他们烧水非常尽责，而且不管闲事，这一点要比根号二强得多。

根号二用手电筒朝我空空荡荡的手上照了照，说别扯瞎话了，跟我去值班室吧，那里有电扇，有足够的热水给你喝。我有点儿后悔，出来时没有拎一只水杯，白白浪费了这么好的借口。我知道每到这时校长都在值班室等着训人，我害怕他那张冷脸，所以不愿意跟他走，他也有所忌惮不能动粗，我们就这样僵着。这时候一条细细的身影从我们身边经过，走了不远又折返过来，她说，算了，老王，我带他去化学组补补课吧。我这才想起来，根号二姓王。

如同你想的那样，说这话的就是赵红叶。那时候她正好去锅炉房打水，回来的路上听到了我们的对话，折回身就把我给救了。化学组办公室是轮流值班，这天除她之外再无别人，我在那里待到放学才离开。离开时校园里脚步杂沓，人声如潮，她站在门口送我，我脚步轻快，如同在远郊晃荡三天的老狗找到了回家的路。

我的化学有点突飞猛进的意思，周考成绩一跃而上名列前茅。我爸有点儿意外，有一回吃早饭时很严肃地表扬了我，给我发了二十块钱以示激励。钱在我兜里还没捂热，就被我哥抢走了，抢完钱我哥恶狠狠地瞪了我一眼。这一段时间他有点儿反常，到我们班也不来找我，而是改找何小腰啦。我前面说过，我哥身高一米八二，一头卷毛，鼻子又高又直，有点匈奴人的意思。我虽然也是卷毛，却没有他那么伟岸发达。多年行走江湖使他练出了一身疙瘩肉，夏天时衬衣从来只系两颗扣子，露出半边胸膛和八块腹肌最上面的两块，看上去精干威风。常有不正经的外校女生来找他，说是要跟他谈恋爱，气得我们学校的女生们直咬牙。我哥把这些庸脂俗粉统统当作粪土，他说大丈夫何患无妻，老子无论如何得找个与众不同的。他那些狗腿子们跟着附和，连声叫好，叫完好就把送上门来的庸脂俗粉们收为己用，明目张胆地谈起了恋爱。我原以为我哥在这方面就是个铁疙瘩，没想到他竟然对何小腰动了手。

这真是个噩耗。我听说何小腰是领导家的千金，自小娇生惯养，从不把什么寒窗苦读的尖子生放在眼里，更看不上我这样沉闷无趣的人，唯独抵挡不了的，就是坏男生对她大献殷勤。尤其是这个坏男生还长得挺帅，这事儿简直糟糕透顶。终于有一天晚自习，何小腰也旷了课。我听说下午放学前李模范来找过她，说是要请她吃饭，吃完饭再看个电影什么的。听了这话我肚子里有一万只猫上蹿下跳，抓得心尖血肉模糊。我构思着李模范和她约会的场面，想着她俩如何恣意挥霍着我的二十块钱，吃米线还要多加五块钱的肉，吃得小嘴油汪汪的。吃完饭她就靠在他的肩膀上，在电影院看《泰坦尼克号》，看得她眼泪涟涟。她喋喋不休地替棱角分明的小李子打抱不平，说凯特要多胖有多胖，除了胸大一无是处，真是老牛吃嫩草啊。他一边给她递纸，一边安慰她，跟她说着肉麻的情话。电影散场后他俩踩着星光和灯光的碎片，迎着温柔的夜风一直走到校园里。想到这些我就没法儿在座位上待下去，我跳起来走出教室，走进茫茫夜幕里。我要去找李模范算账。

走了一半我突然想起来，现在学校已经锁了门，根号二和他的手下就在门口守着呢，要想进出只能等到课间。我等不下去，果断决定翻墙出去。这学校三面灯火辉煌，把守严密，最适宜翻越的地方只有住校生宿舍的后墙，那里荒无人烟，墙上已经被扒开了豁口，墙根还有垫脚的砖块，往那边去需要经过办公楼，只要胆大心细不弄出声响就可以顺利到达。我走过化学组办公室时那里关着门，我想起来今天应该是赵红叶值班的，她一向没有关门的习惯，今天也不知道怎么了。我来这里补过几回化学，熟门熟路没啥顾忌，所以走过去敲了敲门，想看看是怎么回事。

等待开门的那一会儿，我觉得时间漫长遥远，每一秒都找不到边际。我忍不住要去敲第二次，手刚刚举起来，门从里面打开了，老鲁走了出来。他背对着光源，面目晦暗，像是黑帮电影里的大反派，只能从身形分辨出来是他。看到我他一点也没有意外，甚至还和蔼地拍了拍我的肩膀，说我最近化学成绩不错，要继续努力，然后他绕过我，消失在走廊尽头。我看见赵红叶颓然倒在自己的椅子上，像是正在生着一场大病。成堆的作业本围着她，我看不清她的脸。我想走进去，她摆了摆手示意我停下，我问她需不需要上医院，她又摆了摆手示意我离开。

我急着去找李模范算账，匆匆退出来，又匆匆翻墙出去。我在李模范回学校的必经之路上找了个花坛，作为埋伏阵地。那里面种着几棵一人多高的女贞，我蹲在婆娑摇动的树影里，两只眼睛一明一暗，像是受了惊吓的野猫。通常男生们拦路决斗，都挑选这样的地方，既可以出其不意，又可以趁乱逃走。我等了一会儿，等得肚子咕咕乱叫。那时候我正处在一生中最能吃的阶段，一顿饱饭只够维持三个小时。我听到何小腰成串的笑声由远及近，这笑声里充斥着牛肉米线和奶油爆米花的气息，说明我的猜测一点没错。李模范跟她并肩走着，试图把她的肩膀揽进自己的怀里。何小腰蜻蜓点水似的跳了一下，就让李模范落了空。李模范跃跃欲试，何小腰如是再三，我看得有点犯困。夜风温凉，吹得我渐渐冷静下来，我认为自己在李模范面前动手有点自不量力，加上饥饿侵袭，恐怕会输得很难看。这种很难看的镜头如果再被何小腰看在眼里，我就注定要成为笑话了。

很多年后我才明白，那天晚上我错过了向何小腰表露心迹的最好机会。

我的伤疤正在后脑勺的旋儿上，拆线以后那上面长出的几根头发就老是硬撅撅的，扎得手心生疼，如同观音菩萨送给孙悟空的救命毫毛，只是这毛除了硬度外没有任何法力，实在令人懊恼。拆线还是在学校隔壁的妇幼保健院，实习护士看到我就捂着嘴笑，我猜她是听说了关于我的什么传闻，脸上有点儿热辣辣的。那天我是独自去的，我哥他们校队有比赛。我哥能跑能跳能撞人，曾经在校篮球队打了三年主力大前锋，按说像他这样的复读生，校队已经不再征召其打比赛了，可那天不知怎么的，他找到教练说非要上场不可。教练吸了他递过来的烟，说本来就是一场无关紧要的交流赛，让你上去打一会儿也行，可别惹事啊。我哥说你放心，我从来不在球场上打架。教练点点头，拍了拍他的肩膀，就如同打开了一道锁着老虎的牢门。

我回去那会儿球赛已经结束，我哥和他的队友们大汗淋漓地坐在篮球场边，满口脏话地海聊，学校里那些喜欢看球的男男女女层层叠叠地围着他们。这情景说明我们输了球，如果相反他们一定已经在某个地摊上吃喝庆祝了。我看见何小腰手里拿着可乐，朝我哥的方向走过去。她就像缝在我头上的针线，每走一步就让我疼一下子，缝的时候疼，拆的时候还会再疼。天色暗下来，人群都渐渐散去。我哥和何小腰渐行渐远，终于走出我的视线，不知到哪里吃饭去了。校园里人影寥落，我拿着水杯穿过操场去打水，一路上听到的都是有关校队失利的话题。这算得上一个大新闻，因为我们学校的篮球队已经连续三次获得全市校际联赛的冠军。

我在打水的人群里看见了赵红叶，她的裙摆让傍晚的微风温顺驯良。她裸露的小腿在微光里耀眼夺目，我看了一眼就有点心律不齐，鼻子里冒着腥热的血气。我说我帮你吧，说完就从她的手里夺走了那只杯子。我在她的办公室见过那只杯子，上面印着蓝色的哆啦 A 梦和很多淡紫色的泡泡，她说那是亮粉色的，我有点儿意外，原来她有着我同级女生一样的少女心。那杯子上染着淡淡的香水味儿，我隐约看见玻璃口沿上的唇印，很想尝一尝它的味道。我克制着这种冲动，低头在热水房打水的那会儿，她就在不远处等我，那时候我感到幸福在心尖上战栗，被女人等待的感觉竟然如此美好，虽然这点儿时间短暂到微不足道。偶尔有过往的女生跟她打招呼，她就微笑着朝她们点头。我举起她的杯子说，我给你送到办公室吧。她接过去说不用了，说完就朝操场边的法国梧桐走过去，细高跟先是沉闷地从操场穿过，走上水泥路后发出了清脆欢快的声音。法国梧桐下面站着两个人，一个是我们校队的教练，另一个是个年轻的体育老师。我猜他是客队的教练，因为刚才我从他们身边经过时，他们正在谈论下午的球赛。那个年轻的教练说你们队的 23 号不错，身体素质挺好，也很拼。我知道他说的是我哥，三年来他一直背着这个号码。我们教练给他递烟，他谢绝了，他说我想喝点儿水，这时候赵红叶走过来，把手里的杯子递给了他。

那一瞬间我突然明白了我哥为什么会要求上场比赛，我猜这场比赛赵红叶一定站在场边看着，年轻的客队教练就在她身边。我哥肯定很卖力，发挥很好，但是他的球队并没有取得胜利。这本是一场无关紧要的赛事，是他自己太当回事儿了，他以为赢了比赛就能赢得一切。他以为自己穿上 23 号就成了乔丹，发着高烧也能击败对手。

他简直是烧糊涂了。

可是何小腰跟着他发烧，真让我痛心疾首。幸亏赵红叶还很正常。

我想起我走进化学组办公室那天晚上的种种情景，赵红叶刚刚在她的办公桌前坐下，我就注意到她桌上的玻璃瓶里插着一朵花，那朵花有一半颜色跟我的血液相同，上面的露水鲜艳欲滴。她倒了一纸杯热水给我，说李榜样，你的成绩还不错，怎么化学总是丢三落四的。我说我不喜欢化学，我喜欢画画。她说你知道吗，所有的绘画颜料都是用化学方法合成的，红色的主要成分是 Fe_2O_3，蓝色主要是 $C_{32}H_{16}N_8Cu$，而绿色一般是 $C_{32}Cl_{16}CuN_8$。我说我是色盲，颜料的事儿我不太懂，你找错人了。她噗一下笑出了声，她说没看出来，你还是个闷捣。我耐心地等她笑完，然后很严肃地告诉她，我既不沉闷，也不捣蛋，我说的都是实话，我确实是色盲。

听完这个，她终于意识到问题的严重性。化学组办公室一下子变得空旷寂寥，嗡嗡轻响的日光灯下，她尴尬的喝水声清晰可闻。我觉得这时候我应该缓和一下气氛，毕竟刚才她救了我，而且我也不想立刻回到班里去，我说其实色盲也挺好的，至少闯红灯的时候理直气壮。她又噗一下笑出了声：还说你不是闷捣？我只好点点头，说好吧，我就是。她说至少偶尔是。我说对，偶尔的。她说我有点儿好奇，你别生气。我问她怎么了，她从抽屉里拿出一本杂志，指着上面的图片说，你眼里这些图片是什么样儿的？

你瞅瞅，本来挺严肃的气氛，立刻向另一个极端去了。她说你别生气，你不愿意说也没事，我只是想跟你探讨一下，纯学术性质的。说这话的时候她像一个活泼可爱又充满求知欲的小女生，我实在没有理由拒绝，于是耐心地跟她讲了讲我眼里的色彩世界。她听得很入迷，听完，她说，李榜样你真应该去教书。我不知道色盲和教书之间有什么必然的联系，她笑了笑说不探讨这个了，为了表示我的谢意，我打算给你讲讲周考的化学题，我说好。有时候就是这样的，当你心情很好的时候，似乎任何事情都愿意愉快地接受。

那天晚上我睡觉时，李模范还没有回家。我问我爸要不要留灯，他一句话没说就把门给反锁上了，然后命令我滚回去睡觉。半夜有人用石子砸我的窗户，我摸黑起来轻手轻脚去开门，李模范带着一身夜色跳了进来。我看见他瘦长的影子坍塌了不少，走路也不大利索，就轻声问他咋了，他不应声，进了屋就埋头大睡。第二天我爸敲我俩的门，他不让我去开，其实我后半夜上厕所的时候，我爸已经来看过，知道他已经回来。我爸也没继续敲，只是吆喝说，吃完饭赶紧上学去，说罢他就出了门。

李模范那张大花布一样的脸从床上升起来的时候，把我吓得睡意全无。几秒钟后我回过神，禁不住大笑起来，问他是不是摔厕所里啦。他飞起一脚，把我蹬翻在床上，默不作声地穿起衣服就走。我捂着胸口半天缓不过气来，才知道他真是动了怒。

第二节大课间，何小腰上楼去找我哥，没几分钟就一脸黑云地拐回来，问我咋回事。我抱着化学课本一头雾水，我说啥咋回事，她说你出去看看，我跑到走廊上扒着栏杆往下一看，我哥正软塌塌地跟在李校长和老鲁身后，像是被打断了的半截狗尾巴，灰头土脸地穿过花坛直奔校长室而去。这样的画面我见得多了，我说何小腰，我哥就这样儿，校长室是他的客厅，政教处是他的卧室，来去多了就成家常便饭，这回啥原因我不知道，等会儿他回来你自己问去。她瞪了我一眼，气哼哼地说，你哥对你那么好，你真是个白眼狼。我说你要真这么想，我也拦不住，其实我不敢高攀白眼狼，我和我哥是乌鸦对黑猪，半斤对八两。她憋得胸脯一起一伏，就差给我脸上来一巴掌了。我当然不能给她这个机会，立刻跑回座位上捧起了书。爱学习的孩子不应该挨打，这在校园里是条真理。何小腰虽然眼里冒火，也不能对此时的我动手，我就这样巧妙地保护了自己的脸。上课时，我还在为自己的机智暗暗叫好，何小腰偷偷在后面踢我的凳子解气，这情景看上去有点暧昧，我正沉溺其中，老鲁再次出现了，他对讲台上的老师摆了摆手，指着我说，李榜样，你出来一下。

别笑了，还有你，何小腰。

老鲁先是把何小腰带到校长办公室，又把我拎到他那里。政教处的门经常遭受不公正待遇，所以多包了一层铁皮，又厚又重，开关时合页吱吱作响。老鲁关好门，又把窗帘拉严，回到办公桌后面，冷冷盯着我。看着他这副脸孔，我就知道自己已经暴露了。自古以来，凡是学生必须懂得一条真理：学校里发生的任何事都瞒不过政教处主任。如果学校是一个帝国，这里便是帝国的中央情报局，或者是克格勃，两者在气氛上极其相似。这只老狐狸只看了我一眼，我就喉头焦干，冷汗四溢，凉气从尾巴骨直蹿到后脑勺。我张了张嘴，本来想叫一声鲁主任，临到嘴边又变了味儿，我说：

舅，我错了，书是我推倒的。

看见照片了？看见了。照片上有谁？我爸。还有谁？不认识。一个都不认识？一个都不认识。照片背后写的啥？没看。为啥？想掀玻璃板，没掀动。我割了手，没敢再碰它。说完这句话，我听见老鲁长吁一口气，招招手示意我过去，压低声音说，这事关系到你爸的前途，不要对任何人说。我使劲点了点头，他说去吧，你爸在办公室等你。

　　我走进李校长办公室时，何小腰已经离开。我哥鼻青脸肿地跪在屋子中间，像是一只落了单的野鸳鸯。我深知一条真理：当梦寐以求的一天到来时，一定要克制自己才能避免翻船。我一边在心里喊爽，一边用抓耳挠腮的小动作压制跃动的狂喜。我对我爸棒打鸳鸯的本事很有信心，在他的铁腕治理下这所学校有点深山古寺的味道。我猜测着何小腰受到了何种批评和劝解，越猜越喜不自胜。这时候就听见李校长一声低沉的怒喝：跪下。我脚踝一软，就和李模范并肩跪在了一起。他说以后别给你哥打掩护，有啥情况及时向我报告。我说好。他说别再画那些没用的东西，把学习成绩再提升提升。我说好。他说赵老师是不是给你补课了。我说是，她讲的化学很生动。他说以后别去找她了。我有点儿吃惊，抬头望着他。他不知所云地说了一句，她很快就要调走了。

　　我看见我哥面如死灰。我爸无力地挥了挥手，示意我们离开，临走他又叫住我们，指着我哥说，别怨我。我哥没说话，一拐一拐转身就走。

　　我没注意我哥一直跟在我身后，我进了教室，他就在门外站着，何小腰的目光越过我落在李模范脸上，全然不顾讲台上正在讲课的老师。李模范转身要走，何小腰就跟了出来，再次蔑视了老师的权威。课堂上爆发出一阵窃窃私语，老师费了很大工夫才再次使课堂恢复平静。这时候走廊上传来啪的一声脆响，惊得树梢上鸟雀纷飞。

　　何小腰打了李模范耳光。那一声余音悠长，绕梁三日。

　　如果赵红叶不是女人，何小腰的第二巴掌肯定会甩到她的脸上。当然，最主要的原因是何小腰一直没有找到机会。打完李模范那几天，有人看见何小腰老是在化学组办公室门口晃悠，一副迫不及待寻仇的嘴脸。我心里为赵红叶鸣不平，我知道她是一个好老师，可以对我哥那样的恶劣行径不予深究，除此之外，她教化学生动活泼。前一条历历在目，后一条众所周知。她还说我不愧是我爸的儿子，有学化学的天分。我连连点头，说我哥化学也不错。她说你哥是我的学生，我喜欢他的聪明劲儿。我听完心里有点儿酸溜溜的，但是我明白她口中的"喜欢"完全是另一个意思。所以在这个事情上，我哥是剃头挑子一头热，而何小腰纯粹是没事找事。我哥如果还在这个城市，一定会跑过来制止何小腰，可惜他此时不知身在何方。自从那次在校长办公室跪过以后，李模范就不怎么出现在学校，后来也不出现在家里了。有几次我半夜醒来，他的床依然空空荡荡，屋子里徘徊着我一个人的汗腥味儿。我问我爸怎么回事，他说他把李模范送到部队打篮球去了，花了不少钱。说完这话，他就陷入长久的沉默。直到很多年以后，我才弄明白我爸在办公室说的那句"别怨我"是啥意思，因为李模范确实在怨他，自从他离开家，就再也没有回来过。我不知道什么样的事让他如此愤怒，不管是退学，还是何小腰，都犯不上让他如此决绝。

　　何小腰在化学组没找到赵红叶，我想起来我爸说的"她很快就要调走"，这话雨落花开般应验了。这符合李校长的一贯作风，做起事来绝不拖泥带水，宁可错杀一万不可错过一个。这事实在太冤枉，我等待校园里六月飞雪，好给赵红叶一个申诉的机会，结果那些天一直晴空万里，时常有白色的飞机从透明的天空经过，后面跟着狭长笔直的云朵。我看着那些云朵渐渐消散，天空重新变得透明，突然有勇气从脚下涌进身体。我跑到政教处，跟我舅打听赵红叶的去向，他用很奇怪的眼神看着我，说你本应该恨她，要不是她你妈也不会死。他这些不靠谱的话让我愤怒，我恶狠狠地朝他面前的地板上啐口水，说你们合伙坑她，她怎么得罪你们啦。他没有接我的话，他当然知道我说的"你们"指的是谁。他静静地看着我，脸上大雪纷飞。我发完脾气就去找门把手，准备摔门而去，他说轻点，别让你爸听到了。我采纳了他的建议，打消了摔门的念头。他又说，回去好好上课，赵老师是自行辞职的。

我脑子轰一声，如同放飞了十万只鸽子。

接下来的几个周末我都没有回家，其实那时的高三只放半天假，但是因为大考临近，总有两三个学生周日下午也到班里自习。我原本和他们不是一路人，只是李模范的前车之鉴让我有点儿胆寒，所以只能委曲求全地混迹其中。我爸对这事很满意，他说态度决定一切，不管将来考得咋样，至少你不会后悔了。我含含糊糊地点头称是，他再次强调了家规，在学校必须称呼我舅为鲁主任，称呼他为李校长，行百里者半九十，不要在最后这一小段日子里乱了规矩。我摆出一副面色凝重的样子，缓慢有力地点着头。他不再说什么，丢过来几张钞票，以示表扬。我恬不知耻地接了过去，没了李模范，我终于可以按计划尽情挥霍，把高中的味道好好咀嚼一番。值得一提的是，后街的炒米皮味道一向很好，而且奉送酸汤，那天中午的汤尤其鲜美，只是喝完以后舌根焦躁，想必是猪油和味精用得太猛，导致下午我喝饮料喝得太多，膀胱一直处于疲劳状态。有一刻，我终于忍耐不住，连蹦带跳地奔向教学楼东头的厕所。一阵轻快之后，便池里腾起一股令人压抑的腥味。我从厕所里走出来，趴在楼道的栏杆上透气，一眼看见斜对过办公楼一层的高三化学组开着门，门口的石榴花汪洋恣肆，烧得白墙上灰蒙蒙一片，以我的经验推断，那必是灿烂的红色。那些花朵让我有喝了二两的迷惑，我在这里读书三年竟然第一次注意到这种摄人的妖红。我走下楼穿过花树，脚下的花瓣腻滑黏人，我看见赵红叶站在门里，纸片样的身影飘来荡去忙碌不休。我说我帮你吧，她抬起头，眼睛亮了一下，仅仅是短暂的一下，短暂到让我怀疑自己的视力，她说我自己收拾，你赶紧复习去吧。我没有再说话，径直走进去帮她把桌上的东西一件件收进行李箱。收拾完她又打扫了一下地板，给窗台上的每一盆花浇水。她那张桌子孤独地蹲在墙角，静静看着她在拥挤的办公室里忙碌。她对我说谢谢。我想送她出去，她拒绝了。她打开行李箱，说我送你一件东西吧。我说我要那只杯子。她愣了一下，说这是我现在最讨厌的，说完就把那只印着哆啦 A 梦的玻璃杯扔进了废纸篓，然后从行李箱里翻出一本书，在扉页上刷刷刷写了一行字，塞在我手里。我想打开看一下，她用眼神制止了我。我下意识地回过身，看见李校长正站在门口。

后来李校长跟我要过那本书，我说是一本化学题目精解，已经借给同学了，他脸色很难看，但也不好再说什么，我猜他很想知道那是本什么书，但我决然要把这个秘密烂在肚子里。我离开以后，并没有走远，而是躲在教学楼阴影里盯着门户大开的化学组办公室。李校长站着跟赵红叶说话，她背靠在门上听，一直没有抬头。那一瞬间，我感觉这样的场景似乎我经历过，在那个故事里，我爸是赵红叶，而赵红叶就是我。过了一会儿，鲁主任也来了，李校长跟他交代了几句，他一边点头一边去拎赵红叶的行李箱，赵红叶抢前几步拖起行李箱就走。轮子在水泥地板上发出嗡嗡的声响，赵红叶低头绕过那些横斜在树枝上的石榴花，鲁主任哎哎叫着，她脚步不停，转眼消失在远处。

我猜到李校长会跟我要那本小说，就根本没有把它带回家。晚上我忘了关窗，涌进来许多奇奇怪怪的梦，连绵到早晨憋尿惊醒的那一刻。我在一片呜啦呜啦的早读声中爬到自己的座位上，脑子里仍然像蜂箱一样乱哄哄的。我尽力驱赶着脑子里的蜜蜂，开始动手在抽屉里找起那本书来。找书那一会儿我心情忐忑，像是要揭开什么不可告人的秘密。抽屉里杂物太多，我第一次搜出来一只球鞋，第二次扯出来一本《人体艺术摄影》。球鞋是为了方便上体育课存在里面的，我旷课的时候，没带鞋的男生就抓出来穿上，用完再放回去，不知经历了多少沧桑，终于凑不够一对了，硕果仅存的一只浸满汗液污渍后又被多次风干，拎起来沉甸甸的如同铁锤，散发着不可描述的气味。《人体艺术摄影》则是在后街昏暗的小书店里买的，为了掩饰内心的慌乱，我还背了画夹，装出很老练的样子。谁知刚出门就遇上了李模范和他的狗腿子们，他乐颠颠地说我们先看，看完还你。等一个多月后书到了我手上，已经变得少皮没毛，我猜它经历的沧桑不会比我的球鞋少。即便是这样少皮没毛的样子，该书的借阅率依然居高不下，后来我就懒得管它，扔在抽屉里任人取阅。

我最担心的事情还是发生了，我的抽屉长久以来疏于管理，他们就把它当成了公交车站，随时光顾来去自由，里面的东西变成了公用物资，可以任意使用。我的宽容变成了软弱可欺，打盹儿的老虎被当成绵羊嘲笑，我头顶哗地腾起一股热浪，我拍案而起，厉声大喝：

谁他妈干的？

教室里轻声荡漾的海水止息了，五十多条目光从不同角度投到我脸上，这是三年来我唯一面对大场面，我克制着愤怒，一字一顿地说：

谁把我那本书偷走了？

啥书？

小说。

哦，我还以为是《人体艺术》呢。

教室里哄的一声，如同突然滚来的一排泡沫，泡沫过后，海水再次荡漾起来，每个人都回到了先前的状态，读英语或者其他功课，我被孤零零扔在一边。我降低了声调，什么《人体艺术》，是《人体艺术摄影》，压根儿就是两种书，不学无术还笑话我，丢人。我说话时还梗脖子站着，四下逡巡看谁最像偷书贼，这时候一个纸蛋儿扔过来，正中我的后脑勺，我回头一看，何小腰正在红着脸瞪我。我说咋啦，她没回答，只是用笔指了指落在我脚下的纸团。我捡起来一看，上面写着：

人之所以痛苦，在于追求错误的东西。

落款是赵红叶。

我嗷地怪叫了半声，何小腰在后面猛踢了我一脚，把剩下的半截嗷字踢回到了我肚子里。我被噎得嗓子生疼，口干舌燥，整节早读我都在收拾那张揉皱的扉页。这条心灵鸡汤让少不更事的我震撼不已，我以为我触摸到了自己的灵魂，感激赵红叶给我指出人生坦途。后来我才知道那只是无可奈何的吐槽，遇到挫折后的自我安慰，它的最大用处是让失落的自己重获平衡。痛苦本来就是人生常态，我明白过来时最美好的青春已经离我远去。那时候我无忧无虑，可以耐心等到早读结束，等到班里人影三三两两时才转过身去，我问何小腰说书呢，她说扔了，我说扔哪儿了，她说到处都是，撕碎了。

说最后一句的时候，她还伴随了一个吹灰的动作，轻描淡写。

如果是别人，我一定要跳起来揍她一顿，可偏偏不是"别人"，就是何小腰，我不能对她动手，虽然我已经决定不再爱她。我满腔的怒火窜到眼球上，憋得眼压升高，俩眼球停不到一个焦距上，看东西左右重影，我说，你看你，好好的新书撕了干啥。

我乐意，如果赵红叶在这儿，我还要撕她的脸。

你看你。

看什么看，你不高兴就打我呀。

我没说要打你。

李榜样，你要是男人就打我。

怎么会。

李榜样，你是不是男人？

是。

是就打我。

我操，我憋得胸膛鼓了三鼓，手心里痒得要命。这个平日里娴静文雅的女孩子变成了泼妇，我一个血气方刚的五尺大汉被她呛得连连后退，无地自容。我想着她白皙的脸蛋贴上红色的巴掌印会是什么样子，我手指头发抖，后颈子发热，我忽地站了起来，"咣当"一声踢倒凳子，走出了教室。

李榜样，你他妈为什么不打我？何小腰说。

剩下的日子里，唯一的新鲜事就是曾经带队击败过我们的篮球教练调到了我们学校，老人终究要退休，年轻人少不了奔波，世界上没有永恒的仇敌，这是人间常理。有几次经过训练场，我看见他手里也拎着一个印着哆啦 A 梦的水杯，这杯子上的泡泡大约是蓝色的。我想跟他聊聊粉色的那只杯子，每次看见他冷峻的目光就退缩了。篮球队的队员说这个教练对李校长很不感冒，可能是因为校长的大公子李模范先生曾经在下班路上伏击过他。这个小肚鸡肠的家伙比我哥整整高出了五厘米，据说曾经在体工队打过专业比赛，身体条件可想而知，两人的对决结果也不言自明。这些话七拐八拐地传到我们班里的时候，天气已经很炎热了，我和何小腰铁青着脸，一言不发。没几天我俩也被拆开了，李校长又把我叫到办公室，语重心长地说了一番话，说话时眼镜后面亮闪闪的。自从我妈去世以来，他是唯一一次这样失态。半中间他被叫出去说了很长时间的话，我闲得无聊就打开他身后的书架，其中的一格里摆着我妈的照片，我翻到相框背后，看见一张很旧的照片别在后面。我曾经在鲁主任的办公室见过这张照片，他似乎还说过背后写着什么重要的东西。有那么一刻，我真想看看照片背后写的是什么，但我终究还是忍住了。我把照片放回书架，又小心地挪动了几下，摆得尽量看不出动过的痕迹。李校长回来时，鲁主任在身后跟着，他说把这孩子调到别的班吧，清静清静，加速冲刺。李校长点了点头。

　　直到夏天，我都没有再见过何小腰。她家路子野，去省城上冲刺班了，按她以前的成绩，应该是能考个重点院校的，不知怎么，只是考取了本地师大的音乐系。我很幸运地去了一线城市，学医，跟我的兴趣相去甚远，唯一能安慰自己的，是在上解剖课时比别人画的图都要好，结构比例非常匀称，这证明了《人体艺术摄影》确实没有白看，给我画的那些器官或者骨骼披上外衣，依然会明艳动人。炎热的夜晚，我又想起了赵红叶，想起了那张照片。我不想让她丢掉那张照片，于是就凭记忆给她又画了一张，依旧是在大八开的素描纸上。画上的她面目模糊，只有眼神是清晰的，有些像李模范，也有些像我，或许还有些像何小腰，画完后我不知道寄到哪里，只好把它藏起来。我希望有一天能见到她，亲手交给她。我记得她送给我而我又没有保护好的那本书，就去书店买了一本，看得很揪心，看了一半我就把它丢进了垃圾堆里。

我去找过何小腰，据说已经是秋天，天气却比夏天还要热。头天晚上，我给她画了一朵玫瑰，画完后我刺破手指，等待再来一次奇迹，可是直到第二天早上，那张画还是老样子，只是血渍干过以后，散发着眩晕的味道。我只好又匆匆画了一张新的，我把画交给她的那天下午，她穿着蓝色的长裙，白色的鞋子，每走一步都让阳光退却，直退到楼宇后面的阴影里。她说谢谢，我说嗯，说完转身就走，从此以后没有再回过那座城市。我猜她后来撕掉了那张画，因为直到今天，我耳边仍然是纸碎的声音。

（原载《伊犁河》2019 年第 3 期）

量子录梦机

这么冷的天，鹿惊丽竟然又来扯我的被子。我裹得紧，她扯得急，刺啦一声，被子就碎成了一堆蝴蝶，轰隆隆挤满了整个房间。我坐起来才看见房间仍是黑暗空荡的，身边发出细微鼾声的是六岁的儿子。说好自己睡，他半夜又爬上了我的床。我拉开窗帘，水泥搅拌车正在高架引桥上缓慢攀爬，轰隆声从那里奔涌过来，与刚才蝶群崩散的声音极其相似。报纸上说，这座桥将在 9 月 30 日通车，他们只好在深夜赶工，准点把我叫醒。

我摸进厨房，那里有我睡前准备的一杯酒。九都大曲，五十二度，三两三的玻璃杯，能保证一条壮汉十分钟后再次入睡。罐子里常年存着椒盐花生，摸几颗丢在嘴里，三五下就嚼得满嘴焦香。喉头已有渴意，正是喝酒的好时候。我已经喝下一半，还需另一半解渴。

手机偏偏在这个时候响了起来。

我丢掉杯子奔向卧室，路过餐厅时踢到了桌子腿，疼痛从脚趾跳上了太阳穴。即便如此，还是晚了，儿子坐在黑暗里，揉着眼问几点，瘦窄的肩膀让人心疼。我摁灭手机，重新把他放进毯子里，还早，你安心睡。他翻了个身，呼吸变得细碎悠长。手机再次亮起，这一次我已经把它静了音，震动和闪光让房间变得狂躁。我走出卧室，拉上木门，又走进卫生间，关上玻璃门，手机还在兜里狂躁地跳动。好在它已经远离了儿子的梦境。我坐在马桶上，掏出手机，对范特西说，半夜三更打电话，你小子病得不轻。他说对，没救了。然后他告诉我，量子录梦机研制成功了，第一代原型机就在他的实验室里。几分钟前空机运转了一次，看起来非常安全。

面对他特意强调的"安全"俩字，我丢过去一声"呵呵"。

他习惯于我的不屑，他知道我对量子世界一无所知。他在地摊儿上给我大讲量子纠缠时，我正跟面前的麻辣小龙虾搏杀得难解难分。他举起扎啤杯要阻止我继续战斗，而我不屈不挠地想歼灭盘中的余部，他只好拎起我的酒杯塞在我手里，这一下有效地打乱了我的军事部署。他说从理论上来讲，一个原子可以同时出现在两个地方，如果一个梦在你脑子里形成，同时也可以出现在一架机器里。只需要把机器记录下的原子轨迹用画面转译出来，不就是录梦机了吗？

我叼着虾钳，右手捏着虾尾，左手举杯跟他碰了一下，边吸溜酱汁边说，祝你成功。

当天晚上，他给我发来一条消息，题目是《美国实验室观测到 2000 个原子同时出现在两个地方》。我说网上信息泥沙俱下，真假难辨。他又转来一条内容相似的消息，这回的发布平台是"学习强国"。这家伙从小不求上进，六年级勉强加入了少先队，入团大业五年未成，现在居然使用上了"学习强国"。我问你啥时候入党了，他说没有，是因为这个平台信息审核很严，有公信力。你们党员就信这个，不是吗？我说对，我每天都看。他问我对他这个项目的看法，我想了想说，祝你成功，真心的。

很显然，这句"真心的"终于让他在我这里挽回了尊严。我和老王跟他小学起就是同学，一直到高中三年级，算起来同窗将近十二年，却没什么交情。他家在河西大厂，工人阶级，我和老王是大院子弟，各有各的圈儿。基于这样的感情基础，我和老王大学时通信不断，经常率团互访，代表两所高校在足球场和酒桌旁杀得昏天黑地，续写了许多友谊的故事。工作后手头宽裕，更是隔三岔五就鬼混在一起。有一回我俩在烧烤摊喝酒，范特西骑车从旁边路过，骑出很远又折回来，指着我叫，孟山河你跟鹿惊丽好上没？我一口啤酒顶在胸口，差点背过气去。倒是老王很镇定，说你是谁啊，乱嚷嚷啥。他跳下车，坐在旁边的空板凳上，我是范特西啊，数学课代表，凯小三班。

我这才想起来确实有过这样一个同学。小学时老师让计算从一加到一百的和，他不假思索就答了上来，满教室女生爆发出惊叹声，把我羡慕得要死。我记得高中以前他的数学成绩非常好，其他课程一塌糊涂，后来不知怎么回事，数学也不行了。或许是太行了，超出了中学课程的范围，让数学老师自惭形秽。他公然在三角函数课上问哥德巴赫猜想那次，数学老师终于掩饰不住怒火，痛斥他不务正业，把一截粉笔头扔在他脑门上。从此以后他就再也没来过学校。他妈来学校替他办手续，隔窗看见我们正在卖力自习，叹了口气说，多好的孩子们啊，被学校教育给毁啦。

我坐在窗口，听到这句感叹，觉得胸口热热的。

隔天范特西来农科所找我，张口闭口都是"科学家"。我臊得脸皮发烫，告诉他说我只是个技术员，算不上科学家。他说咱班同学里，唯一在科研单位工作的就是你，当之无愧，当之无愧呀。这话缓解了我的尴尬，给脸皮有效降了温。我问他来干吗，他说请教一下关于费马定理的问题。我脸皮再次高烧起来，我说要是胚胎优选、基因染色什么的，我还略知一二，费马先生跟我跨了学科，隔行如隔山啊，不好说，不好说。你总是这么谦虚，他说，据我所知，你的数学高考成绩全班最好，大学又得到了名师指点，只要在这方面多用点心，一定能够有所成就，其实夺取数学皇冠上的明珠，靠的并不是什么天分，而是锲而不舍的精神。

他这句话前半截表扬了我，让我很开心，后半截又像是在批评我，要做我的人生导师，很让人恼火。我对面的刘芳芳听完，终于克制不住站起身来，借口去接水，快步逃离了屋子，走廊里撒下一串活泼的笑声。她是学土壤分析的，笑点有些低，但是笑声很好听。笑声让屋子里安静片刻，尴尬在沉默中缓慢溶解，范特西掏出一本旧书说，这是徐迟说的，还记得吗？你拿到班里的这本书，我一直保存着。他递过来的书少皮没毛，页边翻卷，像沉睡初醒的蓬头老妇。我记忆里残存着这个老妇的碎片，却没有贸然去接。他不好意思地笑了笑，说原本想给你买一本新的，路过新华书店时，忘记下公交车了。我说没什么，你喜欢就留着吧。他说我来不是为这个，说完他从挎包里取出厚厚一摞稿纸，递给我说，这是我演算费马定理的手稿，我还有一篇关于这个的论文，能不能帮我推荐发表？

我说，我不认识杂志社的人。

他说，老王不就是《九都文艺》杂志社的吗，听说还是编辑部主任。

我说，《九都文艺》不是数学杂志，也不权威，没有那么多人读。他打断我说，陈景润是中学教师，不也成了数学家吗？要知道费马定理的证法是世界数学史上的百年难题，现在我解了出来，我是哪儿人？九都，九都有几本杂志？一本，这时候这本杂志就应该把本市最大的科学发现报道出来，在这个震惊世界的发现面前，谁还在意它发表在哪本杂志上？孟山河你知道的，徐迟不是数学家，但是他写的《哥德巴赫猜想》感动了无数人，《九都文艺》不是数学杂志，但它刊登的论文可能震惊整个数学界。

想想吧，以老王那样的德行，一辈子能做几件这样的大事。

　　带着范特西去找老王的路上，我一直在思考如何才能说服老王登载这篇论文。我不是数学家，但是知道这件事对于数学界的重大意义。也许我什么都不必说，范特西就会给老王讲明白。我相信以老王的野心和理解力，必然不会轻易放弃这样的出名良机。当然，他可能不知道费马定理是个什么玩意儿，这个资深的数学学渣需要我的及时科普，这时候我就可以晓之以理，用科学之美打动他。

　　出人意料的是，老王答应得很爽快。这爽快来得太容易，让我的舌头失去了用武之地。

　　事情是这样的：我和范特西在中州路 135 号危楼的一层找到老王时，他正在电脑前噼里啪啦敲击键盘。屏幕的蓝光投在他脸上，看上去很严肃，与地摊上的老王相比判若两人。屋子里外乱糟糟的，据说这栋楼要拆，他们得尽快搬到别处去。他踢开书堆，把我俩让到沙发上，又让年轻的女编辑倒上茶。我说你还记得范特西吗，前几天晚上一起喝啤酒的那个。他说当然记得，他饭量挺大，那天晚上是我结的账。我说下次我结，范特西找你有事。

　　范特西从挎包里取出几个红本本，递给老王：

　　这是我近几年获得的主要荣誉，包括中华现代数学大师、炎黄数理科学院院士、改革开放 40 年最优秀 40 名数学理论家等，最后这个奖是在北京人民大会堂颁发的。

　　他递给老王一张照片，老王看完又递给我。很显然，那根本不是人民大会堂，也许是北京哪个酒店的多功能厅。

祝贺你呀，老同学。老王脸上带着温和的笑容，把红本本和照片还给范特西，问，我能帮你做点什么？

范特西把那摞厚厚的手稿捧给老王，说费马定理你知道吧？这是我的解法和论文，请在贵刊发表出来。这是为中国人争气的事，一定要重视。

好，老王接下手稿，说，我转交给领导审定。

一定要尽快发表，如果被外国人抢了先，我们就成了历史的罪人。

你说的对，我们一定从速办理。老王站起身，诚恳地握着范特西的手说，范特西同志，辛苦你啦。

那天晚上我刚到家，老王打来电话，约我在楼下地摊喝二茬酒。我欢快地跑下楼去，大腰片和烤板筋已经上桌。我伸手去抄串满烤肉的铁钎子，他按住我的手，把一个厚实的档案袋塞在我手里。

以后长点儿心，别把这种不三不四的人往我办公室领。

很显然，他把震惊世界的发现给枪毙了，而且没有食言——尽快处理了，退稿任务交给了我。

范特西来取手稿时，并没有想象中的那么愤懑，只是淡淡说了一句，孟山河，你和老王也只是普通人而已，不具备做大事的潜质。

这话一点儿不假，我确实在乏善可陈的生活里持之以恒地浪费着光阴和粮食，唯一的亮点是娶了鹿惊丽，这个消息在同学圈里传了好几个月。我被当作励志故事里的男主角，写进了老王在本地报纸上开设的专栏里。我不知道范特西是否读过那张报纸，他在烧烤摊前与我久别重逢的那句问话，算是以这种方式得到了答案。

没过多久，鹿惊丽怀孕了。我减少了外出应酬，老王很识趣地不再邀我喝酒，岁月这时静好了许多。我习惯于每天迟到半个小时，在下班前一小时偷偷早退。单位事情不多，大家都睁一只眼闭一只眼，偶尔遇到紧急情况，刘芳芳也能帮我搪塞过去。这个规律不久以后就被老谭头摸透了，他在我关闭电脑前五分钟打来电话，说晚上有个饭局，一定要参加。我说我除去酒量就是个废柴，现在要照顾老婆，不能放开喝，你还是找别人吧。老谭头问你是不是认识范特西。我说他是我小学同学，数学成绩挺好。我慎重地隐瞒了中学部分，免得遇到意外不好收场。老谭头哦了一声，说晚上还是参加一下吧，我批准你提前离席。

老谭头是所里的领导，年龄刚挂住退二线的边儿，这时候正是特别敏感期，拒绝他显然不够明智，更何况这个饭局还和范特西有关。我很想知道，自从他证明费马定理失败后，又搞出了什么惊人的数学研究，这次的研究对象不知是欧拉还是高斯。我沉迷在琐碎的俗世生活中太久了，应该听听世外高人的故事。

组局的是一个过气的乡镇企业家，老谭头的朋友。据说早年在南方挖了个技术员，搞化工起家，掘了第一桶金，正要大展拳脚的时候，遇上环保限产。金山银山，不如绿水青山。

乡镇企业家还没挣到金山银山，就已经把城郊乡的绿水青山整出了氨水味儿。厂子自然是不让开了，技术员果断下江南另觅高枝，乡镇企业家只好雇了个厨子，在自家果园里搞起了农家乐。

把一个雄心万丈的乡镇企业家锁在农家乐里，实在是违背资本的本性。但是放眼九都，能挣大钱的机会就只剩房地产了。以乡镇企业家的实力，还玩不起这种高级货。他想用更小的投入，撬动更大的市场。

功夫不负有心人，这样的项目真的被他找到了。

你当然可以理解这样的心态：乡镇企业家急于向领导汇报成果，在酒局参与者还未到齐的时候就开始了激情演讲：

据美国及英国汽车分析家的一项联合报告预计，全球汽车每年将以 2500 万辆的速度增加。明年，全世界小轿车及卡车的数量将达 10 亿辆。报告还说，现在行驶的 4.75 亿辆小轿车及 1.47 亿辆卡车中近 30% 已有 10 年以上的车龄。这些车的共同特点是使用内燃机，每天都在消耗大量燃油，产出二氧化碳。燃油消耗将造成全球能源紧张，二氧化碳排放将造成温室效应，总体来说，淘汰已成必然。日本在大力研发电力驱动汽车，但是成本高昂。欧美在搞氢能源，也是没谱的事儿。我现在投了一个项目，用压缩空气作为动力，不烧油，清洁环保，可以说是未来的产业黑马。老领导啊，到时候你的车就不用花油钱了，气瓶子一装，轻松跑起来，跑光了来我这里换，免费的啊，终身免费。

我听说过，我打断他说，好像几十年前美国佬搞过这个研究，后来发现压缩空气耗电太多，如果把这些电直接装在车上，跑得比一瓶子气还远，不划算，就放弃了。不知道你的压缩设备是如何解决这个难题的。

小孟，话没有听完不要乱插嘴。老谭头显然还沉浸在免费换气瓶子的快乐里，多年的宦海沉浮并没有让他看破红尘，反而让他更加留恋于此。他在很多场合讲过，自己之所以能从乡镇混到城里，从办事员混到副县级，是因为自己能不断创新。创新是发展的动力。现在他老了，创不动了，但是还可以甘为人梯嘛，只要年轻人肯创新，他就百分之百支持。不求名，不求利，不求你一瓶子压缩气。

眼下正是一个创新的大项目，虽然跟农科跨了行，老谭头还是兴致勃勃，要帮乡镇企业家跟科技局搭线铺路。如果能被市里立成重大项目，还能得到资金支持哩。老伙计，你这回耍大啦，赶紧倒上酒吧，先敬你一个。

连阴的秋雨里，九都城气温骤降了不少，街上的灯光混着雨水，斜照过来，立刻被粘在玻璃窗上。包间里并不热，乡镇企业家还是让服务员打开了空调。我看到他额头亮晶晶的，右手食指缝纫机一般在饭桌上敲击，发出急促而散乱的声响。短短五分钟，他打了两通电话，催促范特西迅速赶过来。我后悔于刚才的莽撞，决定今晚不再乱发一言。老谭头兴致热烈，一再举杯，应者云集，酒宴重新变得明亮温暖。

范特西的位置被安排在老谭头的右手，略高于我。他入席时看到了我，没有丝毫讶异。我决意把时间浪费在餐盘里，也让他越来越放松。那天晚上他妙语连珠，给在座的上了一堂饱满的科学课。从宇宙大爆炸到弦理论，从牛顿力学到霍金虫洞，从摩斯密码到二进制编程，当然也包括他的高能气体压缩机。他说虽然还没有量产，但是样机已经通过实验检测，接下来就是大型化。

申请专利没有？老谭头严肃地说道，要注意保护知识产权。

是的，范特西说，我正在准备材料，请老领导给予批评指导。

好，这个年轻人相当不错，老谭头很满意，材料准备好先给我过目，审定以后报送有关部门，需要我做什么工作你们只管开口。

老领导，太感谢啦，乡镇企业家的脸色终于生动起来，招呼范特西说，来，咱们共同敬老领导一杯酒。

老谭头喝得很尽兴，夜里我送他回去，一路上还在喋喋不休地构思高能气体压缩项目的美好前景。我也喝了不少，舌头有些大，不想说话。

六年过去了，九都市的大街上来回穿梭的仍然是燃油汽车，也有一些油电混动的，看上去没有什么差别，不知道北上广深是否已经用上了高能压缩气体驱动的新型汽车。老谭头退休前，我借着酒劲儿，问他这个项目的进度。他大谈颜筋柳骨，笔墨法度，好像从没见过乡镇企业家这个朋友，更不知范特西是何许人也。我送给他一刀红星宣，他笑呵呵地收下了。他说忙碌了半辈子，才发现中华传统文化博大精深，魅力深沉。就说这个书法吧，不仅练艺，而且养气，养浩然之气。山河，你虽然是学农科的，也应该学学传统文化，不要把自己搞的急功近利。温柔敦厚，君子之风嘛。红星宣是好东西，自家用有点浪费啦，我是初级阶段，下回给点三星就行。

我说，论起传统文化的修养，我是开着火箭也撵不上您老，自暴自弃啦。说这话的时候，我想着范特西会不会也自暴自弃，不在科学的荆棘之路上跋涉了。

万万没有想到，范特西还会打电话给我。

他的语气很真诚。他说来我的实验室看看吧，然后用微信给我发了一个定位。我骑着共享单车赶往河西区，险些在那些整齐划一的苏式红砖楼群里迷路。建国初期，这里曾有过十几个国营大厂，皆是老大哥援建。老大哥们撤走以后，我们自力更生搞建设，盖学校盖厂房盖宿舍，也搞得风风火火，只是盖出来的楼房怎么看都带着点老大哥的味道，绿化树也是清一水的法国梧桐。等我们学会盖自己风格的房子，学会栽种不同种类的绿化树，已经是几十年后的事情，九都新区的繁华跟一线城市接了轨，河西区却被时代洪流远远抛在身后。我骑车拐进一个老街坊，院子里居然还有一小片土地。

那是一个露天篮球场，地面不是塑胶、柏油或者水泥的，是真真切切的土地。灰黄色的，有弹性的土地，长着草的土地。我锁好单车走过去，在那片土地上来回踱步，感觉像是回到了中学的操场上。那时候我打控球后卫，每运一下球，脚下都会腾起一溜黄色的细烟。鹿惊丽在场边看着，小鹿样的双腿绷得紧直。有一次我攻到前场，扔进一个三分球，她高兴地跳了起来，旋即又像是意识到了什么，低下头悄悄回班里去了。

范特西从实验室里走出来，远远喊我，我才想起自己此行的目的。

他的实验室大约有六平方米，靠墙的三面是工作台，墙上挂满各种油污和磨损的零件，工作台下堆放着许多工具，剩余的空地只能容一人转身。我挤进去以后，他让我关上门，我拒绝了。我说这里没窗户，要注意消防安全。他说，你见哪个实验室有窗户，实验室需要隔绝外部环境，你懂吗？我说实验室我去过很多，煤球棚改造的还是第一次。这话严重打击了他的自尊心，他眼里伸出刀子想要刺死我，我用锋利的目光迎击他，他最终还是妥协了。他说，那就先不关门，看完量子录梦机再说。

我说，好。

他转身从工作台下拖出一只纸箱，然后从纸箱里取出一架机器，小心翼翼地放在我面前。

借着屋里的灯光和门外挤进来的阳光，我看出眼前放着的是一个头盔。

一个摩托车头盔，七成新，黑色。

这玩意儿能值五十块不？我有点儿嘲弄的语气了。这份嘲弄背后是我对自己的羞愤，我明知道他曾经干过证明费马定理那样不靠谱的事儿，居然还浪费整整一个下午的时间来看他的实验室。刘芳芳那个干净明亮的实验室我都懒得去，现在竟然跟着一个搞民科的在煤球棚里玩头盔。我真是昏了头。人不能在同一件事情上犯两次错误，我却是接二连三掉进范特西的坑里，我越想越生气，有那么一瞬间，我想拎起头盔扔到他脸上，或者离开的时候重重摔一下门，但是范特西及时稳住了我。

我没有注意到工作台上摆放了一架小巧的机器，他从机器上扯出一根三角插头，往头盔后面一接，整个屋子就亮了起来。

那些蓝光是从头盔面罩上发出的，伴随蓝光出现的还有细微的嗡鸣声。嗡鸣和蓝光跟我此刻的呼吸节奏如此合拍，竟然让我生出想试一试的冲动。

能戴戴看吗？我问。

现在还不行，范特西说，常规家用电源无法驱动高能干涉仪，这是量子录梦机的核心部件。前几天我在小区主干线上试过一次，运行很安全，只是造成了附近大面积跳闸。山河，你也是知道的，偷电这种事，不能经常干，要是我自己有个高压电源就好了。

我走出范特西的实验室，他还在我身后跟着，喋喋不休说着废话。他说他刚和老婆离婚，因为压缩气能源汽车的事儿，他惹上了官司，乡镇企业家要他二十万。他哪儿有二十万，光是去北京领个奖，会务费就收了他一万多，这些年挣的钱都花在这个上了。他说卖房子吧，老婆就哭就闹。这房子是老丈人留给老婆的，虽然不大，她和孩子还够住。他说干脆离婚吧，我一个人债多不愁。她娘俩都接茬说行，就差跳起来叫好了。

她们不知道我有量子录梦机，我在动手前就想好了，要悄悄弄好一鸣惊人。我知道，这个东西如果搞成了，我今后的路就是金光大道，我将来的身价绝对是超级富豪。到那时候，她俩再怎么求我都没用，我在最需要家人支持的时候她们站在了我的反面，这是她俩该有的结局。当然，我要报答社会，我要建设祖国，我要造更多更厉害的机器，我要当中国的托尼·史塔克，我知道那件钢铁战衣的关键，我能制造出比它更牛的。

范特西说得很兴奋，但我一句也听不进去。此刻我已经重新走到了那个篮球场，耳边响起了运球的嘭嘭声，我看见篮筐就在不远处，只要有球就可以再扔个三分。我想起鹿惊丽看球时的样子，也想起了她进手术室的样子，如果那次她能挺过来，就可以看见我们的儿子。他已经六岁，却没有见过妈妈。我跟他描述妈妈的时候，他总是听得入迷。即便是刚摔伤了膝盖或是流过血，关于妈妈的三言两语也能让他迅速忘记疼痛。我后悔没有多留些照片或者影像资料，我有过那么多梦境，里面的鹿惊丽那么生动，如果有个录梦机就好了，我要把它们都录下来交给儿子。现在，范特西手里就有这么个玩意儿。

毕竟，一台高压柴油联组发动机也就三四万块钱而已。

邙山奇侠传

一

唐朝那会儿，海陆贸易发达，除了买卖丝绸香料，人口黑市也很繁荣。有些商队在非洲海岸停靠，看见那里土地丰饶，巨树摩天，每个人都披着黑丝绒一样的皮肤，他们的腰细长有力，肩膀宽阔得能跑过去一头小鹿。他们不事稼穑，饿了就攀上巨树摘果子吃，渴了就用宽大的树叶卷泉水喝。他们修长的四肢与猿猴类似，上树下树如履平地，如果他们愿意，可以长时间生活在树上，不用下到地面上来。他们从一棵树跃到另一棵树时，甚至不会把腰间遮羞的树叶弄乱。

有一次，商队在往船上搬运食水，突然腥风乍起，从半人高的草丛里跳出一只雄狮。也许是饿得太久，雄狮来不及讲究吃相，嘎嘣一下就咬掉了一名水手的右臂。船上养的罗威纳犬奋力上前迎战，只一回合，就被雄狮打翻在地，踩在脚下，卑微地吃着尘土。美好的世界突然定格在了这一刻，每个

人都像被点了穴一样瘫倒在地，等待命运的血盆大口降临在
自己头上。

这时候，披着黑丝绒皮肤的男人走过来了。

他赤手空拳跳到雄狮跟前，一拳打在它的鼻尖上。雄狮
向后一趔，啪嗒一声，嘴里的胳膊就掉落在地上。它鬣鬃倒
竖，獠牙狰狞，发出震耳的吼声。那吼声如狂风掠过，令周围
的草丛瑟瑟发抖。

披着黑丝绒的男人呲着雪白的牙齿，也爆发出一声大吼，
这吼声让海水不安地摇荡。

雄狮后退两步，收起腥风，转身走了。走出很远，还恋恋
不舍地回头看那条落在草丛里的胳膊。

商队的每个人都喜出望外，除了那个抱着残肢哭泣的水
手。他们热情地邀请黑丝绒男人登上大船，用最好的美酒和
佳肴招待他。宴会不用择日，最好的场地就是甲板和船舱。大
家轮番给救命恩人敬酒，船长的女儿跳起欢快的舞蹈，很快，
黑丝绒男人就醉倒了。等他醒来时，大船已经航行在海洋深
处。

黑丝绒男人跳起来，掀翻桌子，砸碎酒杯，跳到了甲板
上。那时候海风正劲，帆鼓得像盛满了美酒的大碗，推着船破
浪前行。黑丝绒男人抱住桅杆，全身肌肉紧绷，骨关节嘎嘎爆
响——很显然，他想要把它折断。连船舱里的老鼠都感觉到
了危险，惊慌失措地大叫。只有商队的首领是镇定的，他脸上
挂着温暖的笑容，他让船长的女儿给这个暴躁的男人取来水

喝，抚慰他渐渐安静下来。他们坐在甲板上，海风吹动船长女儿的头发，发梢在黑丝绒男人的鼻尖上拂过。他从未见过如此温柔的女人，她的褐色皮肤让他着迷。

商队首领告诉他，作为报答，他们要带他去世界的中心看看。那里有巨大的城，城里的人穿着水一样光滑的绸缎，坐着羽毛一样柔软的轿子。他们的女人簪着华贵的牡丹，说起话来像夜莺在歌唱。城的正北方住着世间权势最大的皇帝，他的宫殿用金砖铺地，园子里果实累累、奇花遍布，喷泉里涌动的是不竭的美酒。

如果你愿意，甚至可以留在那里，他们会把你当作珍宝，只有高贵的门第才能配得上拥有你，他们叫你"昆仑奴"。

黑丝绒男人听得心驰神往，船长女儿与他并肩坐着，一语不发。

商队首领指了指断臂的水手，示意人们把他扔进大海，然后告诉黑丝绒男人，现在，你可以取代他。

黑丝绒男人就成了黑色的水手。

在长安，黑色的水手成了"昆仑奴"，在崔府过了七八年平淡如水的日子。

有那么一段时间，他看见鼻尖开始长青春痘的崔公子形容憔悴，心事重重，就问他怎么回事。

崔公子反问他，你有没有喜欢过一个人？

他立刻想起在海风中航行的那段日子，像是有一根针深深刺进了心脏。这种痛感让他找到了击溃雄狮的勇气，他说如果你告诉我原委，我一定帮你达成愿望。

"几天前，父亲派我去探望一名抱病的老伯。这位老伯虽然位高权重，但与我父亲是很好的朋友，所以他也很喜欢我。那天我们聊得很开心，他就留我吃饭。

"他府上有很多漂亮的宠姬，能歌善舞，艳冶可人，吃饭的时候，他就让她们出来陪酒。酒宴很热闹，咯咯的笑声像银钗碰撞一般清脆。我从没有见过这样的阵势，只顾低眉喝酒，不敢抬眼细看。

"老伯让一个红衣服的女子给我端甜品吃，我一时慌乱，不知如何应对，那女子就用勺子舀了甜品，直接喂在我嘴里。

"我偷偷看了她一眼，发现她也正在看我。她的眼睛像八月的葡萄一样透亮。"

"这就是你的症结所在?"

"是的，"崔公子说："宴会散场时，她远远对着我伸了三根指头，然后又打开手掌，反复三次，一副郑重其事的样子。"

昆仑奴问："你说的这个老伯，应该是一品大人吧?"

崔公子不语。

昆仑奴说："那就对了。听说一品家有十院歌姬，红衣女子应该是第三院的。手掌反复三次，三五一十五，那就是让你本月十五去相会。"

崔公子说："今天就是十五。"

昆仑奴点点头。

崔公子又说："一品家戒备森严，养着凶猛的狼狗，听说是从番邦买来的，不亚于野兽。"

"再凶猛的狗，也只是狗而已。"昆仑奴告诉他："你先回去睡会儿，天黑后来找我。"

崔公子再次打开自己房门时，发现昆仑奴已经站在院子里等他。昆仑奴只穿一条黑色的短裤，黑色的皮肤与浓稠的夜色搅在一起，分不清彼此。他扔出一条麻袋，示意崔公子钻进去，然后背起麻袋，跳上高墙，就像当年跳上树干一样。

崔公子感觉像是乘坐航船行驶在大海之上，起伏不定，却又很安心。

昆仑奴告诉他，已经到了一品府上，他需要把他连同麻袋藏在花丛里。片刻之后，昆仑奴返回来，说是猛犬已经被他敲碎了脑袋，可以放心往第三院去了。

第三院里红烛高照，在黑夜里非常显眼。

在那里，崔公子喝了不少酒，了解到红衣女子的身世，决心救她逃出牢笼。

"这很容易，"昆仑奴说，"恰好，我这里还有一条麻袋。"

他背着两条麻袋在长安城的屋脊上跳跃的时候，透亮的满月正悬在西北角，棋盘一样的街道空无一人。月光均匀地铺撒在鱼鳞般的瓦上，就像暴风雨止息后的大洋。

做完这件事，昆仑奴就不想再做昆仑奴了。崔公子给他金银，他不收；问他去哪里，他也不讲。

有人曾经在洛阳城见过他，说他在邙山脚下种菜，吃不完的就拿去早市卖，常常跟买菜的老婆子因为一两个铜币争得脸红脖子粗。除此之外，他很少出院子。他的院子是用剑麻围成的。当地人都没有见过这种奇怪的植物，有人偷偷挖走试种，从来没有成功过。也有人站在山坡上往他院子里看，看见他总是坐在院当中的土包旁发呆。

老人们说："那个土包里埋着一支船队，说是暴病而死，埋得很匆忙。"

一品大人听说丢了第三院歌姬，很生气，扣光了当晚值班卫士的工资，让人用板子把他们的屁股打开花，又让人在那些开花的屁股上撒盐。在嘶哑的哀求声里，他下令府里所有的男人都立即上街打听消息，又派人通知了长安城的治安官。做完这些，他才想起来那条死于非命的爱犬。那条狗勇猛无匹，曾经对抗过狮子。

他去看了猛犬的死亡现场，沉默了一会儿，命令家丁都撤回来，永远不要再提这件事情。

二

唐朝老汉苏无名从湖州跑到洛阳，也不知是访友还是旅游，反正没有走公款报销的路子。骑的是自家的瘦驴，因为营养不良，时速在五公里以下。有几次老苏晃着心急，自己跳下来朝前走，走累了就找个石头坐下晒太阳、听鸟叫。

鸟甲说："有驴不骑，这老汉脑残。"

鸟乙说："身子骨这么好，应该扛着驴走。"

苏老汉捡起石子扔过去，啪嗒一下没打着，树枝哗啦啦摇动，两只鸟骂骂咧咧地飞走了。苏老汉耳根清净，心里舒坦，就地打了个盹儿。

一觉醒来，驴才喘着粗气走到跟前，嘴角上白沫横流，眼神里满是幽怨。

驴身上背着干粮水壶，这是长途旅行的必要装备，所以老苏不能贪快，不等驴而独行；驴的职能是为人服务，所以也不会弃老苏而奔诸荒野。一人一驴就这样走了九百多公里，走得泥土染绿、杨柳返青、人烟渐渐稠密。

苏老汉在洛阳游玩了三天，开了眼界。第一天是在龙门，参观了十几个石窟，有北魏的也有本朝的。在禹王池洗脸时，遇到几个正在干活儿的石匠，海阔天空地闲聊了一会儿。石匠们告诉他，奉先寺那尊最大的像，就是依照女皇陛下的模样凿成的。苏老汉说放屁，你们谁见过女皇陛下？吹牛不上税。石匠们要跟他抬杠，他屁股往驴背上一放，以五公里的时速离开了。第二天是在白马寺，参观了东汉年间西域高僧摄摩腾、竺法兰的墓地，在焚经台发了一会儿呆，又从村民手里买了一本私刻雕版印刷的《四十二章经》。盗版书纸张不怎么好，油墨也臭，只能凑合着看一看，唬一唬外行，过些日子倒手卖到湖州挣俩小钱。第三天他还不想走，感觉心里空落落的，像是有事儿没有办完。于是就在邙山附近的古玩市场转了转，跟摊主聊了一会儿盗墓故事，淘了几件仿制的青铜方鼎。鼎在尿缸里沤过，刚捞出来没多久，绿锈虽好，无奈味道太冲，染得老驴一身臊气。

一分价钱一分货，就那样吧。

翠云峰就在邙山，听说上面建有玄元皇帝庙，乃是太宗所封，老苏决定上去瞧瞧。

那时候邙山到处是原始森林，玄元皇帝庙——后来改名叫上清宫，周围环境非常清幽。苏老汉还没走进道观，两耳便灌满婉转的鸟啼声。

观里供奉的是太上老君李神仙。据说这老汉没成仙之前，在洛阳当过国家图书馆馆长，也不知是哪根筋搭错了，扔掉铁饭碗，跑到没人的地方隐居修炼。有人在函谷关见过他，说他骑着一头瘦巴巴的青牛，身上衣服破旧，臭不可闻，像是很久没洗过澡。只是嘴皮子特别溜，跟搞过传销似的，在函谷关管理处待了几天，不仅好吃好喝地混着，临走还拐跑了守关的领导。

大约也是求仙去了。

拜完老君，苏老汉在上清宫里信步闲游。听见院里的公孙树下有声音在喊他，他就走过去看。

树枝上立着一只老斑鸠。

老斑鸠像是遭了天大的委屈，没开口就先抹泪。苏老汉说："我不吃这一套，你有话快讲。"老斑鸠擤了把鼻涕，告诉苏无名，原来是女皇陛下前些日子来上清宫里玩，来得突然，斑鸠们来不及回避，只好藏在这棵树上。女皇打树下路过，小斑鸠屁股一慌，一泡鸟粪落在了女皇凤冠上。众鸟见势不好，一哄而逃，惊了圣驾，当下就被卫士们捕了三十余只，关进金丝竹笼。说是等清明前后，清气上升，万物皆洁，再一同送进御膳房，做成养气补血的斑鸠宴，给女皇补养身子。

眼下离清明没几天了，老老小小三十余口都被囚在后殿里，还请苏大人搭救。

苏老汉突然明白了自己为啥要来洛阳，所以就答应了下来。

答应归答应，却不知道怎么做才好。这时候全洛阳城的捕快正处在一片哀伤的气氛之中，有几个捕头相约去东市买棺材，雇了一辆牛车。牛慢车破，走得人一肚子火。谁知这些天又遇上了上阳宫旧房改造，木材行情看涨，棺材店老板坐地起价。本想买柏木的，结果只买来几口桐木的。

人都要死了，还买不到几根裹身的好木头。

一行人默默无语，走在回程的路上。两边厢人来人往，叫卖声此起彼伏，一片盛世景象，更衬得几人落寞。这时候牛车突然停下来，几人上前一看，是被一头瘦驴挡了路，满腔怨愤无处发泄，当街便骂：

"哪个不长眼的，把自家老爹放在大街上逛游。"

看客们哄笑一声，捕头见无人应声，抬脚对着驴屁股就是一下。那驴虽然年老体衰，但也不是善茬，一面尥蹶子，一面嗯啊嗯啊狂叫，搅得街心大乱。

这时候，一个干巴老汉从旁边的汤面摊里跑出来，扯稳驴缰绳，一面抚摸驴脖颈，一面劝慰道："小孩子没礼貌，别跟他们一般见识。"

这话立刻激怒了几名捕快。事实证明，当某些人知道自己将不久于人世时，法律和道德就会对其失去约束力。捕快和黑社会看似天差地别，转换起来不过一线之间。

捕快们抽出佩刀，一拥而上，要把老汉和瘦驴剁成肉酱。

就像很多小说里写的那样，老汉闭上双目，叹息一声：

"难道我苏无名要死在这里？"

说时迟，那时快，捕快们扔掉利刃，抱起老汉，把他扛进了衙门。

事情是这样的：女皇陛下宠爱太平公主，赐给她许多珍宝。公主也爱惜宝物，把它们藏在密室中。要是放在明处，每日把玩，倒也安全，反倒这一藏，就藏出了祸事。一年之后，密室被盗，宝物尽失。公主不敢隐瞒，立刻上报。女皇闻之大怒，责令市长三日破案，否则就治他的罪。市长回来以后召见县长，要求两日破案，否则提头来见。可想而知，按照这个逻辑，县长给捕头们的期限只有一天，相当于逼他们去死。

苏无名是当今有名的神探，连狄仁杰都嫉妒他的办案天分。捕快们听说了他的名字，知道自己不会掉脑袋了。

女皇立刻召见苏无名，为了表示她的宽怀，没有追究苏老汉擅离职守之罪。

苏无名说："天子不爱惜臣子性命，臣子自然不会为天子卖命。"

女皇沉吟一会儿，那就暂且留下捕快们的项上人头。

苏无名说："四海之内皆为王土，王土之上皆是子民，除了人，鸟兽虫鱼也是。"

女皇笑了，说："老苏你这弯子绕的有些大。"

苏无名说："圣上仁慈，鸟虽微贱，亦会感念恩德。"

"你这么跟我谈条件，置天子威仪于何地？"

"如一个月之内破不了案，请赐臣死。"

"行啊，倔老头，就这么定了。"

事儿定下来，处在哀伤气氛里的就只有苏无名一个人了。捕快们开心地跑过来对他说："大人，请给我们下任务吧。"他总是摆摆手，说什么也不用做。

一个月的限期眼看就要过完，苏老汉也写好了发往湖州家里的诀别信。只是身边的老驴不好处理，犹豫再三，决定把它带到邙山放生。

老驴说："就我这身子骨，恐怕在荒郊野外也支持不了多久。"

苏老汉说："留在城里拉不得磨，怕是要进汤锅。"

老驴无话，一人一驴上得翠云峰，抱头痛哭了一会儿，约定各奔东西。这时候一片哗啦啦声响，降下来一群斑鸠，为首的高喊苏老汉的名字：

"大人，还记得我吗？"

苏无名苦笑道："要不是为救你们这三十多口，我何至于今天。"

"大人不必烦恼，我们今天就是为此事而来。我们虽然不知盗贼是何人，但是能把近些日子可疑的人和事讲给你听，供您参详。"

苏无名坐在山坡上听了一下午故事，晚上他回到衙门连夜布置行动。

第二天是清明节，城里人三三两两出门扫墓。

晌午，捕快来报，果然有一队胡人到邙山扫墓，全程笑谈无悲戚之色。苏无名说："赃物必在他们去过的坟墓之内，你们兵分两路，一路去抓人，一路去取赃。"

案子破了以后，女皇重赏苏无名，并问及破案的经过。苏老汉伸出两根手指说："运气，全靠运气。"

三

我听说的最后一个大侠故事，是在乔山山嘴里。那个大侠就是他爷爷。

我当然不信。

我自幼熟读《射雕英雄传》，金古卧温梁，各个门派的套路我了然于胸。按常理，大侠最起码武功高强。这家伙虽然经常拦路抢低年级同学的钱，但是从来没有真正动过手。再者说，大侠这种高级货怎么会出在这种小流氓家中？据我所知，乔山山他爸是油泵油嘴厂著名的懒汉工人，最擅长偷零件换酒喝，常年不懈开展家庭暴力，练就了他妈一副叫醒全厂的好嗓门。要是他爸学得他爷爷一招半式，还能有他妈的活路吗？

平日里，像乔同学这样的小流氓通常都是群体活动，有一回偏偏他落了单。那时候已经是下午放学，校园里人流散尽，他还蹲在花池边吸烟。从校外突然走进五个生面孔，一进来就把大门关上了。胖保安见势不妙，转身躲进了门卫室，把抹布样的灰蓝色窗帘拉上了。

乔山山预感不好，立刻朝教学楼跑。五个人散开要包围他，他利用地形优势与之周旋，包围圈迟迟不能形成。他腿脚快，校外来的小坏蛋们总是追不上他，他时而疾奔上楼梯，时而从二楼翻身跃下，时而绕着花池跑圈，一旦追赶他的小坏蛋们拉开距离，他就转身打倒离自己最近的那个。如是者再三，五个小坏蛋全被他整翻在地。

我在楼顶看到了全过程，开始有点相信他爷爷的事儿了。

他爷爷叫萧峰。萧峰少年那会儿，正是兵荒马乱的年月。家里吃不饱饭，就把他过继给乔家，改了姓。乔家也不是什么大户，勉强度日而已，过几年有了自己的儿子，更显得乔峰多余。那会儿邙山上的住家户都是地坑院，西厢没人，他就自己动手挖一孔窑。老话说"邙山无卧牛之地"，他这一挖就跟别家的老坟挖通了。他也不怕，晚上靠着朽棺白骨睡觉。别人都怕恶鬼索命，他偏偏盼着鬼把自己带走。

有一天乔峰醒得早，眼看院里闪过一条影子，他以为是鬼，翻身起来就追。影影绰绰追出去很远，听见有鸡叫声，天忽就亮了。

是个三岔路口。乔峰正犹豫间，看见薄雾里走出来一个老道。乔峰看老道面善，就尾随在后面，走出去一里多地。老道问他怎么不回家，他说没家，又不吭声跟出去一里多地。老道说："我去老集赶会，傍黑回来，如果还能遇上你，就算有缘。"说完脚下加力，三五下就消失在远处。

乔峰回到三岔路口等了一天，太阳偏西，老道回来了。看到乔峰，老道笑盈盈递给他一块冰糖。

乔峰在道观里吃了一顿饱饭。一锅玉米糁汤老道只喝了半碗，剩下的全进了乔峰的肚子。看他意犹未尽地舔碗，老道就把自己碗里的汤也倒进乔峰碗里。

乔峰勤快，内外的杂活儿很快全都接了手，老道很满意。

有天晚上，乔峰被尿憋醒，急急拉开门，外面月亮很白，老道在月光下打拳。

乔峰看呆了。

老道问："看懂了？"

乔峰点点头，又摇摇头。

"看来还真是缘分注定。"老道说："从今晚起，你就跟我学拳吧。"

老道姓修，主持上清宫庙务。说是主持，其实也就他一个人，耕种自养，每个月下山一次，买些油盐。上清宫自古秘传一套拳法，相传乃是全真七子之一的谭处端所创，代代单传，秘不示人，所以百姓从不知道观里有武林高手。这套拳传到修老道这辈，时局动荡，民生凋零，老道多年收不到徒弟，夙夜兴叹，怕是把绝技断送在自己手上。这次遇到乔峰，真是机缘巧合。

乔峰在上清宫学拳，学到两个多月时，乔家四处打听，找上门来。修老道也不好挽留，只能放乔峰回家。约定每晚五更天，他到乔家附近，继续教乔峰拳法。几年后，日本人攻破宛平城，各家摊丁入伍，乔峰顶了他爹的名。临走前去上清宫磕头，修老道半晌没有言语，最后附着他耳朵说了一句话：

"千两黄金不卖道，十字路口送知人。"

从此以后，师徒俩再也没见过。

乔家人也没了乔峰的音讯，说是他的部队被打散了好几次，到过中条山，到过太原，还去过郑州，再后来就没后来了。

武庭麟守洛阳时，附庸风雅，收了不少珍品孤本，听说上清宫有一本宋版《玉皇经》，便派人索要，修老道顶不住，只得双手奉上。谁知第二天一早，武就派人将书送还。据说是当晚有人潜入武的内室，在他胸口用浓墨写了个"经"字。

1944年5月，日本人进逼洛阳，武庭麟带全体官兵与日军死战，外无援军，困守老城。日军司令官内山英太郎以"避免洛阳古城毁于战火"为由，逼迫白马寺僧人给中国守军送去一纸劝降书，被武当场拒绝。当日战斗全面展开，日军一天之内向城区发炮八千余发，飞机向城内抛撒传单。当日夜晚，敌人攻城兵力已增至三万五千人，战车四百余辆，野山重炮、机械炮一百二十门。次日城破，敌战车经北大街进至十字街口，守军各级指挥系统被逐段隔绝，陷入巷战。武庭麟身边警卫多有死伤，日军主力逼近，急得老武要吞枪自尽。这时，从街巷里杀出个神秘人物，护卫老武得以突围。

修老道听到消息，说："乔峰没有死。"

乔峰再回来已经是解放后的事，三十大几的人还没有结婚，谁都不知道他在外面十几年经历过什么。他寡言少语，从不跟人多谈。上清宫还在，修老道却已经羽化登仙，现在庙里的住持是组织上根据宗教政策新派来的。乔峰上去过一次，只是去看了看修老道的坟。空着手去，空着手回。

乔山山他爸早年要学拳，老爷子直摇头，问原因，翻过来掉过去就一句话：

"千两黄金不卖道，十字路口送知人。"

直到咽气那天，也没遇到知人，老头算是把"千两黄金"带到骨灰盒里了。

乔山山那时还小，晚上起夜，偶尔能看见老头子练拳，记下了三招两式，也略懂得"拳打卧牛之地"的道理，所以在同龄人里，算个小霸王。

这小霸王没当多久。那几年赶上"严打"，他掀女生裙子，抢别人钱，还有在街头抄米皮刀砍人的事儿都被抖了出来，判了十年。

大侠的故事，总算是翻了篇。

（原载《椰城》2020 年第 5 期）

右臂文身说明书

如你所知，夜晚的城市要比白天宽广。行人和故事被一栋栋大楼收纳折叠，覆盖以黑暗，太阳升起之前，其中的一部分将被永远遗忘。我陪几个客户在酒吧里喝二锅酒，出来时已是凌晨三点，除了街口执勤警车闪烁的灯光，整个世界没有一丝活气。

荒凉的夜风吹来，每个人的心脏都紧了一下。这时，他骑着嗡嗡作响的折叠电动车停在我们面前，问需不需要代驾。

客户们为这样的好运气爆发出小小的欢呼。我说要，当然要，然后掏出车钥匙递给他。他问清了我的车牌号，骑着车下了地下停车场，不一会儿就把车开了上来。

送客户回酒店的路上，后座一直很热闹，话题围绕着酒吧里那位微胖的驻唱女歌手渐次展开，关于她的胸部是 E 还是 F 的讨论始终没有结果。其中一个很肯定地说她的黑色深 V 领下根本没有胸罩，否则以这个尺寸应该会更挺拔夺目才对，而不是左右摇荡的两坨。我用不太响的笑声表示对这个意见的赞同，然后扭过头看了代驾一眼。他脸上毫无表情，像是一句也没有听进去。在我的印象里，代驾应该都很健谈，这是必须具备的职业素养，从这个角度来看，眼前的这个人并不合格。

我注意到这个沉闷的家伙右臂上有文身，这座城市里的小混混都喜欢这么玩儿，虽然他看上去早就过了雄性激素过剩的年龄，但假如他文的是黑斧头或者关二哥之类的图案，我还真是得自求多福了。

我有些后悔，送完客户，车上就只剩下我们两个。按照常理，这个时间很难找到代驾，他们中的大多数人白天还有工作，睡觉时间同样宝贵。几乎可以断定，我的急切被空旷的街道放大后，做出了草率的决定。幸好我没有喝醉，我想起来手套箱里刚好有一把螺丝刀，而我正坐在副驾驶位上，随时可以取出来自卫。此外，后备厢里有一把换轮胎用的扳手，这是威力惊人的武器，足以扭转任何战局。

想到这些我平静了很多。他驾驶速度均匀，过弯平稳，喜欢用换挡拨片而不是一D到底，不必要时双手从来不离开方向盘，这样细腻的男人不应该是个坏蛋。于是我问他："你怎么这么晚还出单？"

他的声音和预料中的一样，有烟灰和粗沙的质地，如果仔细听，尾音里还有豫东平原村庄里微微上扬的习惯，他说："我睡不着。"

我说："好主意，我也想办个代驾，因为我也常常睡不着。"

他说："其实没那么好，除了挣点辛苦钱，这个活儿没一点意思。想象一下，每天你都坐在路边，看昼夜分割路灯点亮。或者空荡荡的末班公交车从身边缓缓经过，夜行的路人倦鸟归巢，树叶在夜风里哗哗抖动，纸屑或者塑料袋横穿辽阔的马路，然后整个城市寂寞无声。如果运气好遇到下雨，可以有雨声为伴。但是你得躲进公交站，嚼着从 24 小时便利店买来的食物，上面的温度一点点流失，另一只手里的纯净水凉薄无情，灌进肚里会把肠子洗成透明。这时，有人从饭店或者酒吧出来，脸上笑容温暖，酒气萦身，也可能脏话满口，扶着矮小的女贞树呕吐。你想迎上去，有人就先于你搭上了话。你没必要跟他争，争也不会有什么好结果，他也许做完这一单就要回家睡觉，而你还有用不完的漫长时间。"

交谈使我的胆子逐渐大起来，我说："能不能看看你胳膊上的文身。"

车厢里的空气像是被缓慢冻结，又被缓慢解冻，解冻前我甚至把右手放在了手套箱上。幸运的是我并没有把它打开，他在沉默中开出了大约一百多米，这一百多米过于漫长，我觉得经历了一百公里，等他把车停在一盏路灯下面时，我才再次听到自己心脏跳动的声音。

他拉高袖子，一幅带边框的画裸露出来，我立刻意识到那条手臂上应该有好几幅画，按顺序依次排列，绣在皮肤上。

他说："这是一个故事，你如果愿意听，我讲给你。"

十几年前，葵市还没有膨胀，也没有这么拥挤。我一头闯进来，既没有学历也没有技术，找不到工作，就只能去爬管子。这个办法不是我想出来的，而是我在一个老乡那里蹭饭时学到的。那天晚上我们喝了一点酒，他借着酒劲儿数落我，说我白活了二十郎当岁，一不能赡养父母，二不能成家立业，实在对不起"男人"这两个字。我低着头听，听着听着就放下了饭碗，那天我至少三次产生了想走的念头，又三次把这些念头扼杀在喉咙里。夜晚就在这样的反复中走向深处，这时他老婆走过来收拾碗筷，他站起来穿上外套，说走吧。我站起来时肚子又咕咕叫了两声，他说没吃饱就再扒拉两口，他老婆却已经把桌子收得干干净净，他说算了，走吧。我说我一个人回去，你别送。他说傻×，跟着我。

那天晚上我跟着他，就学会了爬管子。学会以后他就让我单干，并且划定了严格的区域。他不到我的地盘去上班，我也不准到他的地盘去工作。

我爬过刷黑漆的铸铁雨水管，也爬过刷黄漆的钢制煤气管，黄色的管子要比黑色的管子细，但更牢固更稳定，没多久铸铁管就被白色的塑料管取代了，塑料不承重，能爬的只剩下黄色的煤气管。这活儿对身手要求比较高，我小时候在塔沟练过武，虽然不成器，但是多年来一直没有荒废，干这些就像逛超市一样，毫无压力。这个工作干了五年，五年来我从没有失过手。我渐渐熟悉了这个城市，认识了不少朋友，攒了些钱，也动了安家的念头。总之，所有年轻人应该经历的事情，我都完全经历过；他们没有经历过的事情，我正在日复一日地干着。我的酒量和腰围尺码渐渐大起来，生活开始向好的一面发展。不幸的是，新建的高层楼房都把煤气管道的位置预留在大楼内部，电梯和楼梯间挂起了摄像头，我只好整夜在旧城区转悠，挑选合适的工作地点。

这份工作确实有着不错的收入，我年轻，花销大，收支平衡还能略有盈余，真是理想不过了。可是有一天，我突然觉得不能再这样继续下去。

那一天我运气很差，连续爬了两趟都没有什么收入，临近这个时间，饥肠辘辘，你知道的，凌晨要比白天饿得快些。好在夜里有风，家家都开着窗户，有些人开着空调，滴水声清晰单调。我顺着黄色的管子爬上去，进了七楼住户的厨房。月光很白，厨房里很安静，一碗白粥和半盘剩菜在餐桌上放着，空气里有微弱的花椒油气息。我从厨房里走出来，外面是客厅。那里陈设很简单，电视对面是一张沙发，沙发上坐着一个人，那个人正面对着我。

成吨的血液同时涌进我的脑袋，有那么几秒钟，我丧失了听力和视觉，丧失了思考的能力。房门就在不远处，我可以夺门而逃，也可以悄悄退回厨房，走原路离开，但我很快恢复了冷静。我看出来那是一个老人，我估算着距离，如果他喊叫，我可以在几步以内锁上他的喉咙，想好这些我就放心大胆地往前走，一直走到他的面前。月光穿窗而入，把他的瘦脸弄得半明半暗。

我问他，你看见我了？他说，是。我说，你怎么不喊？他说，我怕。我说，都这么大年纪了，还怕什么？他说，我怕我等不到儿子回来那一天。

说完这话他竟然捧着脸抽抽搭搭起来，我注意到他手腕上有一只表，应该不是什么名牌，我把它解下来戴在自己左手手腕上，然后推开窗户，把他扔了下去。

他的身子很轻，三两或者七两的样子，比一片树叶重不了多少，落地的声音可以忽略不计。

后来我就去考驾照，给人开出租车，车主跑白班，我跑夜班，自己挣的钱，需要再给车主分一份儿。比起爬管子，这个活儿更辛苦。我早就习惯了黑白颠倒的日子，这个工作让我兴奋。我乐意跟一身夜色的人打交道，这个世界里的每一个人都和白天的自己迥然不同，当然也包括我自己。

有一次我遇到教我爬管子的老乡，我没有收他的车费。他说生意现在不好做，一晚上需要跑很多地方。我说你也可以学学车，干点正经营生。他说傻×，别逗了。从那以后我就再也没见过他。听人说，前阵子他从楼上掉下来，人还活着，身子却稀碎了。这条新闻上过当天的热搜，下面的留言都是很简洁的粗话，带着刻薄的喜感，念出来不怎么好听。不出意外的是，他老婆孩子以及票子都归了别人。嫁人前他老婆给我打过电话，问我能不能把他送回豫东老家。我想起来她收拾碗筷的狠劲儿，顺手就挂了电话。

秋天，我在机场接到一个很瘦的女孩。那么荒凉的深夜，她只穿着短裙和白色球鞋，手里的苹果手机发出蓝汪汪的一团光。人流很快散尽，机场悄无声息，她应该是最后一班落地的。我被她细长的双腿晃得心慌，就迎着那团蓝色的微光开了过去。

她说："我没钱。"

我说："没事，我送你。"

有这样一双长腿的女孩子当然可以不付车费，但她完全没有必要用这样的借口。换了任何人，都不会相信一个买得起机票的女孩子会没钱打车。在她摘掉耳机拉开车门的同时，清寒裹着很淡的柠檬味儿慢慢从后座升起，这样性冷淡的气息，竟然一下把我刺穿了。

免费乘车的代价是聊天，她很懂规矩。

我问："旅游，还是找人？"

她说："找东西。"

"坐飞机来找东西？"

"一盆花。"她说。

"什么样的花？很值钱？"

她没有回答我，后视镜里是一张单薄的脸。我拨了一下后视镜，角度下移，从那里可以看见她并拢的膝盖。灯光从侧面车窗外投射进来，每一次都在修饰那双细长的腿，有时暖黄，有时腻白，有时粉嫩，有时五色交缠，可惜的是光线太暗，不能延伸到裙子里面去。我说怎么称呼你，她说："董小姐。"我说："那不是一首歌吗？"她笑了一声，说："大叔，你也知道啊。"萌系女优的调调，清甜可人。

后来我才知道，萌并不代表简单。知道这些事儿的时候，我已经给她做了好几次免费司机。每次搭车，她都去往不同的地方，大都是夜间，酒吧咖啡馆什么的。有几次她跟我借钱，不多，一两百块，我都爽快地掏了腰包。这件事很好理解，我这么一个单身大叔，总会做一些怪事。闻到那股淡柠檬味，我就会想起她单薄的嘴唇，嘴唇里总是连篇的谎话，我相信那些谎话的唯一动机，就是想闯进去尝尝舌头的味道。

在葵市，初秋和深秋的差别，就是一场雨的事儿。雨不大，下下停停跨了五天，满街的人都穿上了厚外套。凌晨三点，我在吴记吃刀削面，刚往碗里添上辣椒，电话就响了，董小姐说她在苏荷门口等我，快点到。我匆匆吃了几口面，喝了两口汤，跳进了车里。

酒吧散了场，除了灯光，附近空空荡荡。她和一个个子很高的姑娘站在路边等我，抱着肩跳着脚驱赶寒气。我迎着她们开过去，她俩拉开门挤上了后座。我打开暖风，问她们去哪儿。她没有答话，个子很高的姑娘说了一个快捷酒店的名字，说话声音并不清亮，却很好听，有点沙瓤西瓜的感觉。我注意到她胸部很大，长发，豹纹高跟鞋，放在人群里非常耀眼。

我说我知道一个距离这儿更近一点的酒店，环境不错。

我也困了，咱仨去开一间房，我付房费。

没人理我，我朝后视镜里看了一下。她俩正纠缠在一起，吮吸声浪涌过来。董小姐的右手侵入高个姑娘的黑色深 V 领，妄图包裹那枚硕乳，左臂环着她的脖子，想把她揽到怀里来，可她过于瘦小而对方过于高大，她无法完成自己想象的动作，只能像猴子一样挂在树上，发出粗重的喘息。

"你知道我当时的感觉吗？"他说。

我不知道为什么自己会点头，但我确实点了点头。他看了我一眼说："有那么一瞬间，我摘了空挡，右脚放在了刹车上，我想把她们撵下车，让她们冻死在深夜里。后来我说服了自己，我已经在葵市扎了根，生活走向正轨，黑夜里有很多事违背常理，我没必要再参与进去，只要做看客就好。我调整了一下后视镜的角度，继续往前开，偶尔扫一眼镜子里的画面。高个姑娘扭动着，高跟脱落，短裙翻卷，露出豹纹内裤的一角。董小姐翻身跨坐在她腿上，这样便可以居高临下。我曾经幻想过她以同样的姿势对付我，或者更加充满侵略性，现在看来这种可能性无限趋近于零。我开始后悔借钱给她，虽然不多，但也够买很多碗刀削面的。"

那晚之后，一段时间里我没有再见过董小姐，生活渐渐平淡下来。有时我会突然想起她俩，就把车停在苏荷对面，关掉灯看着人流散场。她俩没有出现，倒是意外地接了几单生意，这让我渐渐忘掉了那几百块钱，心安理得地接受季节转换。

　　我还是习惯凌晨三点前到吴记吃刀削面，天气越冷客人就越少，价钱却涨了一块。我埋怨老板不厚道，老板很无奈说牛肉和煤气都在涨，他不涨就赔了。"走遍葵市，哪家刀削面有我们家的碗大？"他说的是实话，我跟他开着玩笑，从前台取了一只卤蛋，转身往自己的座位走去。屋子里食客稀稀拉拉，所以老板关掉了一半电灯，靠墙的地方光线昏暗。就在墙角的暗影里，我发觉一个男人正在看我。

　　被看一眼没什么大不了的，可是我总觉得浑身不自在。

　　又一个夜晚来临之前，我去万达百货附近接车。白班司机迟到了一会儿，我站在路边吸烟，电话响了，你可以猜到是谁。

　　她问："最近怎么样？"

　　我说："挺好，没人借钱，手头宽了不少。"

　　她说："我请你喝酒。"

　　我说我开车，不能喝酒。她说少跑一天车没什么大不了，我和茉莉都想你了。原来那个高个子姑娘叫茉莉，她俩竟然还在一起，我犹豫着想拒绝，她却在电话里起了高腔：

　　"别给脸不要脸啊，我在长夜里。"

　　长夜里是一家小酒吧，它太小，在葵市没有名气，爱玩的和会玩的都不往那里去。如果不是夜班司机，我也不会知道它在哪儿。我给车主打电话请了假，车主有点儿意外，他说你开车这么久，还是第一次请假，不是想跳槽了吧。我说我只会开车，也跳不到什么高枝上去。他哈哈笑了两声，说这车年头也差不多了，明年低价转给你。这回意外的是我，但我忘记了说谢谢，我挂掉电话，坐公交赶往南城区。

公交站距长夜里有四五百米，徒步走过去大约十一二分钟，就在这十一二分钟里，夜晚罩上了最华丽的袍子。城市的繁华不在白天的写字楼，而在夜晚的人流里。我推开长夜里的门，小小地吃了一惊。小屋里竟然满满的都是人，和我想象中的完全不一样。酒保举着托盘在人群里穿行，有人举着手臂随音乐摇摆。吧台边的圆形小舞台上，一个黑色深V领的女人叠腿坐着，手里捧着麦克风。

那是茉莉。我进门的时候，她正在唱《浮夸》，我只听了不到一半，就猜到这里人满为患的原因。她的沙瓤西瓜用来唱歌真是好听，我听了这么久的电台广播，竟然不知道这首歌的女声版更有味道。她看到了我，就招了招手示意我过去。所有人的目光都顺着她招手的方向看过来，就像舞台聚光灯打在脸上，我的虚荣心一下子膨胀起来。

小舞台边的桌子应该是给我预留的，我坐下来，与茉莉的豹纹高跟鞋近在咫尺。她晃荡的时候，几乎踢在我的鼻尖上。她与在出租车里的时候完全不一样，她坐在高凳上俯视全场，就像长夜里的女王。在灯光里仰视她，我有一点透不过气来。这时候有人点了一首《董小姐》，她拿到歌单笑了一下，冲着身后点了点头。我这才发现后排的鼓手边坐着董小姐，她戴着毛茸茸的帽子，怀里抱着一把吉他。她在给茉莉伴奏的时候，从没抬头看过我一眼。我猜她知道我在看她，但她就是不愿意抬头。

唱完这一首，就到了场间休息，贝斯手接管了麦克风，唱黄家驹。茉莉拉着董小姐走下来，她坐在我的对面，董小姐坐在我旁边。这是张四人桌，茉莉身边空着一个位置，有个男人端着啤酒想要坐下来，茉莉说了声"滚"，他尬笑了一下离开了。

有烟吗？

我掏出烟和打火机递给她，她抽出一根点燃，然后把烟和打火机都交给了董小姐。董小姐接过来，点燃一支，吸了两口，把剩下的半支递给了我。我能感觉出那支香烟上带着唇印，但我来不及细想，我接过来含在嘴里，淡蓝色的烟雾立刻笼罩了这张桌子。酒保端着酒走过来，凑到茉莉身边说，茉莉姐，咱这儿不让抽烟。

哦，她说，就一支，说完举起杯子朝我俩晃了晃。

我喝酒快，碰到第三次，面前的酒杯就见底了，茉莉面前还有小半杯，而董小姐的酒几乎没怎么动。一曲终了，茉莉朝台上比了个手势，贝斯手心领神会，把歌换成《漂洋过海来看你》。我发现这个小乐队很不简单，不知道长夜里给他们开出了什么价钱。只是董小姐看上去有点儿不在状态，茉莉朝她举了举杯子说，让他替你喝点呗。

我还没有明白什么意思，董小姐的嘴唇就递了上来，我感觉到淡柠檬味柔软坚决，一股冰凉的液体撬动我的牙关，缓缓注入口腔。我从未想过以这种方式替女人喝酒，动作很是僵硬。茉莉托着腮笑了一下，说戏做过了，有点儿像摔跤。董小姐没笑，抽出纸巾擦着嘴说，走吧，我饿了。

茉莉说好，说这话时她垂着睫毛，长发和红唇在灯光下有些妖。我身边虽然坐着董小姐，还是忍不住向她半露的胸部望过去。茉莉起身往外走，我俩就跟着。酒保在门口等她，把羽绒服和包交到她手上，说茉莉姐，要不要帮你叫车。她摇了摇手说，不用。

那天晚上我们一起吃饭，喝了很多酒，醒来的时候我躺在酒店的地板上，董小姐躺在大床上，茉莉不知去向。我洗漱完坐到床边，董小姐依然没有睁眼。空调暖风嗡嗡作响，我看见她睫毛在轻微抖动，不知是害怕还是期待。我把手伸进被子，摸到她温热光滑的乳房。那两枚乳房鸡蛋样大小，我一只手足以掌控她们。我的手捏住她们的时候，她的皮肤上起了层层叠叠的鸡皮疙瘩。我没有遭到抵抗，就抽回手去解自己的衣服。她裹着被子坐了起来，轻声说：

"我不喜欢男人。"

"我知道。"我说，"但是我喜欢女人。"

说完这话我就把她压在了身下，她踢我、抓我、拧我，咬得我肩膀生疼，我还是做完了想做的一切。事实上她只抵抗了一阵儿，剩下的时间都在哭，嗓子秃秃的，声音没有光泽。我穿上衣服那会儿，她已经蜷缩成一团棉絮。我掏出一个牛皮纸信封扔在床上，那里面是现金和一张机票。

我走出酒店，天幕微蓝，空气冰冷，有辆车停在马路对面。看到我走出来，它抖动了一下开走了。我看着它白雾迷蒙的背影，猜测茉莉会不会坐在车里面。如果董小姐离开葵市，从此在她的生活里消失，她会不会就此轻松下来。她的乐队里应该有个更棒的和弦，如果有机会，我一定要去听一听。

夜班时我心神不宁，就开车到了那家酒店，停在马路对面。我看见房间开着窗，一个瘦小的身影站在窗口，灯光从她背后奔涌出来，把她的身影推搡得摇摇晃晃。楼下的车辆和人流匆匆忙忙，没有谁注意到这条孤单的影子。我害怕她纵身一跃，所有的事情就不可挽回。我给她打电话，她没有接，但是影子终于离开窗口了。过了一会儿，她走到我的车跟前，还是穿着那双白色球鞋，拖着来时的拉杆箱，只是背后多了一把吉他。

送我走，她说。

她错过了飞机，我只有送她去郊区的高铁站。一路上我喋喋不休地说着，我说茉莉有自己的生活，你不应该这样打扰她，你们这样下去也不会有什么结果。她问这番话是不是茉莉的意思，我没有回答，她也没有继续问下去。

董小姐消失很久以后，茉莉给我打来电话，约我喝酒。只有我们两个人，话题也非常轻松。她有些醉了，我掏出烟给她点上，她吸了几口，眯着眼看我。

他是不是找过你？

谁？我说。

他给了你钱和机票，让你打发董小姐走。

我说，难道那不是你的意思？

你明知道我和董小姐找你，不过是演戏给他看，你却将计就计，让我们一败涂地。

你没有任何损失，我说，你那些不好的传闻烟消云散了，你还是葵市最好的夜场歌手，我还是你的忠实粉丝。你和你的乐队回到最好的酒吧演出，挣得比长夜里多得多。我夜班拉活儿，每天都会往你那里跑几趟，节假日什么的，还会有外地人专门跑来嗨。现在不仅男人们捧你的场，女人们也喜欢得不要不要的。

如果不是她的豹纹高跟鞋在桌子下面踢我，我还要继续说下去。

董小姐是有点太黏人，她说，但是我更讨厌他。

你想让我怎么办？

帮我摆脱他。

我为什么要帮你？

她把烟灰弹落，指甲在灯光下闪闪发亮，说话的语气也闪闪发亮，她说你手上的那只表我认识，我租的房子就在那个老头的对门。

我没得选择，他说，说完这话他就把袖子卷到最高处，我看见这些故事在他的右臂文身里依次出现，最后剩下一个空白的画框。

现在，你知道了一切。我需要你和你的车，去做最后一件事。做完这事，我会补上这幅文身。说完，他俯下身，从地垫下抽出一件东西，反射着路灯的冷光。

那正是我放在后备厢里的扳手。

［原载《延河（下半月）》2018 年第 10 期］

细腰

　　何小腰人如其名，纤腰如柳，盈盈一握。

　　不仅是纤细，而且颀长，似乎是用毛笔在写"S"，写的时候有意控制了笔锋，使得中间那段狭长流利，曲线玲珑。无论在师大还是在九都，同样身高的女孩，腰部总要比她短一二寸，更多的人，则是比她粗一二寸，就因为这一二寸的差别，使何小腰尤为出众。有句诗叫什么来着？天生丽质难自弃，没错，有此蛮腰，自然要时时拿出来炫耀一下。在阳光如火的夏天里，何小腰常常穿着一件紧身的露脐小背心，一条月白色牛仔小热裤，很随意地趿一双凉拖鞋，抱一捧琴谱，呡着雪糕打我们系教学楼前的阴影里走过，直奔南边的艺术楼而去。用现在的眼光来看，这种全身上下总共不到二尺布的穿法也算不上什么新潮。可是我上学那会儿思想还保守得很，大多数女生的裙子最短仅限于膝盖。即便如此，仅仅裙下那一截子白净细腻小腿就足以让人血压升高了，小腰这种裸肚皮露大腿的穿法简直就是谋杀。

　　音乐系和美术系都设在我们南边那栋楼里，也就是说，全校女生中最会穿的和最敢穿的都必须打我们这儿经过，我们这儿因此成为战略要地。我们扼守着这里，如果不干点什么，显然是浪费资源。我们当然不能太过分，合理的做法是对惹眼的女生作出准确而客观的评价，借以勉励班里那些资质不错的女生向裙子更短的方向发展。这些美好的愿望正在慢慢变成现实，你可以想象，何小腰如此打扮有多么得意，她完全没有顾忌我们的感受，她自己倒是清清爽爽、简简单单。可是那诱人的腰腹、性感的肚脐和修长的双腿真是要命，让趴在窗台边苦等很久的男生们兴奋不已，口哨和怪叫声此起彼伏。每每见此，小腰就会停下来，掀起咖啡色的太阳镜，冲那群活蹦乱跳的傻小子骂一句：叫春呢？傻×！然后傲慢地拉下眼镜，在一片目瞪口呆中扬长而去。

　　我混迹在那片目瞪口呆中，目送着她的背影消失在遥远且幽暗的楼道里。我当然知道何小腰的那句"傻×"把我排除在外，但我也清楚自己其实完全配得上这个称呼。因为她爸和我爸是战友，从小一起长大，多年同学，知根知底。可我白白占据了这么好的有利条件，没能拴住这匹漂亮的野马，实在有负父辈重托。以至于后来她爸见了我，都吹胡子瞪眼恨铁不成钢。他说小王啊，难道还要我把小腰送到你屋里不成？我说叔啊，不是我不争气，是鬼子太狡猾。她爸哈哈一笑，说小王啊，要鼓足勇气，打一个歼灭战。我说好，我一定努力寻找有利战机。没等我说完，我爸就大喝一声，别耍贫嘴，赶紧滚蛋，这话如同雷鸣，余音袅袅，我听到后立刻抱头鼠窜。因为小腰她爸转业以后成了很多人的领导，理所当然地也成为我爸的领导，我还用部队大院里那一套去应对，活该挨骂。如今算起来，我与何小腰十年未见了。自打我离开九都市，电话里那些故旧的号码就全部删了个精光，你当然可以这样理解：我是存心要与他们断绝联系，我在更大的城市，有了更好的工作。我需要的是一个新圈子，这个圈子能在工作上给我助益，能在生活上给我关心。而原先高枕无忧地躺在我电话号码本里的那些混蛋们对我过于熟悉，我跟他们光屁股长大，我的底细挂在他们嘴边，一不留神就可能成为笑料和谈资。我当然也可以拿出他们的种种不堪来回应，但这样的交流实在没有质量。我决心要与过去的生活一刀两断，所以当我离开九都又买了新手机以后，随手清空了旧手机里的号码，点下"确定"的时候，一个对话框跳了出来："小腰是 SIM 卡联系人，确定删除"。这条提示让我犹豫再三，终于还是点了确定键。

有一回我被告知那个腰细腿长的女生正在四处找我，得知这个消息时我正灰头土脸地从操场下来，一脖子汗渍和污泥，球鞋里的袜子多天未洗，弹性尽失，臭味悠长，大大小小的破洞夹得脚指头麻痒难耐。我叹息如果是双新袜子，刚才必定不会浪费那么好的进球良机。就在这个当口，何小腰的车缓缓开过来，停在球场边上。毕业那年，何小腰是为数不多开车上学的学生之一。她父母晚婚，到了三十多岁才得了这么个宝贝女儿，不知道怎么宠着才好。九都市的夏天总是炫目的，云上流火云下烧灼，偶尔有微风经过，捎来的只有热浪没有蝉声。学校宿舍没装空调，何妈当然不愿意让女儿睡在热浪里，就批准她回家去住，上学的时候则开刚买的新车。那时候她刚拿驾照不久，手潮，停车时前轮胎擦到了马路牙子，右后视镜险些碰到路边的柳树。然而这些细节根本不在她的视野以内，她嘭地关上车门，腰肢摆了摆便从球场边的栏杆间飘进来。换了别人，只能绕行一百多米走大门，可她偏偏是何小腰，她有全校最细的腰，最柔软的身板。她从栏杆缝隙间流水一般穿过的时候，两边还游刃有余地空出不少距离，这使得她的衣裳不会沾染上一丝铁锈或者灰尘。何小腰慵懒地把这些栏杆抛在身后，迎面走过来，顺手递给我一瓶可乐。那瓶可乐带着晶莹的水珠，蕴含着透心透肺的凉意。云上的火焰瞬间熄灭了，操场气温正好，夕阳不燥。那些浑身臭汗的坏小子们怪腔怪调地一哄而散，走出好远还吹着浪荡的口哨。我猜他们会不时回头看我，并且对这个腰细腿长的女生多瞄几眼，可我没搭理他们。我接过小腰递来的可乐咕咚一阵，指指场外的车说，就这么点儿路，还开车来？

我的车，又不花你油钱，怎么不行？

你这裸腰露大腿的已经够惹眼啦，再炫耀家境不是招人恨吗？

你怎么跟老何一个德行。何小腰气呼呼转过身，腰肢摆了摆又从球场边的栏杆间流水般穿出去。车身在轰鸣声中颤抖一下，轧过马路牙子疾驰而去，路边柳树的树皮被刮掉一大块，痛得枝叶簌簌抖动，鲜嫩的伤口深达白色的树干。我记得中学物理好像学过，如果把电路的正负极直接连在一起，就会立刻造成短路现象，我现在正好处于这种状态之中。我熟知何小腰的脾气，虽然她脑子里只有一根筋筋，但也从未如此冲动过。要知道她手里还握着方向盘，这可真让人担心。我一边后悔，一边跑向远处的大门。刚刚跑出大门几步远，小腰的车就在我面前停下了。她兜了一个圈，猜到我要追出来，就在大门前等着，我被候了个正着，就这样上了她的车。

车里冷气强劲，CD里播放着巴赫或者亨德尔，抑或是其他什么斯什么特之类的。那些糟老头的名字拗嘴难记，我根本区分不清楚，每次都需要她给我扫盲。

她说，你得替我去看看老何。

我说，腿在你自己身上长着，你自己去呗。

她说，老何不愿意见我。

我说，不愿意就不见，等愿意见了再说。

她说，你不懂，这事儿挺大的。

我忙着在她的纸巾盒里抽纸擦汗，没顾上接这个话，她就自顾自地说下去：

老何安排我出国，我不同意，大闹了一场。

为什么？你原先不是挺向往出去的嘛。

现在不一样。

怎么不一样？

就是不一样。

哪点儿不一样？

她扭过头，盯着我的眼睛，我这才发现她的眼睛灰暗空洞，里面没有丝毫光彩，如同经历过无数岁月折磨后的老妇，看惯了一切风景，再也不会对任何奇观动容。我举着湿漉漉的纸巾，怔怔地看着她。音乐在车厢里静静流淌，发动机和空调发出微微的嗡嗡声，就像河流中的漩涡。车厢阻隔了热浪，同样阻隔了我们对外界的感知。现在想起来，那一瞬间似乎有十年之久，可它发生的就是那么突然，那么迅速，那么简短。

她说，我怀孕了。

她的话音不高，甚至因为酸涩而变得低哑。这只曾经在校际比赛中骄傲地唱着女高音的鸟儿，如今只能用少气无力的低音跟我说话。可就是这低哑的声音却把我震得有些发晕，余音在我耳朵里来回鼓荡，袅袅不绝。这么好的姑娘我还没来得及染指，就已经成为他人的榻上之物，这真是让人绝望，绝望过后是愤怒。这愤怒好比自己后院里有棵桃树，桃子刚刚成熟，自己还没来得及吃，一夜之间却被别人全部摘走了。我几乎是怒吼着问她，是不是小金？是不是小金？她没有回答，只是静静地靠着椅背，一只手托着腮，另一只手摩挲着方向盘。通常一个孩子做了错事，破罐子破摔时就是这副球样儿。车窗外的人影行色匆匆，正是食堂打饭的点儿，没人愿意在路旁的车子上浪费注意力。有个男生骑着自行车匆匆迎面而来，为躲避行人歪歪扭扭，随时可能撞上我们。小腰按了按喇叭，他悻悻地从车上跳下来，推着车绕开了。我早就应该料到的，自从小金在必经之路上拦住了何小腰，他就再也没有跟我同时出现在一个球场上过。实话说，我确实动过跟他打一架的念头，可他一米八多，我只有一米六五，他足足比我高出一头。我要是跳起来打坏了他帅气的脸蛋，实在于心不忍，要是直接攻击下三路，也非君子所为。总之，我掂量来掂量去害怕打不过他，平白无故地送上门去挨一顿揍也太不值得，就在这反复掂量的过程中，事情就发生了。

发生就发生了，我生气也是徒劳。

何小腰从纸巾盒里拽出一张纸，递给我说，再擦擦？

不用了，我说，我回去洗澡换衣服。她说好，半小时以后我在宿舍楼下等你。实际上我磨磨蹭蹭远远超过了半小时，她的车一直停在宿舍楼下那棵法国梧桐的树影里，树影如海，在晚风里微微摇荡。出乎意料的是她居然没有打电话催我，我上了车，她还塞给我一个面包，说垫垫饥，省得见了老何发怵。我说其实每个人都有行差踏错的时候，知错就改还是好同志。她说我没错，为什么要改。我说等你知道错的时候就晚了，老何啥脾气你又不是不知道。她说我的事凭什么让别人判断对错，换了你会吗？她这话让我哑口无言，窗外夜色垂降，我们正在经过九都桥。桥下黑色的河水宽阔寂静，河岸的灯火倒映入水，粼粼闪光，如同一尾正在入睡的鱼。我揣摩着面对老何的措辞，心乱如麻。何小腰若无其事地穿出夜色，滑入灯影，把车停在自家的车位上。第一次没有停正，她下车看了看，又停了一次，这次完美地停到了车位正中间。她熄了火，拎着背包走下来，然后把车钥匙丢在我手里，说你把老何这心肝宝贝也带给他。

从那以后她就消失了，据说连毕业证也是别人代领的。我给她打过电话，她没有接，后来再打，就停机了。我本来想告诉她，她想说的话我一字不漏地转述给了老何。老何听完一语不发，问我还有吗，我说没了，他说好，我知道了。我还煞费苦心地准备了一大套劝慰老何的话，结果一个字也没派上用场。何妈把自己锁在屋里，直到我起身告别也没有出来，事情就这样过去了。人生如同河水，无论多大的狂风，也不过激起一时的水花，过后还是滚滚流入大海，那些水花只会在记忆里渐渐淡去，直到平如镜面，再也想不起来。

再次遇见何小腰是在一个画家的私人美术馆里。那一次我出差到某个省城，这里距九都不过一百多公里，我曾多次来过。事情办完，我本想回家去看看，但同行的上司叫住我，说我对这里熟悉，他想去拜访一位画家朋友，要我陪他一起去。举手之劳的事情，拒绝起来总是不大好意思，于是我只能从命。

在那位画家空旷的藏品展厅里，我一眼就看见了远处墙角的何小腰，虽然距离很远，我也能感觉到那就是她。于是我快步走过去，站在她的面前。确切地说，是站在她背后，因为我只看到了她的背影。她全身上下不着一丝，裸背光滑，蜂腰如故，曲线玲珑，坐在一架黑色的钢琴前深情弹奏着，琴盖上放着一只透明的长颈玻璃瓶，瓶子里插着一朵红色的玫瑰。那朵玫瑰娇艳欲滴，如同火红的爱情，令我咬牙切齿。这是哪个混蛋送她的玫瑰啊，我恨不能立刻跳进画里，将那朵玫瑰揉个粉碎，把残花扔到地上再踏上一只脚，最好把那个玻璃瓶也摔碎，这样才能解恨啊！可惜那样就会打断她的演奏，我猜她弹奏的必定是巴赫或者亨德尔。自从她消失以后，每次想起她我都会去买几张古典音乐的碟子，那些旋律在我的车厢里反复徘徊，烂熟于胸。我几乎从她手指的姿势猜到了她弹到了第几章的第几小节，那些音符在我耳边叮咚作响，一下一下地敲打着我的胸膛。我在那幅画的边边角角逡巡着，极力想找出作者的署名，但这些努力都是徒劳。我的上司走过来，盯着何小腰看了许久，说画得真好，纤毫毕现，纤毫毕现啊。啧啧，这腰，要是真有这么细的腰，看上一眼也值啊。画家哈哈笑着，说那只是一幅画，并不代表真有这样的美人儿。艺术来源于生活，也要高于生活啊。上司说是啊，这个背影有一点比例失调，腰部似乎过于狭长了吧，现实中不会有这样的人。画家说是啊，这么好的画工，可惜在人体的结构比例上没有掌握好，因此作品也打了折扣。我听着他们的对话，嗓子突然就哽住了。有句话几乎脱口而出，我想说画上的人确实存在，而且我认识她，这话在嘴边盘旋许久却变成了无人会意的喃喃自语。因为没有人能够仅仅通过背影就确定另外一个人的身份，即便是看到了整张脸，也应该考虑到长相相似的因素，从而谨慎判断。这个世界有着太多的鬼斧神工，有着太多意外的巧合，可我那天执拗地认为，画上的人一定就是何小腰。

从展厅走出来的时候，我小心翼翼地掩藏着自己的剧烈心跳，装作漫不经心的样子向画家打听这幅画的来历。他说是一位姓吴的画家卖给他的，要价不高，所以他不假思索就买下了。他停顿了一下，说好像那个姓吴的画家在某个大学当过教师，后来被老婆扫地出门，饭碗也砸掉了。停了一会儿，画家又说，传闻他老婆背景挺厉害的，人也泼辣。曾经带着几个中年妇女上街堵过他的小三，把那个年轻女人全身上下撕得只剩了丝袜，还把他俩鬼混的事儿打印成传单到处散发，弄得他在当地混不下去，只好跑到省城混饭吃了。

我突然想起来，那时候九都师大美术系确实有位老师姓吴，我和何小腰还上过他的选修课，大约是美术欣赏吧。除了球星海报，我对这些文艺青年喜好的玩意儿一点儿也不感兴趣。可何小腰非得让我报，我只好改了睡午觉的地点，跟着她去美术系混学分。每次她听到得意的地方，都会满脸兴奋地把我摇醒。我一边擦着口水一边点头附和，夸她有品位有灵性。何小腰开车上学那段日子，我一边享受她车里的空调，一边喋喋不休地反对她炫富，只有吴老师最支持她。在吴老师眼里，何小腰是他最好的学生。这个学生不但冰雪聪明，而且连整个人都是冰雪做成的。在这样炎阳当空的日子里，若是没有车子遮蔽，没有空调降温，这个雪人非得化成清水不可。

所以何小腰特别喜欢他。

喜欢他还有另一个理由，就是吴老师跟老何年轻时长得很像。老何的书架上有张黑白照片，照片上的他头发还很茂盛，人很瘦，眼睛很亮，穿着"两面红旗"式军装，戴着军帽，英气勃发。何小腰看了照片后，啧啧嘴，跟何妈打趣说，要是我早生三十年，非得跟你争我爸不可，争个头破血流。

何妈说，那是你们年轻人的想法，我们那会儿都兴谦让，你要是喜欢，我让给你，发扬风格嘛。

不劳您费心了。何小腰说，我这儿现成有一个，吴老师，我爸的翻版。

听了这话，老何心里像被塞进一蓬茅草，毫无头绪地乱，还有些莫名其妙星星点点的隐痛。女儿终究不再是脚边的幼苗，她长成了秀丽颀长的小树，再过些日子，她的浓荫就会伸到院子外面去，也许以后将不再回来。这是早些年老何夫妇想都不敢想的事。逝者如斯，时光的河流就是这样快。老何当然希望这棵小树能永远留在身边，毕竟自己年岁不小了。等到夕阳迟暮的时候，能够在这棵树下吃茶聊天抱外孙，那就是为数不多的全部人生理想了。

你的那个吴老师是哪里人，有多大？何妈问。

在何妈心目里，男人大个五六岁没什么不好。成熟的男人更体贴，更懂得谦让和包容。自己的女儿她当然是了解的，如果男人没有足够的胸怀，很难容得下她这把尖锐的刀。

何小腰长长的睫毛抖了抖，一朵花在脸上灿烂地荡漾开来。妈，您想招女婿上门啊？

既然你有想法，老妈帮你参谋一下又何妨？

还远远不到那一步呢，需要您老出马的时候，我会跟您说的。

老何冷不防地来了一句，王楚怎么样？你们俩光屁股的时候就一起玩，也算是青梅竹马了吧？

何小腰脆嫩的笑声叮咚洒落了一地，她说：

太熟，下不去手。

说这话的时候我就在边上，差点背过气去。

那天晚上，画家做东，天气炎热，他就邀请我们在距离美术馆不远的背街小巷吃露天烧烤，喝鲜爽的啤酒。店面不大，仅仅有一小间厨房和半截子算账用的柜台，剩下的空间摆着冰柜和成堆的啤酒。饭桌全部摆在马路边的人行道上，小心翼翼行驶的汽车和人群从旁边曲曲折折地缓缓流过，并不惊扰那些神态各异的食客。每张桌子边上都围坐着客人，有的三三两两，有的密不透风。这样的环境使人放松到所顾忌，他们用高低错落的声音猜枚行令，碰杯声与泼溅出的啤酒散落一地，嬉笑与粉色或者黄色的粗话随晚风四处飘飞。人行道上油渍污垢纵横交错，两个穿背心拖鞋的小工在人影中来回穿梭，把成箱的啤酒或是整盘的烤肉搬运到嘈杂的桌面上去。整条街只有我们两个外乡人衬衣皮鞋穿戴整齐，仿佛异类。我只好多松开几枚扣子，露出赘肉横行的肚皮，表示我与他们原是一丘之貉。画家穿着麻布短裤与方口布鞋，手里纸扇轻摇，腕上红木佛珠油光可鉴，冷眼看着人来人往，倒与这一派市井繁华颇为合拍。

　　菜是早已点好的，只是烤肉迟迟未上，酒喝了一轮又一轮，桌子上的凉菜见了盘底，画家不禁焦躁起来。他用扇子指指瘦弱的小工，说去去去，给我们催催烤肉。小工听了也不搭话，转身跑进店里去了。酒再次添上，又喝了几杯，邻桌的客人麻雀样轰然散去，立刻又被新来的一拨人占据，小工跑过来收拾狼藉的杯盘，手里却并没有捧着我们等待已久的烤肉。没有什么能比在饭桌前让肚皮失望更为操蛋的事儿了，画家就此发了脾气，他用扇子点了点小工的后腰。我疑心他如果是武林高手，一定会用那扇子戳穿小工的肚皮。他用刻意控制的温文语调说，去叫你们老板娘来。小工这次终于说了一个"好"字，说完他就抱了一捧歪歪斜斜的杯盘，耍杂技一般往店里走去。将要走到门口的时候，不知是踩到了油污还是啤酒，趔趄一下，手里的杯盘纷纷摔落，乒乒乓乓声渐次在地板上飞溅起来，惊得食客们纷纷侧目。有人趁机作弊，把猜枚输掉的啤酒偷偷倒进路边的下水道里。小工反应极快，如同闪电过后接踵而至的雷声，立刻抄起倚在门口的扫帚把那些碎片重新聚拢起来。可有人比他还要快，因为就在他刚刚握住扫帚的时候，屋里就炸响了一个高亢的女声：

　　傻×，你他妈能不能小心点儿。

　　这底气十足的声音立刻惊雷般洞穿了我。话音未落，一个魁伟迅捷的身影就从店门里跳了出来，身影落地后浑身的赘肉颤了颤，如同海水般余波荡漾，身影的末端是愤怒的指尖。这指尖疾风般指指戳戳令小工抬不起头来，数落与责骂声连绵不绝地从她双唇间吞吐出来，令旁观者难堪不已。我和上司都觉得面颊上微微发热，画家放下酒杯高声叫着，别训人了，老板娘，过来过来。责骂声戛然而止，拖鞋声踏踏响起，老板娘走到我们的桌边停下，说大哥要点啥？这声音与她丑陋的身形有着巨大的反差，触电般震颤着我的神经。可我根本不敢想象，那个人淡如菊的影子竟然会变成泥坑大象般污浊的样子。我顺着声音望过去，正好与她投来的目光相接。路灯与霓虹变幻的光影里，我分明看到她也愣了一下，仅仅是很短的一瞬，但那一瞬里的眉眼依稀有些我曾经熟悉的影子。她垂下头，扭过脸去听着画家的抱怨，她道了歉，说烤肉马上来啊。马上，我再送你这桌三串大腰子，免费的，大补啊，今天晚上保证你生龙活虎，你等着。说到"大补"的时候，她换了一副面孔看着我，挤眉弄眼，意味深长，像是面对久违的熟客。我的目光立刻退却了，画家本来还想说点什么，可她无暇再听，惊慌失措地转身离去了，因为一个拖着鼻涕的女孩从店里跳出来，大声喊着妈妈，妈妈，哥哥又在偷你的钱啦。她嘴里连声咒骂，绕过桌子和食客们的哄笑声，急急忙忙跑回店里。不一会儿，里面就响起连珠炮样的争吵，画家摇着头，说这女人还真是泼辣。他的话刚刚说完，店里再次响起

高亢的女声，声音里分明有着很扎实的声乐基础，听上去中
气十足，余音缭绕：

十号桌加三串大腰子，多放辣椒孜然。

第二天我立刻回了九都，这个当年被我抛弃的小城也隐
然有些现代化都市的气象了。据说短短十年间城里的人口翻
了三倍，昔日熟悉的街道如今已面目难辨。老家属院依旧是
老样子，这给了我些许安心，只是与我擦肩而过的都是新鲜
的军装和陌生的面孔，他们提醒我时间奔涌是何其澎湃。我
有意隐瞒了省城的见闻，只是问我爸何叔的近况。他说老何
退休后，夫妇俩都回农村老家去了。每年只和他通一两次电
话，电话那边只谈收成和农事，不谈其他，他也总是小心翼翼
地避开让对方伤感的话题。于是我绕着弯子打听到几个大学
同学的电话，其中两个还在省城工作。我期望他们光顾过那
家背街小巷里的烧烤店，或是听说过它，这样便可以引出我
下面的话题了。可是事与愿违，寒暄过后，我装作若无其事地
问起何小腰，他们都想不起这个人了，也难怪，毕竟他们没有
与她做过同学。十多年了，趴在窗台上吹口哨的人还有几个
能记起窗外行色匆匆的身影。我本来想打听打听小金的电话，
转念一想又觉得没有必要，打破别人的生活节奏，并不能算
一件好事，不如顺其自然。时间脚步如风，已经又过了很久，
如果更久些，连我的记忆都会恍惚起来。

或许，根本就不曾有过何小腰这个人吧。

回乡

一

村里净是疙瘩路，走得人灰头土脸。

老五走到门口的时候，不知谁家一只尺把长的土狗悄没声息地溜过来，跟在后面咬他的裤腿。老五被咬得心烦，抬脚就是一下，没踢到，狗嘤咛着跑远了。

红果听到了院里的响动，丢掉手里的干柴，站起来倚着门一望，吃了一惊。

看啥嘛，不认识？

五……五哥，咋会是你咧。

老五把烟头扔在地上，脚在上头拧了拧，咋，不让进屋？

那咋能咧，红果把手在油裙上擦了擦，一边拢头发，一边快步走去推上房的门。

不用啦不用啦，老五边往灶房进边说道，我帮你打个下手，不耽误扯闲篇。

五哥……那咋合适。

有啥不合适的。老五边说边挽着袖子。

红果看着老五熟悉的动作，眼一麻，泪差点儿掉下来。

老五跟红果是从小一起和尿泥、过家家长大的，两家关系也好，有时红果去找老五玩，天晚了就在老五家吃饭，再晚了就跟老五睡一张炕。老五经常给红果家拾柴火，帮红果家放羊，放羊的时候总有说不完的话。

红果她爸喝饱了罐罐茶，给烟锅里填上莫合烟，辣辣地抽上一口，就问老五：

老五，红果给你当媳妇去，愿不愿意？

好得很，老五挠挠头，说声，咋不愿意咧，然后嘿嘿笑着跑开了。

老五在家里不受待见，上有已经成年的哥，下有挂鼻涕虫的弟，啥宠也轮不到他头上。老五最喜欢三爸，三爸年轻，有力气，脑壳子聪明，人也长得俊咧。老辈人说，要搁在过去，李家老三肯定是条好汉，就是上了山寨，也是个草莽英雄。

那一年村里放电影，在老五的记忆里，那是他看得最热闹的一场。

放电影那天，还是寒意料峭的春季。天擦黑的时候，村里的老老少少就吃罢晚饭，三三两两聚到了麦场。电影开场没多久，老五就没了看电影的兴致。电影里的东西，他看不太懂，红果也看不太懂，他们就跟那些看不懂电影的小孩子们摸瞎子，在空旷的麦场里追逐打闹。

麦场里最能藏人的当然是麦秸垛了，老五脑子灵光，一路小跑奔向距离最近的麦秸垛。眼看就要爬到顶上，却被横处飞来一脚踹了下来，影影绰绰，看起来像是二狗叔，旁边还有一个女人，捂着嘴吃吃地笑。老五呸了一口，边跑边喊，二狗你个熊货，敢踢我，叫我三爸收拾你。

几个麦秸垛后面居然都有人，牛蛋哥只大他七八岁，竟然也搂着不知谁家的闺女在垛子后面亲嘴。老五慌不择路，差点跟他们撞个满怀，气得牛蛋哥脱了鞋要抽他。老五可不能挨抽，他泥鳅一样滑出去，继续往远处奔跑。麦场边上有个窑洞，废弃很久了，没人去，那里肯定最安全。远处已经有人喊他的名字，不能让他们找到自己。老五想着，一头扎进窑洞。

借着场院里照来的不亮的光，老五看见了一条抖动的军大衣。

三爸出门的时候，穿的就是军大衣。

军大衣被呼地掀起来，老五看见了两张模糊不清汗津津的脸。

枣花。

村主任家闺女。

老五在塬上放羊，三爸走上来，给他丢了块糖。

糖纸粘得太紧，怎么撕也撕不净，干脆不撕了，老五把糖扔在嘴里。甜，真甜。

老五，昨夜里，干啥了？

看电影嘛。

电影好看不？

谁知道，我又看不懂，摸瞎子去了。

三爸不说话，从兜兜里摸出莫合烟，拿二指宽的白纸卷了，舌头舔舔纸边，粘牢了，点着，狠狠吸了几口，青青白白的烟气从鼻孔里冒出来。嘶——风一刮，烟气又飘进老五鼻子里。香嘞——老五喊。

老五，来，三爸招招手，示意他蹲到身边，把手里的烟屁股递给老五，吃烟？老五咧嘴一笑说，小气，给我卷个整的。三爸哈哈笑着，摸出兜兜里的莫合烟又卷了一根，递给老五，说，叔给你点上。老五接过烟，憋足劲儿抽了一口，烟没下肚，泪早就吱吱冒了出来，咳咳……呛嘞……老五扔掉烟，呸呸吐着口水，嘟囔道，这是啥味儿嘛，一点儿也不好。三爸又笑了起来，笑完，凝着脸对老五说，昨天夜里的事，对谁也别说，记下没？

二

跟红果扯闲篇的时候，老五把这段三十年前的事情也扯了扯。红果吃吃地边笑边说，你这一说，三爸年轻时，也风流着呢。老五吃口滚热的罐罐茶，浑身通泰，头发梢里都散发着舒服，坐在门槛上看红果忙碌的身影，屋外北风呼啸也全然不觉得冷。红果和完面，从案板后头抽出三尺长的擀面杖，一肩高一肩低地用力擀着面。当家的呢？老五问。红果还是吭哧吭哧地擀面，应声说，死了。停停又补充说，两年了。老五"噢"了一声，问，不是还年轻着呢，咋回事吗？

红果没话，心里却针扎样疼。每次想到男人她都想哭，可是人前她从来没有哭过。老五这一问，她再也忍不住，肩膀抖动几下就抽抽搭搭起来。若是换了小雯，老五肯定不假思索地走上去抱住她，把她扔在床上，剥葱一样剥光了她。可是眼前的是红果，老五一时慌了手脚，不知道怎么办才好，站起来又坐下，坐下又站起来，狗咬尾巴样在原地转圈圈。红果背对着老五，心里却像煮开的米汤样翻翻腾腾。红果男人是个民办教师，二十年前从城里来这里支教的时候，也有那么几分像上大学的老五。瘦高个子，戴副黑框眼镜，不爱说话，抽烟凶得很。在红果的印象里，她男人手指头上从来没有离过两样东西，笔和纸烟。男人不会伺候地，不会耍农具，里里外外全靠红果。但是全村人都尊敬他，没有他，孩子们都野了，能学个甚？

前年夏天雨太大，学校房子被冲塌了半边，村里没给修。男人去镇里县里跑了好几趟，上面也没有给解决。男人一气之下动了倔脾气，拿走了家里所有的钱，借了辆农用三轮去买砖，回来时天黑，翻沟里了，半夜才找到，当时人就没气了。红果稳了稳神，扯了一把面，往锅里一丢，筷子来回搅了搅，直起腰说道，学校就他一个老师，他一走，学校也没人了，现在还放着荒嘞。孩子们没学上，都野了。老五抽着烟，不知道该安慰她，还是说点什么别的，一时没了头绪。正没话的时候，娃子回家了，没进门，先吸溜鼻子，喊道，妈哎，是扯面不是？待见了老五，步子也慢了，顺门根进去，拉住红果的衣襟小声问，那胖子是甚人？

红果在孩子屁股上打了下，说道，没规矩，啥胖子，叫五爸。孩子扭了两下，没张嘴。红果又推了他一下，说，去跟前，叫五爸。孩子还是没过去，仰脸看着红果说，妈，你咋哭了？老五赶忙走过来说，孩子认生，不愿意叫就算了。然后从兜兜里摸出钱包，抽出两张红色的钞票，塞到孩子手里说，快过年了，五爸给你压岁钱，好好学习啊。

这咋行勒！红果抢过孩子手里的钱，非要还给老五，老五一面推让，一面退出门去，转身出了院子。红果扬扬手里的钱，扯嗓子喊道，五哥，扯面好了，吃完再走吧。老五一面走，一面吆喝，不吃啦，下回来再说。转眼就下了坡，走远了。

老五从红果家里出来，绕了两道弯，去了坡下支书家。支书婆姨正端了刚出锅的菜往堂屋里进，老五见了，赶上几步，给她撩开棉布门帘。婆姨笑呵呵地往里进，老五也跟着进去，喊一声，香嘞。支书听了，趿着鞋来拉老五说，来来来，上炕上炕，咱爷俩喝两盅。老五脱了外套，暖炕上坐下，跟支书碰了杯酒。村里酒烈，一口下肚，火辣辣刺得嗓子生疼，老五多年没喝过这种酒，没几杯就有点上头了。推杯换盏，酒酣耳热，老五就问支书说，听说村里学校塌了。支书"噢"了一声，"吱溜"喝口酒说，前年就塌了，没钱修，跟乡里反映，乡里也没音讯。红果她男人自己攒钱买了点砖，本来想修修，没想半路上翻了沟，折了条命。车还是借的，人这一死，等于给家里留了债，真是作孽啊。老五问，不就是个车款吗，还没还上？还个屁呀，一个寡妇带俩娃儿，大娃儿在县里念高中，饭都吃不饱嘞，咋还钱？下辈子吧。那……车是谁家的？支书嘿嘿一笑，村里谁家有车？咱家的呗。老五长出了一口气，道，既然是咱家的，那就算了，人家也不容易嘛。支书给老五满上酒，说道，只能这样，咱又不能当黄世仁，逼出人命咋弄嘞。

三

从支书家里出来，太阳已经偏了西。黄灿灿的阳光从远处山头流过来，铺在黄土地上，柏油一样黏人的脚。借着酒劲儿，老五要去学校看看。司机小刘见他半天没回家，找了出来，说要送老五去，老五不让。小刘见他步子不稳，满嘴酒气，放心不下，开了车远远跟在后头。塬上没路，小刘就停了车，徒步跟在老五身后。

老五步子越走越轻，恍惚回到了自己的少年时代。那时候他也是顺着这条路，踩着露水未干的野草去上学。塬上只有一个院子，解放前这里是李家祠堂，全村最好的房子，青砖布瓦，解放后就做了学校。老五小的时候，也在这里上学。附近几个村的娃子，从一年级到五年级，拢共不过三十多号人。老师就一个，讲一年级课的时候，其他年级的孩子就自习，写作业，一天下来，正好每个年级一堂课。老五上学的时候，学校已经破败了，年久失修，到处漏雨，墁地的青砖也都坑坑洼洼不平整了。那时候老五是全班学习最好的，后来去镇里上初中时，村里的同学只剩下了三个，等到老五去县里念高中的时候，班里就只有他和红果俩人是同乡。可惜红果她爸死得早，红果只上了两年高中就辍学回家了。老五刚上大学那两年，还写过信鼓励红果自学，后来渐渐也就淡忘了。

小路一转，眼前平坦了很多，一片破败的景象横在眼前。青砖的房子已经塌了半边，瓦缝里的狗尾巴草长得老高。背阴的地方，两个月前的雪还没化完，白花花有些耀眼。左边的土坯房倒还结实，像是住过人的，只是没了门窗，不知谁家的羊拱在里面揪草席子吃，见了人也不跑，"咩咩"直叫。老五低头进去，照那羊就是一脚，羊受了惊，撒蹄子跳出门去，几下就跑远了。小刘赶忙上去扶住老五说，李局长，你当心，这房子危险，咱出去吧。老五乜斜着眼睛，对小刘说，熊货，危险个卵，我小时候就在旁边那瓦房里念书，掉瓦塌砖是常事。你们年轻人，没经历过这个，知道啥球是危险。

小刘一面应声，一面扶着醉意阑珊的老五下塬而去。坐上了车，老五还是一路絮絮叨叨，说得小刘心里直犯嘀咕，李局长平时不苟言笑，今天这是怎么了。

老五醒来的时候，已经是后半夜了。小雯发来短信，净是些刺激感官的黄段子，末了又说想你什么的。老五心领神会，告诉她说他会尽快回去，回去后先向她报到。

看了李越五回复的短信，小雯心里踏实了许多。这几天她心里总有些不祥的预感，连续失眠。李越五临走前的那天晚上是在她这里过的，当时她就撒娇不让他走。老李却说，十几年没回去，爹娘岁数大了，看一眼少一眼。这次是个机会，等再忙起来，想回都回不成了。话说到这份儿上，小雯也不好阻拦了。老李确实与众不同，第一次见他，是因为公司刚刚接下了一个项目，其中李越五帮了不少忙。事成之后，王总带了公司几个年轻女孩，邀老李吃饭。起初，小雯也把他当成那些常见的圆滑世故热衷于应酬的官员，没想到他谈吐不俗，让小雯另眼相看。王总察言观色，不失时机地给老李着重介绍了这个参加工作不久的年轻女孩子。以后发生的事情就顺理成章，小雯从老李那里得到了很多照顾，王总对她也自然是青眼有加，职位节节攀升，很快做上了部门经理。公司决策层的事，有时王总也要征求小雯的意见。一个工作不久的年轻人，能有今天这样的成就，是小雯父母想都没敢想的事情。他们从家乡小城来看女儿时，小时候从来没夸过她的父亲禁不住对她频频点头赞许。

小雯要的并不是这些，职位、房子、车子固然很重要，但并不是全部。小雯甚至没有把钱看在眼里，她不缺这个。但是她知道，她得照顾好李越五，李越五就是她的一切。照顾好李越五，头一件事情就是要照顾好李越五的钱。李越五的钱来得太莫名其妙，如果不帮他打理好，肯定会出乱子。当然，有些钱可以不收，有些钱却非收不可，不收的话，会得罪人的。活在这个圈子里，如果你不小心翼翼，就会被别的小心翼翼的人顶替掉。

炕烧得很暖，老五有些燥热，就披衣起床，靠着窗户抽烟。煤价又涨了，不知道红果家烧的炕暖和不。想到红果，就想到了她那个破院子、破窑洞，想起了她那个拖着鼻涕怯生生的小儿子，还有那在县里上学的大儿子。据说，那是村里继他之后又一个秀才，指望着考上名牌大学呢。想到大学他就想起了自己，谁能想到当年他这个高才生，竟是从破祠堂里念书念出来的。自己吃了多少苦，遭了多少罪，自己心里清楚，现在村里没了学校，孩子们都野了……

黑暗里，老五的烟头明明灭灭，直到鸡叫三遍，他才穿衣服出门，直奔红果家去。红果刚起来，正在灶房烧水洗脸，迎面看见个黑黑的人影闯进院来，吓了一跳，待看清是老五，才定住了神。

五哥，你这是咋的嘛？

老五不说话，狠命地吸烟，昏暗的火光里，红果的脸庞竟然还有几分年轻时的俏丽，老五看了半晌，拧灭烟头说，红果，过了年，跟我走吧。红果愣住了，五哥，你说的甚话？话说到这份儿上，老五索性放开了，说道，我也不图你甚，到了那边，你该干甚干甚，我每月给你点钱，你把孩子培养出息了就行。那咋行嘞，红果摇摇头说，咱家虽然穷，也不能那样。老五心里突然掠过一阵奇怪的感觉，他想起了小雯，她可能永远想不到还有红果这么穷困的人。还好，她并不是不明事理，倘若他把红果带过去，料定小雯也不会反对。她犯不上吃一个半老徐娘的农村妇女的醋，但她肯定会劝他，凡事还是小心些好。是啊，还是小心些好，老五对自己一瞬间的决定感到可笑：图什么呢？名？利？色？眼前的红果显然完全不具备这种可能性。

五哥，红果眼睛里亮晶晶地说，我知道你对我好，你要真想帮我，就把学校再建起来，村里娃儿们有学上，我死去的当家的也就安心了……话没说完，泪已经落了下来。

四

老五从红果家院子里出来的时候，天刚大亮。家家户户冒起了青青白白的炊烟，薄薄的雾气四处飘荡。风一吹，那些雾气流散开去，像石子投入湖里惊开的水。远远地传来几声狗叫，路上并没啥人。支书家的院门"咯吱"开了，秀秀出来倒炉灰，远远望见从红果家里走出来的老五，用异样的眼光打量一下他，喊道，五哥，这早出来干甚？老五没应声，打电话叫小刘，说道，赶紧的，咱上县城。

去年县里选调干部，派往发达地区参加为期一个月的先进经验学习，县教育局的陈局长有幸赶上了这班车。在此之前，他对李越五还真没有什么特殊的印象。临走之前，老同学们为他摆酒送行。席间有人提起了李越五，说你要去的，不就是他老李的地头吗？虽然不是同班，好歹也算同学吧，怎么不联系一下，也好有个照应。陈局长是有心人，悄悄记下了电话号码，抵达后立刻联系了老五。老五也不含糊，有朋自远方来，自然是"安排照应更周详"。月把时间，让陈局长一行人非常尽兴。随行的其他领导受到了"陈局长同学"的款待，对陈局长也另眼相看。陈局长挣足了面子不说，回来之后人际关系也顺了许多。打那以后，两人虽未再次见面，但联系也不少。

早上有个全体会议，陈局长刚刚坐上主席台，手机就嗡嗡响起来。打开一看，是李越五打来的。他不动声色地给主持会议的副局长打个手势，悄悄溜出会场，接通电话。不出所料，李越五在本地，这次轮到他尽地主之谊了。

从村里到县城，距离不能算远，但是由于路况不好，车子晃晃荡荡走了一个多小时。老五晚上没睡好，一个劲儿犯困，却总也睡不实。等到了县教育局，陈局长早就派了秘书在楼下等他。秘书说局长正开会呢，让我接待您，说完带老五上楼。进了局长办公室，端上茶，送上报纸。老五看看办公室的陈设，除了几盆花草，几架马列读物，一张大办公桌外，再无其他东西。好在楼是新的，办公室面积还算可观，只是太空旷了些。老五立刻就想到了"地区差异"这个词。在老五那里，这样的办公室也就是一个科长的水平。老五立刻给楼下车里的小刘打电话，小刘，你抓紧时间开车跑一趟，买个办公室摆件来，大一点，要上档次的，价钱无所谓。另外再准备一份礼，饭后放到陈局长车上，别太张扬啊。

老五打完电话看了一会儿报纸，陈局长方才急匆匆推门进来，未见老五，脸上已经布满阳光，李局长，很久不见啦，什么时候回来的？此行是探亲还是公务？老五打个哈哈说道，回来看看老爹老娘，过几天就走，顺便拜访陈老兄你啊。我这里条件比较简陋，李局长见笑见笑。哪里哪里，毛主席当年住窑洞，点煤油灯，不也得了天下嘛。寒暄几句，老五就言归正传，说，不瞒陈局长，这次找你，还真有事相求。接下来就把村里小学的现状说了说，陈局长听了，沉吟半晌，说道，我也给老兄你交个底。咱县这样的村有好几个，我们也想逐步解决，但是……你知道的，咱这里不比你们东部沿海发达地区。咱县每年经费没几个钱，你看我这里，机关里尚且是这个条件，别说下面了，你说的这个事情，还真是不好办。

听了这话，老五心里自然明白，一个村小学能花几个钱，他一个局长少吃几顿饭，一年下来也差不多了，只不过，人家平白无故不想掺和这个事。这样的事情老五见多了，往兜兜里塞钱的时候，谁都愿意干，等到了往外拿的时候，谁也不乐意。尽管这钱不是自己的，可总有自己用着的时候。

陈局长看看墙上的挂钟，已经是下班时间，秘书敲门进

来，对他耳语几句，然后对老五说道，李局长，我们陈局长已
经让我在咱县最好的酒店安排下了午饭，咱们边吃边聊，好
不好？老五点点头，随着陈局长一行人下了楼。

　　小刘的车已经停在楼下，看来交代他的事情已经办妥。
陈局长的车前面带路，老五坐自己的车跟着，后面还有两辆，
想必是陈局长秘书安排的陪酒人员。几辆车在小城的街道上
缓缓行进着，外面天渐渐阴沉下来，天气预报说近几天局部
地区可能有雪。正午时间，街上行人并不多，远处有个抱孩子
的女人，佝偻着身子踽踽而行。小刘见老五有些沉闷，就打开
音乐，然后问，李局长，顺利不？老五挪动一下困倦的身子，
拖长了腔说道，钱紧哪……小刘一笑说，我还以为多大难度
呢，他们没钱，咱可以赞助啊。老五眼睛一亮说，小刘你这
小子，脑子就是灵光，继续说。小刘说，也没啥，来之前，不
是王总想要滨海广场的那个项目吗，要不让他想想办
法？……老五猛然想起这个事情来，当下就拨了电话过去。

　　酒宴吃得很尽兴，陈局长手下的精兵强将轮流给老五敬
酒，老五来者不拒，喝得酒酣耳热。酒宴结束，老五说，还有
几句话想跟陈局长说说，别人都知趣地散去了。小刘拉着陈
局长的司机，嘀嘀咕咕也出了门。老五看人走完，借着酒劲揽
住陈局长的肩膀说道，老兄，还是那个事，我已经联系过了，
我们那里有个企业想赞助修建这个小学，顺便再给你们局里
赞助几台电脑，你看怎么样？听到老五这话，本来已经醉如烂
泥一般的陈局长突然来了精神，软塌塌的肩膀立刻挺了起来，

满脸洋溢阳光，连声说道，李局长，你能为家乡做这样的事情，我钦佩你啊，我一定尽力。立项的事情交给我，手续什么的你都不用管了，只要资金到位，立刻开工，争取开春后孩子们就能复课……另外，这个教师你也安排，我帮你整个公办名额，县财政给工资。老五用力拍拍陈局长的肩说，辛苦你啦，老兄，我谢谢你，你放心，资金明天就能到位。快过年啦，我给你和嫂子也准备了点东西，司机已经放你车上了，不成敬意，笑纳，笑纳。

五

陈局长果然没有食言，第三天下午，卡车就拉着建材和建筑队进村了。

带着建筑队来的是陈局长的秘书，秘书进村后先给老五报了个到，说陈局长交代，让我亲自负责这个工程，保质保量抓紧工期争取年前完工。老五连声说辛苦啦，叫小刘在后备厢里拿了两条好烟递给秘书，然后一行人浩浩荡荡往塬上去。那天下午天晴得很，日头暖和得像春天，天气预报一点儿也不准，老五笑着说。

支书李三刚站在塬上，看着建筑队拉着工具和建材，浩浩荡荡地排成一字长蛇阵往塬上走，心胸一下开阔了很多。村里多少年没有这么热闹过啦。他抖抖羊皮袄，从兜兜里摸出莫合烟，拿二指宽的白纸卷了，舌头舔舔纸边，粘牢了，点着，狠狠吸了几口，青青白白的烟气从鼻子里冒出来，冲着队伍拖着腔吆喝，老五，你小子真行——

老五嘿嘿笑着，远远给李三刚招了招手，李三刚眼睛被烟气熏着了，眯成细缝，心里却舒坦得很。他默默念叨，好小子，三爸没白心疼你，这是给子孙后代积德啊，你这回给咱村办了事，我这脸上也有光。李越五小时候学习好，但是家里太穷，人口又多，兄弟姊妹早早就辍了学。那年家里实在供不起，跟老五商量让他也退学。老五一时想不开，差点跳了崖。李三刚从部队转业回来，还没成家，攒了些私房钱。听说了这事，二话没说就把老五叫到了塬上：

老五，你能考上大学不？

能，我一定能。

考上大学你能忘了三爸不？

忘不了，一辈子也忘不了。

好小子。李三刚从腰里摸出个红布包包，娃儿，你考吧，三爸供你念书。从那以后，李三刚每年都要给老五送一回钱，一直到老五大学毕业，自己生活基本自理了，李三刚才开始攒钱娶媳妇。老五参加工作后回来不多，但每次回来都要先去李三刚家。那年在李三刚家，老五拿出厚厚一沓钱，说得泪水涟涟，三爸，老五没忘你，给你还钱来了。

晚上吃饭的时候，红果那个拖着两管黑鼻涕的娃来了，直奔老五就喊，五爸，我妈叫你去吃扯面嘞。晚上吃啥扯面，吃完以后不过了？我妈说只要你想吃，我家白面多呢。屋子里的人听了他俩的对话，都笑得前仰后合。

老五进了红果家，炕桌上早已经摆上了热腾腾的扯面，红果帮老五脱了鞋，盘腿坐下，满脸放着红光。五哥，你还真行咧，这下可好了，娃儿们春卜就有书念嘞，来，吃面。老五拿筷子拌了拌，呼噜噜吃下一大口。红果已又从灶房过来，炒了半碗黄澄澄的鸡蛋，一气倒进老五碗里。红果，老五边吃边问她，咋不再找一个？红果拢拢头发说，找其，家里背着债，还有两个这大的娃儿，都是花钱的催命鬼，谁要咱嘛。你还年轻嘛，不赶紧找一个，将来老了咋办？我想过啦，过两年大娃儿就上大学了，我再辛苦辛苦，把他供出来，小娃儿也就有个依靠了。依靠？先说现在吧，你知道上大学需要多少钱……红果不说话了，老五见她伤了心，也默默不语，直到面条吃完，才说，红果，我知道你从小好强，那时候要不是因为家里穷，早就上了大学。现在家里这样子，也艰难，五哥心疼你，这样，等这小学建起来，你就去当老师，公办，吃皇粮，咋样？

五哥，你让我咋感谢你好。红果眼睛里湿湿的。

五哥——老五还没下炕，外面就有人喊，老五刚答应一声，就有人掀门帘进来，是支书家秀秀。秀秀白了红果一眼，又看看老五，说，五哥，你真在这里啊，我爸叫你去嘞。叫我其事？喝酒嘛，我妈菜都炒好了。

老五别过红果，跟着秀秀出了门。夜幕已经垂降在整个山村上，月亮挂在落尽叶子的杨树梢头，洒着冰冷的光。星星满天都是，风吹过来，似乎它们也冻得发抖。秀秀手里的手

电，只照见脚下一小片地方。秀儿，你爸叫我，有甚事？秀秀
自顾自在前头走，不理老五。老五又问，秀儿，咋了，不说话
嘞。秀秀停了脚步，说道，五哥，你也是有家有娃子的人，虽
然嫂子他们离得远，你也要注意些。她红果一个寡妇，你老上
她门干甚。那天清早幸亏是我碰见，要是别人碰见你从她屋
里出来，你就是有一百张嘴也说不清。我说甚，我又没做亏心
事，我说甚？老五火气腾地上来了，吃饱没事干，整天瞎想个
甚。

酒喝到半夜，老五才弄清楚三爸的意思。三爸下午在工
地跟陈局长的秘书聊天，意外得知这次不仅要建学校，而且
还有一个公办教师的名额。三爸家最小的女娃秀秀初中毕业，
考了好几次高中都没考上，眼看着年龄大了，在家闲着发慌，
这次听说村里能弄来公办教师名额，就动了心思。老夫妻俩
也想把秀秀留在身边，自然一拍即合，叫老五来喝酒，为的就
是这个事。

听了三爸的话，老五半晌没言语，拿起酒壶，给三爸面前
的小盅里满上，说道，秀儿还年轻，考学也好，打工也好，机
会还多的是，再不济，找个好婆家嫁了，你还愁个甚啊。听了
这话，三爸抬着红红的醉眼，问道，老五，别说那没用的，你
妹的事，你到底管不管？老五喝干盅里的酒，说道，不是不
管，是公办教师这事，我已经许给红果了。

啥？三爸瞪着布满血丝的眼睛，从炕上跳到地上，你给那
寡妇啦？她是你什么人？你……你干这球事，秀儿是你妹妹，

你胳膊肘往外拐，不帮家里帮外人……

三爸，当初我敬你是个汉子，敢作敢当，从小把你当榜样，现在你看看你成了其嘛。人家孤儿寡母，头几天你还说人家艰难，今天可咋变脸了？

我没说她不困难，但是秀儿没事干也不是假话，你到底帮不帮？你是不是跟那小寡妇睡过觉就忘了本啦？

三爸！你说其咧，糟践人家清白。秀儿有啥困难，我肯定也要帮，但是这回当老师这事，我就许给她红果了。下次我再给秀儿找个好工作。

我不管下次，就要这次。你到底办不办？

不行！

你滚蛋，白眼狼的货！

滚就滚，我没你这不讲理的三爸。

从三爸屋子里出来，迎面刮来的北风跟老五撞了个满怀，老五冻得一哆嗦，身后的门重重关上了。骂声还没止住，灯倒是灭掉了。老五立刻被无边无际的黑暗吞没，身上的酒气被寒气夺走了，老五打开手机，借着微弱的光，一脚深一脚浅地往家里走。

六

日头走到半空的时候，院子里鸡飞狗跳的，老五被手机铃声吵醒，头还晕晕沉沉浑身无力。伸手摸到手机一看，老婆打来的，电话那头絮絮叨叨地劝他少喝点酒，保重身体什么的。老五哼哼哈哈地应付着，临了，老婆又说儿子过两天就从新西兰回国了，叫他早些回去。老五连声说知道了知道了，挂掉电话穿衣起床，饭也没吃，直奔塬上去。

路上又接到小雯的电话，小雯说老张昨天又找了她一次，还是为升正科的事儿，这次拿了五万块钱，小雯说不好意思驳老同志的面子，就收下了。刚才王总也派人来了，说是感谢你帮他拿下滨海广场的项目，送了十万块，也收了。老五听完，交代几句以后做这样的事情一定要小心之类的话。小雯耳朵都听出了茧子，打断了他好几次。老五仍然不急不躁地说，小心能驶万年船，有朝一日我东窗事发，看你还找谁去？小雯说道，你以前收了那么多钱，也送了无数的钱，要发早就发了，还能等到今天？老五说道，所以才要倍加小心啊。顿了顿，说，再过两天我就回去，你洗干净了等着我。小雯在电话那头风铃般地暧昧一笑，就像有小手从电话里面伸出来，在老五心头搔了几下，痒得老五浑身冒火。

到了工地，陈局长的秘书和小刘赶紧迎上来，秘书给老五汇报着进度，说是顶多再有一个礼拜，就能完工了。老五听着，在人群中看见了忙碌的红果，大声喊她，红果，你来这里做甚？红果一手提着黑铁大茶壶，一手拿了粗瓷大碗，跑过来给老五倒上一碗水说，我家里闲着没事，过来帮帮忙。老五笑道，还没成老师呢，就这么有主人翁意识啊。红果莞尔道，五哥你说笑了。小刘插话问她，刚才支书来找你，你见到没有？

红果涩涩地说，见了，然后转身往工地灶房进。老五见她神态不对，赶忙跟了过去问，三爸找你甚事？没甚，没甚。胡说，没甚你拉那么长脸？老五抢下红果手里的茶壶和碗，问道，三爸难为你了？不让你当这个老师？

不是……

那是怎么回事？

三爸他……催我还车钱嘞。

这不是落井下石嘛，我找他去。老五转身的当儿，红果死死抓住了他的胳膊。

五哥，欠债还钱，天经地义，等我当了这老师，就能攒下钱了，我慢慢还三爸就是，你不要跟他撕破脸，不值当，让外人看笑话嘞。

转眼又过了两天，学校教室的地基墙壁都已修妥，就剩下起大梁、搭屋顶了，村里找风水先生算了上梁的日子，红果的教师手续也开始办理了。陈局长那边打来电话，说县领导要来参加学校的落成仪式，叫老五无论如何也要参加。老五说等不及啦，儿子今天就要回国，单位也一再催促，他要赶紧回去。学校进度很快，他很满意，剩下的事情就全交给陈局长安排照应了。陈局长挽留了几句，见老五去意已决，只得说中午你来县里，我给你送行。

老五挂了电话，从塬上下来，边走边给小刘打电话，想叫他开车出发，先去县里吃了饯行酒，然后直接上高速回家。回家，多好的感觉啊，屈指算来，离家也有半个月了，想老婆，想孩子，想家里的沙发电视软床，甚至还有点想念办公。他已经想好了，回去以后第一件事就是召集副科以上干部，到他那宽敞气派的办公室开个会。给他们讲讲回乡的见闻，说说自己帮助落后地区发展教育事业的良苦用心，也让他们受受艰苦朴素的再教育……当然，他也想小雯，想到骨头缝里啦。这小蹄子，不知道我不在这几天，混野了没有……老五一路走一路想，电话却总是打不通。这可不是小刘的作风，这年轻人机灵得很，也很会伺候人，一般情况下是二十四小时开机，今天是怎么了，电话老是打不通。老五又给小雯打过去，想告诉她，晚上他就到她那里，不料小雯的电话也是无法接通。邪门了，老五嘟囔着，七绕八拐走出村子，远远望见村口歪脖子槐树下停着两辆黑色本田，其中一辆正是自己的座驾。老五气鼓鼓地走过去，忽地拉开车门，准备给小刘这个玩忽职守的小子一顿痛骂。

车中却已经坐了两个人，其中一个张口问道，你是李越五同志吗？

老五点点头，问，你是？

我们是省纪委的，组织上派我们来接你，明天上午8点之前到滨海宾馆报到，请你把手机交给我。

规定时间、规定地点报到，向组织说明问题——这不就是"双规"嘛。

这次是真的回家了。

车开动的时候，村口那棵大槐树抖动了几下，就像老五小时候在上面摘槐豆时，压住了树枝一样。

（原载《雪莲》2010 年第 5 期）

红缨在手

　　他说，你知道为什么叫断鸿县吗？我说没查过资料，不清楚，不过这名字听起来挺有诗意。他说什么诗不诗意的，要是你真有一天身临其境，就不会这样想了。我问为啥。他说老乡们有句话，叫"千里断鸿县，雁回鬼夜哭"。我说啥意思。他眯起眼睛，似乎陷入了很久远的回忆。他说断鸿县地跨千里，群山茫茫，传说大雁南飞时必须绕过这里，否则就只能选回头路，要不就得累死在山上，如果孤魂野鬼在半夜进了山，肯定要迷路，你知道鬼是只能夜里出来的。我说好像书上这么写过。他说白天只能躲着，晚上出来还是迷路，迷来迷去就永远困在山里了，你说他哭还是不哭？我哈哈笑着，说这解释挺生动啊，老爸你也有写作天分。他摇头说我只会写点材料，小说什么的真不擅长，我这里倒是有个故事，你可以替我写一写。我说好啊，最好是打仗的。他说我们队伍没打过仗。我说那你们当兵都干什么了？他说挖洞，我们把断鸿县的千里大山挖空了。

一

山很大，很深，几万人的部队撒进去，就像在大海里扔一把流沙，无形无迹，悄无声息。通往山里的只有这一条窄窄的路，贴着山坡时上时下。有时转了半天，以为终于要出去了，山路一转，又转进另一座更大的山里。他说，车在这样的路上走了三天四夜，有的人就精神崩溃了，半夜里跳下车去，接着又跳下了山崖，他的喊声遥远漫长，惊破了更加漫长的黑夜。这样的意外令战友们猝不及防，没有来得及救他，只能望着沉重的黑夜摇头叹息。

先入山的是测绘部队。路的尽头就是没有路，茫茫原始森林，放眼望去，只有怪石树木，稍微宽阔点的地方是季节河的河床，此时正是河道干涸的时候，汽车沿着干涸的河谷向山的深处缓慢行进。坐在车里如同坐在狂风巨浪中的小船上，颠簸得人心绪不宁。几个疲倦的战士已经抱着膝盖沉沉入睡。没走多远，山谷里巨石横陈，拦住去路，汽车完全没了用武之地。连长一声令下，下车，徒步。队伍一阵忙乱，在满是鹅卵石的滩地上匆匆整队报数后，开始向更深处进发。

深山里毕竟与山外世界不同，不过下午四点半钟左右，太阳稍稍西斜，便被高耸的山尖和森林遮挡住了光芒，天色黯淡如同黄昏。此刻测绘连已经和后面的部队拉开了距离，如果这时退回去，明天还要走原路上来，一来一回太耽误事。

工期不等人，最好的办法是在附近驻扎休整，明天继续前行。连长命令两个腿脚快的，到附近的高地上侦察一下，看看哪里有人家，其他人就地休息。个把钟头工夫，两人返回，带来了振奋人心的好消息。

他们说，翻过沟去，向阳坡上有炊烟升起，依稀像是一户人家。

连长扔掉烟头，脚在上面蹍了蹍，又吐了一口唾沫在上面，确认烟头已灭，挥挥手说，出发。几十号人排成单线蜿蜒曲折，一路疾行。走到老乡家门口时，天已经黑透。山里要比外面温度低很多，树叶和草茎里的水分被黑暗和低温挤了出来，打得人裤脚湿漉漉的，虽然出发之前有所准备，此时也有很多战士冷得直打哆嗦。寒冷会成倍地放大饥饿感，人困马乏，饥寒交迫，队伍已经有些躁动不安，此时每个人眼里都只剩下老乡门缝里透出的微弱火光，那火光虽然微弱却饱含着未知的温暖。连长招招手，叫来个本地战士，上前用方言叫门：

老乡，我们是解放军，路过这里，借宿一下。

老乡，开门呀！

老乡，老乡，老乡！

后面三个"老乡"连起高腔，呈阶梯状上升，直到音量完全释放，几乎喊破了嗓子，透过门缝他们看到人影闪烁，只是那两扇三尺宽的柴门始终紧闭着。

再不开门，俺就拆房——队伍里有人等得不耐烦，高声大嗓地来了一句。话没说完，连长走过去兜屁股就是一脚，把那个兵嘴边的"啦"字硬生生憋在了肚子里。

门却吱呀一声开了。昏暗的火光里，身形略微佝偻的老人手握着一尺多长的柴刀，立在柴门中央。连长和会说当地方言的战士走上前，连说带比画交流了几句，老人才满脸狐疑地放他俩进去。

屋子很小，说是屋子，其实跟窝棚差不多，二尺高的地基由石块堆成，上面是谷草黄泥垒的墙。里面光线昏暗，屋子正中是用木头搭成的床，上面堆着干草、兽皮和被子，依稀能辨别出床上还坐着一个人。墙角是石头堆成的炉灶，灶膛里火光闪动，不时有潮湿的柴火爆响，把火星溅落出来，腾出灶外，又轻飘飘地落在炉灶边的一圈黑灰上。灶上的铁锅里还剩浅浅一底儿黄面汤，冒着丝丝的热气。连长指指铁锅，又指指床边高高架起来的粮袋，说，老乡，我们要吃这个，这点儿不太够。战士用当地方言把这话大声翻译了一遍。老头听了，还在犹豫，床上的老婆婆呼地站起身，麻利地走到炉火边，往灰暗的灶膛里丢了一把柴，火光升腾起来，照亮她沟壑纵横的脸，也点亮了整个小屋，门外的寒气似乎被火光驱散了不少。她拢拢鬓角花白的乱发，用枯树般的手抄起缺了口的粗瓷大碗，往锅里添水搅面，忙碌起来。

铁锅虽然不小，但远不够一个连队小伙子的饭量。老婆婆话不多，但是手脚麻利得很，一会儿工夫连烧了三大锅汤。战士们出发前配发有压缩饼干，就着热汤吃了，算是打发住了自己的肚子。温暖驱赶了寒冷和夜色，每个人的脸颊上都泛起了微红。三锅汤下来，本来就不大的粮袋塌下去一大半。连长转脸看了看，呼噜噜喝完自己碗里的汤，一抹嘴，把自己挎包里剩下的饼干掏出来全塞到了老婆婆手里。老人又要塞回连长挎包里，两人推让了几下，连长握住老婆婆的手说，老乡，你一定要收下，今天太感谢你们了，等我们的后续部队上来，一定把粮食给你补上。

接下来的两天，有了老人做向导，测绘连的任务进度快了许多，当然，老人家里的存粮也在飞快减少。坡下的河滩平整宽阔，取水方便，适宜部队展开，测绘连已经向后方做了汇报。两天后，绿色的军用卡车摇摇晃晃地开了进来，后续部队到达了。他们在这里伐倒些树木，拓宽并平整了土地，扎起密密的帐篷。

路打通以后，车辆、施工机械、后勤物资源源不断地送进驻地，总算不用发愁吃喝了。有一天炊事班正在做饭，顺着缭绕盘旋的淡淡炊烟，连长往坡上看了一眼，却瞥见瘦小的老人站在齐腰深的草里，远远地望着他们。

连长一拍大腿，喊道，险些忘了，你们几个，扛两袋大米，跟我上山。

一袋大米一百斤，两袋米足以补偿那半袋子玉米面了。

扛米上山的战士里，有一个叫贺铁国的新兵。按说那个时候，像他这样的高中生应该算个秀才了，到了哪儿都得重用一下，尤其是在部队这样缺人才也重人才的地方，只要有文化，很快就有出头的机会。可这家伙长得五短身材、面如锅底，偏偏名字也拗口，所以大家都叫他"黑铁锅"。"黑铁锅"最耽误事的是那张嘴，虽说是一肚子锦绣文章，到了嘴上也都变成了吭吭哧哧。连长有心跟他聊几句，都被他吭哧得心烦意乱，几次下来，也懒得理他了。这次给老乡送完大米回来，他一夜没合眼，思来想去觉得这件小事很不简单，反映了大山深处军民鱼水深情，于是当晚在被窝里点着手电筒写了一篇稿子，投到《工程兵报》。

不久，稿子见报。消息传到师里，政治部魏主任颇感意外，这样的人才去山里搞测绘，实在太浪费，眼下宣传科正缺人手，调过来帮忙吧。

没几天，工地上来了一辆吉普车，宣传科干事跳下车跟连长说了几句话，接上贺铁国转身就走，午饭也没来得及吃。

测绘连的新兵们望着在沟沟坎坎的路上摇摇晃晃渐行渐远的吉普车，吧唧了几下嘴说，这个"黑铁锅"，还真有两下子。

二

我说，师部呢，难道也设在山里，那指挥起来多不方便。他说师部倒是设在山外的县城里，但是断鸿县的县城小如鸡蛋，不过是丘陵滩里一块圆溜溜的平地罢了。那里有路，能通到省城，算得上是山里山外的交通枢纽，所以几百年来就是南北客商的必经之路。山里人要来买些粮食、盐巴、布料、日用品，山外人要到这里低价收购山货、毛皮和药材，久而久之，人烟就稠密了些。我说有没有高平县城大，我爸听了直摇头。高平在我山西老家，也是群山万壑中的一小块平地，在我记忆里不过就是两三条街、几千户人家的样子。高平县城北边有一条路，可以直通到我家所在的王报村村口。老人们说，那条路是日本鬼子修的，当年为了迂回包抄长治，鬼子们征发了全县民夫，村里没当兵的男人都被拉去当苦力。我爷爷闻讯连夜逃进羊头山，后来跟了八路军，据说是徐向前的部队。

我说，你们师还有没有条件更好的地方。他说有。我就奇了怪，问安置什么部队需要更好的条件。他说我们还有个医院，在鸿北市。

766 医院建立以前，鸿北市的人看病只能靠郎中或是赤脚医生，如果是大病就得坐一整天的车到省城去，这说明这个所谓的"市"，也有些名不副实。自从有了 766 医院，这个市就成了附近几个地区的核心地带，经常有地方上的病号送到这里，但它更重要的功能是为山里的兵服务，工地上条件艰苦，总会有人受伤，轻伤不下火线，重伤就要送到这里。

那天，被扶进 766 医院大门时，李红缨花容失色，软得跟烂泥一般。

这摊烂泥虽然气力尽失，眼神却依然锐利，看到门口那块"军事管理区"的牌子，她立刻强打精神挣扎着挺起腰杆，想要自己走进去。谁知两只脚像水一样软绵绵融化到了鞋里，鞋子又融化在了地上，牢牢地粘着那些土石，让她再也无法挪开半步。她使尽了浑身力气，也只是让自己单薄的身子踉跄了一下，险些摔倒。那个被她挣脱开，在一旁垂手肃立满脸煤灰全身汗腥味的司炉工，赶紧上前一步再次扶住她，另一只手扯着那床破棉絮，将她送了进去。

门口站岗的小战士认得李护士，自打参军来了小城，这个北京姑娘就是全院最扎眼的。毛主席坐江山的地方，水土真是好，别人都是南腔北调，只有她说一口鹤立鸡群的普通话，即便有些字句上离不开大舌头的京片子，但也是清脆悦耳、婉转动听。平日里她白净斯文、干脆利落，一身白大褂神采飞扬，再普通不过的军装，穿在她身上也比别人好看，总而言之一句话，洋气。站岗的小战士清楚地记得，早上见李红缨时，她还是衣着整齐，步履轻快地哼着歌，怎么出门小半天工夫，就变成了这副狼狈模样，莫不是受了什么欺负吧？于是小战士赶上几步，拦住司炉，敬个礼问道，同志，这是怎么回事？

解放军同志，快带我见你们领导，你们这个女战士可是个英雄啊。

英雄？小战士一时脑子转不过弯来，虽说李护士是个老兵，平素里团结紧张严肃活泼，立场坚定斗志强，但她这单薄的身板怎么看也跟英雄俩字不搭边。况且她只不过是请假外出，一不是入敌营，二不是上战场，这工人师傅怎么就满口英雄地叫上了。

李红缨今天外出，只有两小时的假。眼下正是弹棉花做棉被的好时候，阳光悠长干燥，日子有条不紊。等再过几个月，北风过了河，被南边的大山一挡，转头就会变成雪花落下来，那时候再去抱佛脚就晚啦，所以这些天医生护士们都排着队轮流请假外出去弹棉花。就因为这床棉花，李红缨也请了假。

弹棉花的过程乏善可陈，李红缨抱着弹好的棉花套子往回走的时候，仍然是轻松欢快的，一如怀里温热柔软的棉花般安详。过了铁道，没多远就能回到医院了。小站很小，不过一条单线，两根钢轨，几间不大的小房子，里面住着管理员和扳道工。除此之外，连个候车厅都没有，若是没有火车经过，行人便可随意穿行。李红缨踩着石子走近轨道，脚步渐渐慢了下来。白云低垂，似乎与列车头顶冒出的白色蒸汽融为了一体，又在远处与绿树蓝天相接，钢轨和大地在震颤，汽笛声随风飘来，她得等这趟列车驶过以后，再穿越到铁路对面去。想到这儿，她不由自主地后退了几步。就在这后退几步的当口，李红缨发现，离她不远的轨道上，竟然横卧着一条枕木。

以这个速度算来，远处的列车是不可能看清这条枕木的，即便看清，恐怕也到了很近的距离，难以刹住车。要是列车轧上去引发脱轨，那后果就不堪设想啦。李红缨来不及细想，扔掉棉花套子，噔噔几步抢上前去，使尽全身力气要把枕木推开。谁知越急越是忙中出错，脚下一绊，重重摔倒在地，险些把头磕到钢轨上，等她爬起来再次抱住枕木时，才发现自己实在低估了那根木头的重量。

拿针管的确实跟扛枪杆的没法比。若是论扎针配药、技术比武，李红缨是样样过硬，要是论起负重行军，肩扛手挑，那可就稀松平常了。她那两条修长细瘦的胳膊白净绵软，天生就不是干重活的料，再加上参军就进了医院，几乎没受过什么军事训练，应付这样一根被油浸泡过的粗重枕木，实在太不容易。

李红缨背对着列车开来的方向，只能凭感觉知道列车越来越近；火车头上的人却已经手忙脚乱起来，眼瞅着火车这么快，这个解放军女战士怎么还无动于衷地蹲在道轨上，是聋了、傻了，还是想不开了？就算聋了，也不该蹲在铁路上玩儿啊，又不是三岁小孩；即便是想不开要卧轨自杀，也得站着、坐着、躺着或者趴着，没见过选择这个姿势的啊。车长火冒三丈，频频拉动汽笛催促，司机紧急制动，司炉工忙着放气减压，驾驶室里乱作一团。就在钢铁洪流滚滚而来即将淹没李红缨的一刹那，她终于像推倒一座大山般掀翻了枕木。失去了枕木的支撑，李红缨身子一软，顺势滚到路基下面。

刺耳的制动声戛然而止，火车呼啸而过，在不远处缓缓停了下来。李红缨新弹的棉花套子被疾风搅动，飞起来撞在车厢上，又掉落在铁轨边，整个变成了一床破败的棉絮。列车如同疲惫的巨兽，喘着粗气，焦躁不安。白雾弥漫中，几个人从车头上跳下来，飞奔到李红缨身边。见到周围没有血迹，料想人还没死，车长无名火蹿得老高，憋了一肚子气，要好好教训一下这个不懂事的解放军战士。正要发作，转头看到李红缨身边的枕木，随即猜出了八九分原委。

李红缨本来肤色就白，此时面无血色，更是白得透明，如同十二月河面上的浮冰，散发着丝丝寒气。军帽不知丢到哪里去了，头发失去了约束，凌乱地贴在汗津津的额头上。车长连喊了几声同志，她压根没有听见，双眼紧闭，呼吸急促地躺在地上，丢了魂儿一般。

列车是不能停太久的，车长当机立断，把司炉工留下来，等女战士回魂儿了，负责送她回部队，并向部队首长说明情况，道谢。

听了这些，院长立刻来了精神。眼下正是"全国人民学习解放军"热潮涌动的时候，各军各兵种优秀人物先进事迹不断涌现。要是按往常，立功受奖的都是一线部队，轮不到他们，这次可好，李红缨这是要放卫星啊。见义勇为，奋不顾身，救火车保安全，放哪儿都是当仁不让的典型啊。这么一个英雄人物，出在766医院，出在工程兵，是多大的荣誉。啥也别说啦，立刻上报师部。

隔天，铁路上专门派人来到766医院，敲锣打鼓鸣鞭放炮，郑重其事地转交给院里一封感谢信。除了一张毛笔正楷誊写在大红纸上方便粘贴在宣传栏里的，还有一张钢笔写好加盖公章以备存档的。除了感谢信，还很贴心地送来一床新被子，算是补偿李红缨的损失。李红缨和来人推让了好几个来回，铁路同志的深情厚谊实在推让不过，只好收下。车长双手握住院长的手，军民鱼水革命情深之类的说了一大筐。送走来人，院长还是激动不已，亲自打电话到师部，想探探口风。对方回过话来，说师长和政委对此非常重视，已经指示要抽调全师精兵强将组织写作组，整理李红缨奋不顾身救火车的事迹材料，上报总部。

三

他说，那时候我在师政治部宣传科，写作组是我一手组织起来的，"黑铁锅"是其中的骨干。我说你不是也在连队干过吗。他说那是在大同时的事儿了。我说有断鸿山里苦吗。他说也苦，不一样的苦，你知道吗，大同那个地方，一年要刮两次风，一次要刮整半年。我说你这话夸张了点儿。他说，我们坐在风里吃饭，风稍稍大些就睁不开眼，等睁开眼一看，碗里面已经落了一层沙子，大家都习以为常，把沙子拨出去继续吃，牙齿间沙沙作响，磨得舌尖生疼，天天如此倒也习惯了，吃进肚里一碗饭，总会有二两沙子。沙子助消化，他说，你没见鸡吃完食以后都要吃点沙子吗。我说人家有胗子，你有吗。他没理我，他说有时还会被派去挑水。水从井里提上来还冒着热气，等挑回营房就结了冰，如果口渴，就拿瓢敲碎上面的浮冰，舀着没上冻的水喝，那时候真是年轻啊，竟然一点也不觉得凉，可是牙不知不觉就坏了。他说这话时咧着嘴笑，牙齿整齐光洁，但是没有一颗是原装的，这些年他常常牙龈疼，疼起来腮帮子高高耸起，就像里面藏了一枚鸡蛋，我猜是那些假牙的使用年限到了。倘若我给他夹上一块排骨，他会立刻原封不动地退回来。我说嚼不动骨头可以吃上面的肉啊。他说塞牙，不舒服。我说你就是享不上福的命。他说对，就喜欢吃粗粮喝米汤，跟你爷爷一样。

我爷爷当兵那些年，小米是细粮，能喝上米汤已经算很不错的了。我问他你打过大仗没有。他说对鬼子没打过，那时候鬼子势头正盛，咱们八路军装备低劣，发到手里的枪故障率挺高，跟烧火棍差不多，大家做梦都想弄一杆"三八大盖"，但是鬼子很能打，咱只能迂回着来。有一次终于等到机会了，上头要搞个会战，敲掉一小队孤军深入的鬼子和伪军，结果发到手上每人只有三颗子弹，子弹袋都是空的啊，这要是上了战场不让人笑死也要被急死。有经验的老兵支着儿，把里面塞满高粱秆就行，高粱秆还必须是仔细削过的，跟子弹一般大小，还要在前面修出尖尖的弹头，这些高粱秆子弹能塞多少就塞多少，反正又撑不坏袋子，也不增加负重。我真是照这样做了，上战场时底气好像也足了些。我说后来你弄上一杆"三八大盖"没。他羞涩地摇了摇头，他说，可惜了那三发子弹啊。

我记得他以前给我讲过，日本鬼子气势最盛的那几年，两个人就能控制一个村子，鬼子们上茅房时，把枪往门口一靠，人就进去解手了，出来以后枪还在那儿立着，没人敢动啊；到了气短那年，来征粮的俩鬼子还玩这一套，结果不仅丢了枪，人还被村民们活生生打死在厕所里。农村的厕所你是知道的，就是一个深不见底的大坑，上面搭着几条青石，人要是失足落下去，基本就没救了，丢了性命还是其次，实在不光彩啊。他说，老辈人讲过，这种死法不得超生啊。

我爸说，那些年我很想把你爷爷的这些故事整理整理，写个小说。我说为啥没写。他说没时间啊，忙起来疲于奔命，我这一辈子写的文字摞起来能顶住天花板，可没几个字是写给自己的。我的笔姓公不姓私啊，他笑着说。我说现在你退了休，想写点啥那不是自己说了算。他瞪圆了眼说，小混蛋你的儿子谁管？你哥的女儿谁管？他说得我俩汗津津如坐针毡，再也不敢回嘴。我爸喝口水，缓缓神说鸿北市他去过两次，都是为了采访女英雄李红缨，写作组第一次去的时候，是为李红缨准备上京的文字材料。

小城的夜晚静谧深沉，即便是掉落一颗星星，也无法惊醒城里安睡的人们。远处隐约传来火车在铁轨上跑动的咔嗒声，节律如同沉睡中男人的呼吸，安稳且健硕。

熄灯号一响，医院那小小的二层宿舍楼就陷入了黑暗，每天纷乱的工作让这些年轻鲜活的生命如同机器般运转，此刻根本无暇交流。有的人短暂休息后还要倒班看护危重病号，所以他们迅速沉入了梦乡。婆娑的树影被夜风吹动，摩擦着窗纱和李红缨的白色被单，她就安静地望着摇动的树影，想着永定河、什刹海、陶然亭，想着胡同口清晨里悠长的叫卖声，想起远在北京的父母和哥哥。

望着被单上的红十字，李红缨内心的酸涩重新翻涌起来，大海一样汪洋恣肆，很快就将她淹没，让她窒息，她又想起了小时候掉进永定河里的那种感觉。河水将她淹没的瞬间，她甚至不愿意挣扎。她想起了奶奶讲的故事，无常鬼的舌头又红又长，手里拿着勾人的锁链，他们要带谁走，谁就只能痛哭流涕地跟着。老人们都觉得死亡恐怖，她觉得那只是想象中的错觉罢了，因为无常鬼的召唤一点儿也不剧烈，从容而又安详，流动着莫名的温暖。他手里也没有拿锁链，只是朝她招招手，她立刻就跟着去了。几乎是短短几秒钟，一切声音就离她远去，然后是世间的一切景色泯然在白色的光晕里，最后连纷扰和烦恼都没有了。当然父亲也不会再扇她耳光，母亲也不会再呵斥她。她失去了体重，轻盈得要飞起来。这样的话，就是跑三天三夜也不会累。她想着，并且满怀欣喜地追随着无常鬼的脚步奔跑。就在她欢快奔跑的时候，她感觉有人在背后扯住了她的衣领，她真的是没有重量啊，连挣扎都显得无力——哗啦啦一阵流水声以后，世间的一切又从白色的光晕里抖落出来，让她猝不及防，炫目得呕吐。她真恨这件衣服，简直是惊醒了一次美梦啊。可她没有来得及抱怨，她听见蹲在柳树下的母亲埋怨她不小心，声音尖锐刺耳，怀里搂着把她推下水的哥哥。

她睁开眼睛，额头沾染的河水立刻滴了进来，可她看见的却是白色被单上的红十字。她一眼就喜欢上了这个十字，中学毕业后，她报考了医专，并且在学校入了党，不能说不是小时候种下的缘分。那些年，她想得最多的就是离开北京，离开那个胡同深处的院子。

没想到，她这么快就要回北京了。

李红缨被授予"工程兵女英雄"称号，要到北京接受首长接见。消息传来，她失眠了好几天。

小城没有直达北京的火车，师里特意派吉普车到766医院接上李红缨，要把她送到大城市的火车上去。那里早就定好了往返的软卧，师里抽调女宣传干事全程陪同。车子行驶出医院门口的时候，院长带领一大帮医务人员列队送行，大家依次握着她的手狠狠地摇了几下。李红缨平静的心底涌起了微澜，温暖和感动在周身流淌。

在人民大会堂，触目所及都是温暖的红色和金色，点缀着十几个英姿勃发的绿军装。李红缨作为这英姿勃发的十几分之一，与来自全国其他各条战线上的先进英模们共同接受了中央和军委首长的接见与嘉奖。首长走到李红缨身前时，特意跟她多寒暄了几句。李红缨大脑里一片空白，手足无措不知如何应对。首长笑了笑，没有介意她的失礼，继续与其他人握手去了。等李红缨狂跳的心脏稍微平静下来，已经到了合影时间。

回到招待所，李红缨立刻梳洗一番，换上便装，想要回家看看。时间尚早，火车票也是明天下午的。参军五年，她从未休过探亲假，这次好不容易回来，按道理当然要去见见父母，吃顿期待已久的贴心饭。同行的女宣传干事却大惊小怪起来，说首长上午刚握过你的手，怎么你下午就洗了。李红缨翻她一眼，说道，洗了就洗了吧，有什么大不了的。

那可是首长握过的手啊，多有纪念意义，换了是我，三天之内是不会洗的。

要是跟毛主席握了手，难不成还要剁下来供着？

话音未落，李红缨黑发一甩，三两下雀跃出门，挤上公交车，没了影。

虽说动身前李红缨已经给家里拍过电报，可见了面，一家人还是激动不已。母亲已经包好了她爱吃的羊肉馅饺子，炉子上的铁锅里，水早已经滚开了几遍，只是没有下锅，单单等着她回来。嫂子一边寒暄，一边炒菜。支开桌，哥哥还陪父亲喝了两杯，其乐融融的景象，让李红缨眼窝发热。

借着酒劲儿，哥哥又跟她提起了退伍回家的事。她斜了他一眼，说我在部队好好的，为什么要回来。哥哥说你老大不小的了，在部队耗着不是个办法，早早回来成个家，一家人在北京不是挺好的嘛。李红缨说你妹妹又不是没人要，部队里的人才也一大把，比你强的漫山遍野都是。哥哥眼一瞪就要发作，母亲赶紧把话头接了过去，攥着李红缨的手说，原本还是想劝你早点退伍回家，现在你也立了功、受了奖，部队里也能混个前途，可是女人终究是要成个家的，你也不小了，上上心吧。

吃下去的羊肉饺子没落地，又憋了一肚子气，李红缨感觉一天之内经历的悲喜太多：先是在人民大会堂里的无上光荣，然后是初进家门的无边喜悦，这会儿变成了全家人对她的无情批斗，冷冰冰地让人心头发紧。剩下的半截子饭也无心再吃下去，李红缨啪地放下筷子，抓起外套就往外走。

冷不丁来这一下子，全家人都没回过神来，怔怔地坐在桌边发呆，李红缨却已经大步流星地穿门过院走到胡同里。还是嫂子反应快，三步并两步跑出来，挽住了李红缨的胳膊：

刚回来，咋就又急着走？

嫂子，你看我哥那样儿，我还能在这家待吗？

你又不是不知道你哥那臭脾气，别跟他较劲。嫂子拉着李红缨的手，说道，你看这天色也不早了，你还往哪里去？回家一趟不容易，听我的，今天就住在家里。

悠长寂寥的胡同里，连一只寻找食物的流浪狗都没有，有的只是昏黄的灯光和她俩瘦削单薄的影子。那影子被偶尔经过的凉风吹动，摇摇摆摆、明明灭灭，就像是此刻李红缨心里一闪一闪的念头。她很想决绝而去，以表现自己愿意永远待在部队里的决心，但是她也知道，今晚如果她不回去，以后就回不得这个家了。

第二天，李红缨起得很早。北京清晨料峭的寒意让她嘴边呼出的空气隐约形成了淡淡的雾状，母亲把昨晚剩下的羊肉饺子又热了一碗放在桌上，李红缨没动筷子，低低说了一句"我走了"，便撩起门帘快步离开。母亲从厨房跟出来，湿漉漉的双手在胸前的围裙上擦了擦，摆着手"红缨红缨"地叫着。嫂子赶忙从热被窝里跳出来，边穿外套边一路小跑，上气不接下气地喊着：红缨，我知道你没消气，到招待所再吃点啥，别饿着，到了部队记着给家里写信。

"信"字还没说完，李红缨那清秀的身影已经折出了巷子，转个弯就不见了。

四

想当年我要报名参军，你爷爷也是头摇得像拨浪鼓。他说，我上高三那年，全国都陷在红色汪洋里，中小学停课闹革命，大学也不让随便考了。最高指示让他垂头丧气，他觉得上学这条路彻底没戏了，正打算收拾铺盖卷回家打土坷垃去。巧的是部队正好到县里招兵，带兵的读了贴在学校院墙上的大字报，对其中一篇的文采很是赞赏，于是就动员作者参军，说到了部队肯定有用武之地。我动了心，可回家一商量，就被你爷爷否决了。

我爷爷打了几年仗，赶走了鬼子，赶走了老蒋，虽然受过一些小伤，总归是没有什么大碍。在部队最后那几年，他终于打了大仗，而且接连就是好几个，手里的家伙也换了好几次，子弹袋里再也没有装过高粱秆，有时长线拉动，还能坐坐八轮卡车。他说，部队总是打胜仗，家里也没有后顾之忧，本想着打过长江去解放全中国，结果淮海战役那回被子弹在身上钻了个窟窿眼儿，好在离心脏还有两三厘米，只是肺上落下了病根，没法在部队继续待下去啦，那一年他就和几个受伤的同乡一起复员回了山西老家。回家后结了婚，第二年就有了我爸，自此以后就和普通庄户人家过着一样的日子，只是偶尔老兵们互相走动的时候，会谈起那些浴血浴火的岁月。那些日子已经太久远，想起来让人害怕，我爷爷说回想起来他真是命大，多少次子弹擦着鼻尖过去，又有多少次弹片贴着腰眼过来，稍微歪一点就能把他报销，尸骨就地一埋，连家都回不了。我爷爷说这样的日子真是不堪回首，今后天下太平，家里人终于不用再当兵了，今后好好种地养羊，乐乐呵呵地过好日子。我奶奶肚皮也争气，一口气给他生了四儿两女，虽然生活艰苦，但是好歹不用打仗，没有了性命之忧，一家人其乐融融，比起旧社会给地主家扛长工的日子，简直是天差地别。所以在那天晚上，当我爸在煤油灯下小心翼翼地说起当兵的想法时，我爷爷几乎从炕上跳下来，举着烟锅子对我爸说，你要命还是要腿？

　　这话的意思是，我爸要是坚持参军，我爷爷就打断他的腿，让他没得逞；要是我爸偷偷到部队去，那就等于把命丢在外面，他也管不着。我爸说这话时心有余悸，他说我当初从家里偷跑出来当兵，还真是赶上了好时候，全国都乱的时候部队不乱，全国都吃不饱，当兵吃粮还有津贴。看到我爸这样儿他们村里的后生也都陆续参了军，有些人真是命背啊，那几年正好赶上打仗，刚训练不久就被送到了前线，回来的都立功受奖，回不来的就永远躺在异国他乡的土地上了。我爸说，如果不是因为山里的任务，他也很有可能被送到前线去。

话又说回来了，打洞虽然没有上前线光荣，但也有自己的前线，为前线做好宣传工作，就是我爸和"黑铁锅"他们的本分。

到师部不久，"黑铁锅"便接到了任务。

《工程兵报》要派两名记者下来采访女英雄李红缨，副社长吉人亲自带队，火车不日将到达省城。山里的工程到了紧要时候，目前师里实在抽调不出人手，可是接待报社记者、采访女英雄也不是小事。攻坚克难重要，宣传先进同样重要。师领导经过研究，决定派"黑铁锅"陪同采访，做好配合工作。一来这人老实稳重，二来也有写作底子，正好派上用场。

大山里的工程，动用了二师的全部家底，除此之外，军委还从全国抽调了几个素质过硬、有丰富经验的机械化作业团，编入二师建制，以扩充它的战斗力。考虑到工程作业可能出现的伤病，还专门配备了直属医院，也就是李红缨所在的766医院。这样算来，虽说建制上是一个师，规模却远远不止如此。

为了便于指挥，二师的师部设在距作业一线不远、深山外的断鸿县县城里。说是县城，其实也就是巴掌大的一块地界，因为交通比山里方便些，所以很早就形成了集市，久而久之，人烟就稠密了些。然而比起山外面的繁华世界，这里充其量也就是个乡镇水平罢了。倒是766医院所在的小城，距离省城较近，生活条件好一些，且水旱两路交通颇为便捷。师首长说，既然采访对象李红缨在那里，不如直接就把记者们也接到那里。

这个号称全师生活条件最好、距离省城最近的地方，开车到省城也得十个小时左右。鸿北市虽然通火车，但主要是货运班列，客运班次很少而且辗转不便，所以最好的办法，还是借用师里的吉普车去接人。"黑铁锅"接到任务后犯了愁，师部总共就那么几辆小吉普，都出勤去了，仅剩一辆在机关停着。原本今天魏主任要到红区工地去，说好了要用那辆车的，眼下就要出发了。可要是没车，他"黑铁锅"怎么去省城接人？退一万步说，他自己可以费费事儿乘长途车去，可报社的领导总不能也跟着长途车来师部吧。事到如今，只能硬着头皮上了。

魏、魏主任，报社要来人。

我知道，刚才开会不是说了嘛，由你全程陪同。

听、听说火车只到省城。

对呀，只到省城。

那、那我陪他们先在省城住上一段时间？

魏主任一愣，为什么？会上不是说尽快接来吗？

省、省城的长途车不是每周才发一班嘛。

听贺铁国嗫嗫嚅嚅吭哧完这席话，魏主任哈哈笑道，好你个"黑铁锅"，真有你的，说个话拐这么大的弯儿，接记者重要，师部那辆小车就归你用啦。说完，举起电话交代一通，把车让给了"黑铁锅"，自己乘送给养的卡车去了工地。

报社记者的精神，让贺铁国暗自佩服：到达 766 医院时，已是第二天傍晚，炊事员按照特殊照顾病号饭的标准给一行人下了一锅挂面，每个碗里放了一个荷包蛋。司机吃完饭，就急匆匆赶回师部去了。吉人撂下饭碗，一抹嘴说，走，咱先去见见女英雄。贺铁国一愣，说还是给你们安排好住宿再说吧。

那都是小事，采访女英雄才是大事。

李红缨显得很局促，虽然已经提前准备了三四天，但谈起自己来还是忍不住脸红，然后像不会拐弯的河水一样，把自己那天上午的事情三言两语倾泻完毕。三位记者边听边记录，不时抬头看她的眼睛，把她看得眼帘低垂，双手紧紧握着空荡荡的茶缸，偶尔还要举起来若有所思地喝一下。吉人微笑着放下笔，问她，推枕木的时候，你心里都在想什么？李红缨又像河水一样把方才的话倾泻了一遍，内容和语气丝毫不变。两三个问题对答下来，河水在原地反复流淌，就像泡过多遍的茶叶一样，既没了形象也没了味道，听得连贺铁国都失去了耐心。吉人看出了李红缨的窘迫，说天色已晚，今天就到这儿，李护士长早点回去休息，就带着记者们出了医院办公室。

四周顿时安静了下来，李红缨怔怔地坐在那儿，脑海里翻来覆去地检索着推枕木的时候自己到底在想什么，想得头痛欲裂，越想越惭愧。她惭愧地感到自己的思想觉悟实在太低了，为什么那么关键的时候没有想到马克思、列宁关于阶级斗争的重要论述，为什么没有想起伟大领袖毛主席的谆谆教导，报纸上的英雄模范们不都是那样的吗？可她倒好，脑海里一片空白。这时候她突然口干舌燥起来，嗓子几乎着了火，下意识地举起茶缸往嘴里一倒，才发现里面居然是空的。

记者们安顿下之后，先是集中开了一个会。吉人给他们做了分工：明天开始，一个记者负责采访766医院的领导和同事，挖掘李红缨日常工作生活中的亮点；另一个负责采访周边群众，采访铁道沿线目击李红缨英雄事迹的老百姓；自己明天则继续采访李红缨。布置完以后，另两人回去休息了，吉人洗漱一下，摊开稿纸，打算把今天的采访打个底稿。贺铁国惴惴地说，吉老师颠簸一天，还是早点休息吧，我可以先打个稿子，给您做材料用。

吉人说好，这两天确实太累了，他话音刚落，头还没沾到枕头上，鼾声就起来了。第二天一早，贺铁国早早起床，像新兵那样，给老兵准备好了洗脸水，准备好了刷牙用具，然后拎着饭盒去食堂打饭。那天排队买饭的人有点多，大多是地方病号的家属，他就耐心等着。等他买完饭推门进来，吉人正在桌子旁看他整理的材料。

铁国，你可真是秀才啊。吉人抖抖手里的几页纸，接过了温热的饭盒。

如果不是因为面如锅底，贺铁国此时脸上可以开起染坊来。

采访工作进行得很顺利，记者们回北京不久，《工程兵报》就整版登载了女英雄李红缨勇救火车的感人事迹，标题下面，除了记者名字以外，还缀了一个通讯员贺铁国的名字。几天以后，《解放军报》节选转载了该报道。

二师开党委会的时候，李红缨被通知列席参加。会上，政委带领全体委员学习了这篇报道，然后宣布，根据师党委研究并报上级同意，决定增补李红缨同志为我师党委委员。掌声响起，李红缨的脑子又是一片空白。

按照师里的部署，写作组需要给李红缨重新整理一份详细的事迹材料，以便她在全军英模大会上做报告用。这个稿子既不同于第一次上京的汇报稿，也不同于报纸发表的报道稿，需要在尊重客观事实的基础上增加细节，要鲜活、要生动、要有血有肉。政委交代完，又说，魏主任亲自担任组长，贺秀才主笔拟文，其他人打打下手。

要想写好这个稿子，采访李红缨是必不可少的，好在这次两人熟悉多了，交流起来还算顺畅。"黑铁锅"满以为，以他对李红缨的了解，再挖出点生活细节来，借此把她的形象拔高一下，塑造得更加光辉一点，完全是不在话下的事儿。偏偏李红缨很不给力，几个关键点上，贺秀才循循善诱，想让她说些画龙点睛的句子来，她不是卡壳，就是连连摇头。贺秀才"黔驴技穷"，只得苦思冥想加自我发挥，在稿子里替李红缨拔高了政治修养。谁知稿子让李红缨看了，她连连摇头，说我不是这样想的，平时我也说不出这样的话来呀，我做那点事儿换了谁不都一样会做嘛，这样的稿子我有意见，我背不下来。

贺秀才一时气结，哭笑不得，既然主角不同意，只有再修改。

这个稿子进行得很慢，一直到师里多次催促，李红缨对他发挥的那部分还是十分不满。没辙，只好隔过李红缨把稿子交了上去，师首长看了以后，给予充分肯定，要求李红缨今后的报告内容都以此为准，这事儿终于算是完结了。李红缨得到消息后还挺抵触，说我自己的事儿我自己说了不算，天底下哪有这样的道理。抵触归抵触，情绪归情绪，该执行的命令还是要执行。全军事迹报告会上，李红缨表现自如了许多，政委和魏主任坐在台下，也被感动得连连鼓掌。

五

我说"黑铁锅"给女英雄写稿子那会儿，你在哪儿呢。他说我在山里，我说你不是搞宣传的吗，跑到山里干什么。他说去采访一个技术革新能手，那时候没有大型掘进设备，施工很原始，靠的是打孔放炮，山洞开深了以后，就会产生很多积水，水泵怎么抽也抽不干净。不能因为有水就耽搁施工进度啊，为毛主席修山洞要敢于攻坚克难，于是很多兵就站在水坑里扛着钻打眼，时间一长，腿就被泡烂了，伤口反复感染出现溃脓，过些日子还会生出白色的蛆虫来，在腰眼上圆滚滚地爬来爬去。战士们依然刚强，依然愿意扛着钻进洞里去，可身子终究是撑不住的。有个懂技术肯钻研的老兵看到这些，下定决心要解决这个问题，第一次机器修改试验还是夏天，等机器成功启用后已经是秋天了。这段日子里，他几次设计修改，也是极尽曲折。改进后的机器虽然不能把山洞里的积水完全抽尽，但是可以使水位下降到胶鞋鞋筒以下，这可是解决了大问题，战士们终于不用担心积水问题了，施工进度和质量都在向好的方向发展。当时正是全国全军都在宣传先进人物的时候，技术骨干的鼓舞作用尤其大，于是我就领了任务，到深山里去了。

我哥说，全是靠人海战术，你们那时候也真够落后的。高考那年，我哥差了几分没考上理想的大学，就报名参了军。山沟里当新兵的岁月，把他从学生娃磨炼成了石头蛋，几年后他考上了军校，毕业不久又考上了研究生，研究生毕业那年导师劝他考博，他说算了吧，当兵的不在军营，实在没啥意思。他现在还在二炮服役，也是经常待在山洞里，每年能请个探亲假回家。他说现在的山洞比那时候条件好了不知多少倍，洞里的路可以并排跑两辆载重卡车，有的洞里多达三四层，技术房间的陈设如同电影大片，营房的条件堪比星级宾馆，更重要的是建设它们完全是机械化的，效率高、质量好，工地上也用不了多少人。我爸听了，眼睛里就明明暗暗地闪光，我知道他想起了自己在山洞里的那些日子，他肯定想去我哥的山洞里看看，但更想回自己当年的山洞去走一趟。

我说深山里比师部受苦多吧，他说那是肯定的，每天日照不超过四小时，三伏天里面还冷得人打哆嗦。他说，我在那儿的时候还不是三伏天，我是封山前进的山，第二年初夏才出来。山里那几个月，吃不上瓜果蔬菜，很多人都患上了维生素缺乏病。那段时间，患关节痛、牙龈出血、脚气病的比比皆是。有的兵烂裆了，叉着腿，走起路来摇摇摆摆，跟鸭子一样，内裤也不敢穿，穿久了就和皮肉长在了一起，脱都脱不下来。战友们一个接一个患病，看得人心里冒火。我们不懂啊，大雪封山那段日子，山里山外只靠一根电话线连接，766那边的消息说需要补充维生素，我们这边问什么是维生素，他们问有菜吗，我们说连树叶都没有啦，他们说有豆子吗，我们说这玩意倒还多的是，他们说吃黄豆、发豆芽，定期改善伙食，增加维生素摄入量。医生说的话我们似懂非懂，但是落实起来并不算难事，那段日子各部队的伙房每隔两天就要煮一大锅猪肉炖黄豆，分给战士们吃。刚开始，这种措施确实改变了部队的精神面貌，阻止了更多病人的出现，可这样单调的饮食毕竟不是长久之计，没过多久，得厌食症的士兵就翻着倍增加。山里过于寒冷，想方设法发一点点豆芽，长出来也是又细又短，如同营养不良的儿童头上的发丝，而且数量有限，分到战士们碗里也不过一人一小撮，杯水车薪解决不了实际问题。战士们吃不好，士气多少有些低落，即便如此，施工进度并没有放缓，很多战士都是强撑着坚守在岗位上的，他们一边与大山搏斗，一边期待春天来临。

　　山里冰雪还没消融，山外的断鸿县县城却已经进入了春天。春天的阳光和煦饱满，暖风一吹，师部院子里的树都憋出了嫩芽芽。可昨天从大山深处的工地回来时，魏主任还穿着厚厚的军大衣，一路上积雪碎冰，车子不时打滑，险象环生。每天日照不过三四个小时，那里完全是另一个季节。封山前虽然有所准备，大多也是便于储存的粮食、冻肉、罐头、豆类等。蔬菜本来就不多，没几天就吃得罄净。山里山外一直在沟通解决维生素缺乏的难题，从头一年的深秋说到这一年的初春。师领导心急如焚，路况刚刚好一点，立刻分头到前线看望指战员们。师长是参加过解放战争和抗美援朝的老兵，久经沙场，浴血浴火摸爬滚打的日子都没让他皱过眉头，可一见自己的兵在和平年代受这样的苦，也忍不住揪心疼痛。

魏主任是从另一个作业面上回来的，一连几天心情都很沉重，好在眼下路已经通了，后方的蔬菜、腌菜、药品不久就可以送到，山里的重病号也能运出山去治疗。

师首长的注意力都在前线，魏主任万万没有料到，享誉全军的"工程兵女英雄"竟然会在这个时候节外生枝，而且这个节外的"枝"，竟然生得如此自由散漫不讲原则。

那天上午李红缨本来心情很好，小城春早，她穿得略微单薄了些，完全没有料到师部这里会是春寒料峭。她是搭送医生下连队的顺路车来的，为了这天她提早就做了准备，跟院里请了假。车晃到师部附近时，已经接近中午。李红缨脚步轻捷，刚刚修剪过的短发细心地拢在军帽里。上楼前她停在一楼大厅的镜子前看了看，整理了军容风纪，镜子里的女兵英姿飒爽，朴素整洁，领口上两面红旗鲜艳耀眼，这下她放了心。她欢快地走上楼去，走到政治部主任的办公室门前。魏主任正在整理一线部队过冬的经验材料，耳畔就传来清亮亮的一声"报告"，魏主任抬起头，看见李红缨两颊绯红地推开了办公室的门。看到李红缨眉梢上锁不住的喜色，魏主任立刻猜出了几分原委：毕竟是将近三十岁的老姑娘了，虽说是立过功、受过奖，当上了师党委委员，但终究还是孤单单的一个人。论条件、论人品、论相貌，李红缨那是百里挑一出类拔萃。可正是因为这"出类拔萃"，才使她对身边的男人都看不上眼；她能看上眼的，人家却不敢高攀；再者就是年龄不合，所以阴差阳错，终身大事一直没有着落。

个人问题迟迟不能解决，也影响了李红缨的日常情绪。医院里女兵多，少不了飞短流长的闲话。有时别人做错了事，李红缨必定会批评一番。转个身，就有人说她老姑娘心理不正常。作为护士，照料重病号端屎端尿，帮助拆洗被褥什么的也是常有的事，可李红缨要是这样做了，就是爱出风头、爱当榜样；李红缨要是不做，就是脱离群众，尾巴翘到天上去了，里外不是人。时间久了，身边的同事们渐渐疏远了她。有一次李红缨值班回去有些晚，同屋的护士们竟然拴了门，硬是让她在楼道里过了一宿。

李红缨心里想什么，从来不对别人讲，总是一副冬夏常青压不垮的青松模样。她的事情，院里也不好过问。论职务，李红缨不过是个护士长，可她还有个身份是师党委委员，所以院里有什么大小事，有时还得找她商量。脏活累活什么的

院领导也不好给她指派，不合时宜的话也不好跟她提。有时
小心翼翼地提了，她一副漫不经心的样子，反倒让院领导尴
尬半晌，弄得关系别别扭扭的很不自然。

报道李红缨的稿子在军报发表以来，她的日常工作里就
增加了一项：给基层部队和社会各界做报告。没多久，她的足
迹就遍布了二师的各个连队。近些日子，做报告没有起初那
么勤了，每个月也就一两次，大多是到省城的工厂院校去，也
有去其他兄弟部队驻地的。鸿北市东郊有个机场，据说建成
于抗战时期，曾经是美军飞虎队对抗日寇的重要基地。新中
国成立后，这个机场被解放军接收，改造为空军训练场，现在
驻扎有空军某师的一个训练团。受该团之邀，李红缨到那里
做了一次报告。

这样的场面，李红缨已经经历得太多了，再也不会有人
民大会堂受奖时那样手足无措的尴尬。面对操场上整齐的队
列，她把自己的故事讲得波澜起伏、惊心动魄。当然，这里面
也融入了很多军报记者、我爸和贺秀才他们挖掘整理、发挥
升华的内容。她在台上讲的时候，台下一个南方人模样的军
官一直目不转睛地盯着她。她做完报告，他就走过来跟她握
手，说着一口略带吴音的普通话。

李红缨以前从未注意到，普通话带一点点南方腔，竟会
如此悦耳动听。那个姓黄的军官说起话来柔软温和，如同此
刻从山那边吹过来的微风，不疾不徐，不瘟不火，在肌肤上游
走时给人以惬意的安定和清凉。这样的微风实在来得恰如其

分，将她脸颊上稍稍浮起的燥热不动声色地平复了。

她立刻就记住了他的名字。

回到 766 医院不久，一封从鸿北空军训练团发来的信飘到了李红缨手上，信封的右下角用毛笔写了两个沉稳的欧体字：黄缄。这么多年来，除了偶尔收到北京家里的消息，她还是第一次如此期待收到一个异性的来信。拆开信封，里面却是用钢笔写就的，潇洒的字迹迎着窗口倾泻进来的阳光，从信纸上簌簌跳脱出来，在李红缨小小的宿舍里扬尘舞蹈，把她的宿舍变成了封闭的童话世界。此刻，似乎是那个人就坐在对面，跟她娓娓交谈。还是那样不疾不徐，还是那样略带吴音的普通话。她听得有些沉醉，她乐于倾听他的故事。有时三四页信纸读完，仍然意犹未尽，她迫不及待地给他回信，想让他再跟她多讲几句。每个星期，这样的信件都会来往两三次，收发室的小战士见得多了，竟然也跟她开起了玩笑，偶尔还要让她用糖来换。她毫不介意，转身出门，一会儿就捧了奶糖撒在桌上，抄起信，哼着歌一路脚步欢快地奔宿舍去了。

从信中，李红缨得知他出身于书香门第，祖籍在江浙一带，父亲早年从军。国民党退守台湾时，他随父母落户在台北的眷村，身边都是操着乡音的"外省人"。小时候，他听得最多的，是父母和邻居们关于大陆老家的故事。稍大一点，父母相继故去，他参了军，在航校当了教官，也成了家，可他心里仍然时常闪耀起父亲弥留时眼睛里的泪光。于是一次飞行中，他擅自改变航向，摆脱掉追击的战斗机，降落在大陆的土地上。大陆的空军建设那时刚刚起步，太需要他这样的技术尖子，所以他被安排到鸿北空军训练团当教官。

几年来，他到过北京，受过首长接见；他也回过家乡，拜过供奉祖宗牌位的祠堂；他爱蓝天，爱飞行，也一直没有离开这个行当。可是每到夜深人静的时候，他总是无法入睡。他常常会想起海峡对面的女人，他们刚刚结婚几个月，还没有孩子。他说她长得特别像李红缨，父母也是北方人，说起话来字正腔圆、干净利索。到大陆以后，组织上帮助他打听过女人的消息，说是他"叛逃"不久，女人就登报跟他断绝了关系，想必如今已经再嫁了吧。

他的细腻让李红缨热泪盈眶，她也把自己的经历一股脑倒给他。告诉他自己在北京的父母是如何重男轻女，让她备感炎凉；告诉他自己在人民大会堂是如何笨拙，出尽洋相；告诉他自己当上英雄后如何面对身边突如其来的种种不堪。他安慰她，鼓励她，她觉得突然间找到了人生的依靠。他告诉她，小城电影院这些天正在热映朝鲜电影《卖花姑娘》，她立刻心领神会。

从电影院里出来，他还紧紧攥着李红缨的手，手心里汗津津的。他告诉她，他要给组织上打报告，要和她结为革命伴侣，从此相伴一生。她挣脱他的手，神色慌张地看着左右经过的路人，她小声答应着，也在心里盘算打报告的事情。草稿写完，她专门寄给他，让他加工润色了一番，然后工工整整地誊写好，交到了魏主任手里。

魏主任乐呵呵地打开报告，没看几句就如同掉进了大山深处的作业面里，满脸笑容被冻得板结成了石头。李红缨为了掩饰羞涩，不住往窗外看，丝毫没有注意魏主任脸上的表情变化。直到魏主任看完报告，右手轻轻敲了敲桌子，她才把眼神从树梢上成对的喜鹊身上收回来，正了正军姿，敬个礼问道，首长，请指示。

魏主任指了指李红缨的报告，神情严肃地说道，你是师党委委员，这个事情我要向师长和政委汇报，必要时还需开党委会决定。

六

李红缨觉得此刻窗外那一对甜蜜恩爱的喜鹊突然被猎枪打掉了一只，剩下的那只惊得振翅而去，不知所终。本来她以为这个春天来得特别早，周身总是暖洋洋的，内心有股火苗跳跃不止。她觉得部队才是自己的家，这里时时处处能够体会到温暖，然而此刻这火苗被迎面而来的一瓢冷水浇得炭灭火熄，只剩下丝丝缕缕的青烟，意犹未尽地袅袅上升，终于融入过路的清风里，消逝不见了。

她机械地敬了个礼，转身就要离去。她感觉火焰熄灭后，周身的余热也随着青烟消散殆尽，整个人塌下去一截子。如果此刻在她面前立上一面镜子，就可以看到她如同孔雀失去了羽毛的光辉。魏主任大声叫着她，她如同没有听见一般，摇摇晃晃地走着。警卫员急忙赶上去，挽住了她的胳膊。

午饭是在师部食堂吃的，魏主任特意交代炊事班下了碗面条，卧了个热腾腾的荷包蛋。李红缨有气无力地举起筷子，勉强吃了几口，嘴里却苦得难以下咽。魏主任见她魂不守舍，担心有什么意外，专门安排了车，命令警卫员送她回去。

回到 766 医院，李红缨大病一场。虽是如此，并没有改变师里的态度。魏主任专门为此跑过来一趟，委婉表达了师首长的意思：你作为全军知名的女英雄，工程兵二师的党委委员，与国民党投诚军官结婚很不合适。师党委专门开会研究了这事儿，要求她以大局为重，断绝与黄教官的联系，同时师党委也把这个意见向上级汇报了，建议空军有关方面把黄教官从这里调离。

什么国民党投诚军官？他现在是解放军，是人民子弟兵，跟我们一样，是保卫新中国、保卫毛主席的革命战士，有什么不合适的？怎么就不合适了？他没娶，我没嫁，我们自愿结婚怎么就不合适了？

女英雄怎么了？党委委员怎么了？女英雄就不是女人了？党委委员就不能结婚了？我看全师党委会上，没结婚的也就只剩下我一个人了。别的党委委员都能结婚，怎么轮到我就不行了？

魏主任感觉自己无话可说，只能坐在对面，静静地看着她。766 医院的院长站在一边，焦躁地搓着手，来回踱步，屋里流淌着涣散的脚步声。李红缨的火山终于爆发完毕，炽烈的岩浆喷薄完后，剩下的是急速的冷却，脚步声被泪珠落地的碎裂声掩盖，地板上小溪潺潺，绕过她的床腿和桌脚奔赴门口而去。魏主任的目光沿着小溪逆流而上，不多时就找到了那两只泉眼，泉眼似乎已经干涸，光华收尽，她小声说：

别人结婚，打个报告就批了，我结个婚怎么这么难？我是招谁惹谁了？

那天下午过于漫长，窗口的老榆树在缓慢的时间河流里凝固着，低声垂死叹息。李红缨感觉似乎已经把这辈子的话都说尽了，周身的力气也散得干干净净，此时别说推枕木了，就是推针管，恐怕她也是有心无力。她目光涣散，嗫嚅着说：

我知道是我不好，我不该跟黄教官谈恋爱，这事儿是我起的头，也该到我结束。魏主任，我不打算结婚了，今后都不打算结婚了，请组织上不要为难他，我保证以后再也不见他，跟他断绝一切联系。

其实这样的结果，李红缨也曾经在夜晚辗转难眠的时候预想过，只是这段来之不易的感情实在是太过甜蜜，让她无所畏惧地朝最乐观的结局去构思。然而命运就是这么冷冰冰的不近人情，它可以在你意想不到的时候把耀眼的光环强加在你头上，也可以在你最需要眷顾的时候对你落井下石。

李红缨同志，我理解你的处境。你有意见，可以保留，可以向组织上反映。你说的那些气话，我希望你能收回去。你是咱们师的女英雄，你的事，也就是咱们二师的事，请你在这个高度上来看问题。你放心，你的个人问题，组织上一定帮助尽快解决。

话虽出了口，魏主任心里却没有底。毕竟，经历了这场风波，李红缨再也耽误不起了。

话虽这样说，李红缨的事还是又被耽搁了一年。这一年里，医院给她牵了几回红线，鸿北市的优秀小伙子走马灯似的转了个遍，李红缨也对其中两三个印象不错，可人家一听她的年龄，都没有了下文。魏主任那边也动用战友关系给她介绍了几个其他部队的年轻干部，寄来过几封信和几张照片，可是无论文采还是字迹，都没法和黄教官相提并论，李红缨勉强回了几封，再也懒得写下去。

这一懒，就懒得她不想再提这事儿了。

七

我爸说，有段时间他发现"黑铁锅"情绪很是低落，跟刚探家回来时判若两人。更重要的是，似乎他也一改过去说话吭吭哧哧的毛病，变得无比简洁起来。不管别人说什么、问什么，他都以一个"哦"字应对。这个"哦"字十分万能，可以理解为同意，也可以理解为反问，但是无论怎样理解，那都是你的事儿，跟他无关，他依然是半死不活的样子。战友们都发现他与往日相比，几乎走到了另一个极端，吃饭不积极，饭量也锐减不少，出操屡屡迟到，早上刷牙总是拿错杯子。有一次我爸解手回来，他正拿着我爸的牙具往水房里去。我爸

叫住他，说你最近咋了，是不是家里出了什么事儿。他没回
答，把牙具往我爸怀里一塞，就回房躺进了被窝。

　　除了睡觉，他还喜欢上了晒太阳，宿舍里找不见他的时
候，通常可以在操场的南墙根找到他，大多数情况下，他都蹲
在那里，望着单杠发呆。某一天，打扫宿舍卫生时，"黑铁
锅"不在，大伙儿说去操场南墙根找他，我爸说算了，他回
来还是蒙头睡，还不如晒会儿太阳呢。我爸说完就动手帮
"黑铁锅"整理内务，人一懒就容易邋遢，一邋遢就臭气熏
天，我爸抖了一下他的被子，差点被呛得背过气去。正好大家
都要洗晒床单，我爸就把他的床单也揭了。床单揭走，放枕头
的位置下啪嗒一声掉出一封信来。那时候战友们之间互相读
家信实在稀松平常，也是军营里最重要的娱乐方式之一，于
是屋子里的几个人就起哄说读读信解解乏。我爸笑着把信纸
抽出来展开就念，读着读着脸色就凝重起来，读完后他把那
封信收好，交给了魏主任。

　　"黑铁锅"虽然其貌不扬，南方老家却有个既标致又能干
的姐姐。姐姐在纺织厂上班，是出了名的技术能手，家里家外
打理得井井有条。这样的姐姐，怎能不操心弟弟的婚事。于是
借工作之便，姐姐四处在厂里物色合适的女工。俗话说功夫
不负有心人，恰好就有一个很不错的年轻女工，年龄与"黑
铁锅"相仿，跟他姐姐也很谈得来。这女工看他姐姐长相周
正，料想弟弟也差不到哪儿去，况且还是解放军，军民团结一
家亲，这样的对象可真是让人眼馋。姐姐见对方动了心思，就

给两人分别留下对方的通信地址。"黑铁锅"满腹锦绣终于找
到了用武之地，自然是使尽浑身解数。姑娘展信一读，满心欢
喜就如掉进了才子佳人的糖罐子里。从此鸿雁传书，尺素不
断，感情日笃。姑娘家的心思都写在脸上，没多久厂里就传遍
了解放军对象的故事。姐姐听了，也煽风点火地说了不少话，
送上不少口头祝福。这些祝福再传到"黑铁锅"这里，就也
如蜜糖一般甜美了。"黑铁锅"也是心里藏不住事儿的，其实
那时节，部队里根本藏不住什么事儿，大家都是透明人。"黑
铁锅"这边虽然不善言谈，但每晚熄灯前被大伙儿抢去书信，
朗读传看的次数多了，纺织女工的故事也成了尽人皆知的秘
密。

　　姐姐见火候已到，就电令"黑铁锅"休假探亲。"黑铁
锅"刚进家门，屁股还没把凳子暖热，姐夫就买了两张电影
票，让他去和纺织女工接头。姐姐则运筹帷幄，坐镇家中，炒
菜做饭，等着更进一步的好消息。这顿饭大动干戈，超过了年
夜饭标准，可左等右等，两人还是没有回来。电影早该散场
了，难道是两人谈得投机，还想多相处一会儿？想到此，姐姐
一笑，这孩子，再能聊也不能耽误吃饭啊，我得找找去。

　　拉开门，"黑铁锅"木头桩子一般，正杵在门口发呆。

　　休假未满，"黑铁锅"便回到部队，自此如抽了筋的懒
龙，再也不愿意腾云驾雾。

　　看完信，魏主任命人叫来"黑铁锅"。

　　听说，吹了？

报、报告首长，吹了。

家里怎么说？

我，我姐说她看走眼了，没想到又是一个以貌取人的。

好。我看你姐很有觉悟，不愧是技术能手，工人阶级就是不一样。铁国，你是堂堂人民子弟兵，遇到点儿暂时的挫折不能消沉，还是应该抬头挺胸，有点当兵的精气神，别给你姐丢脸。

"黑铁锅"点了点头。

初夏时节，杂花生树，茫茫大山重新生机勃勃起来。

进山的路已经拓宽，铺上了柏油，前线的条件改善了很多，红区和绿区工地都相继修建了营房，战士们终于不用住帐篷了，施工进度大大超出预期。有了前年的经验教训，去年冬天施工前线早早做好了储菜工作，虽然还有患病、冻伤和维生素缺乏的，但是再也没有出现过大面积减员。年前送到766医院的伤员此时大多恢复健康，回到战斗一线。施工条件有所改观，后方的补给也能跟进上来，师首长们终于松了一口气。

另一个好消息是，工程兵女英雄李红缨要结婚了，对象是贺铁国。

魏主任跟"黑铁锅"提这个事情的时候，他觉得是喜从天降，颇为意外。写稿子那阵儿，李红缨虽然不太配合工作，但人还是很不错的，她是女英雄，才貌双全，比老家那个以貌取人的纺织女工不知强了多少倍，能把她娶到家，真是自己祖坟上冒青烟啦。李红缨却是摆了一副破罐子破摔的架势，眼看就要三十挂零，过了这个年纪，想把自己嫁出去不是一件容易的事。难道真要当一辈子老姑娘？父母那边怎么交代，身边的战友们怎么看自己，想想就让人头疼。索性嫁了吧，没有恋爱过程的婚姻她也不是没见过，老辈人那里多了去，父母不就是一例吗?! 只是她太不想走父母的老路了，越是不想，反而离得越近。

婚期是政委亲自定下的，真是当作二师的一件大事来操办。魏主任以政治部的名义分别给双方家里拍了电报，贺家很快回了消息，姐姐已经在赶来的路上；只是李家那边如同泥牛入海，迟迟没有回音。李红缨郁郁寡欢，贺铁国却是喜上眉梢，连走路姿势都朝气蓬勃起来。按照惯例，师部招待所专门布置了一间婚房，喜糖瓜子什么的早就买好。贺铁国把自己辛苦攒下的津贴拿出来，交给炊事班，说是到时候要给战友们弄几个好菜，不醉不休啊。

到师部毕竟还有挺长一段路，766医院提前安排，说是要早几天送李红缨过去。李红缨推说工作没有安排好，迟迟不肯动身。她是师党委委员，院领导也不好意思批评她，可这样一味由着她下去也不是办法，所以院长和教导员私下商量，把能做的准备工作都做好，免得到时候手忙脚乱。婚礼当天，天还没亮，医院的车就在宿舍楼下等着了，院长和教导员在车边吸着烟，焦急地来回踱步，小小的烟头明明灭灭，早就惊醒了医生护士们。李红缨靠在床头，被子搭在腿上，整晚都没有合眼。到了这时，完全没有起床梳洗的打算。同屋的护士见她仍然是一副无动于衷的样子，连忙七手八脚帮她收拾行李，连拉带拽送她上了车。院长早就交代过了，发动机没有熄火，等李红缨一上车，嗡一声轰鸣便疾驰而去。同屋的护士举着李红缨落下的提包，跟着车屁股哎哎叫着，车却丝毫没有减速的意思，朝着师部方向一路进发。她哎了几声，终于停下脚来，放弃了努力。

师长去北京开会了，临去前亲自委托政委主婚，魏主任主持，要把这个特殊的婚礼办好，大家都表了态，说一定当政治任务来对待。政治部的战友们忙活了好几天，把招待所的婚房布置得和暖温馨。婚礼当天，贺大姐代表婆家，766 的院长和教导员代表娘家，和宣传科的战友们围桌而坐，每人面前的茶缸里都倒上了半缸白酒。政委给贺大姐介绍了李红缨的情况，站起来举起茶缸，高声说，为这一对革命战士即将开始的新生活，干一杯。大伙儿哄了一声，简朴的酒宴就开始了。

许是不胜酒力，贺大姐泪光闪闪，声音哽咽，举杯的手微微发颤，几乎把酒洒在面前的菜里。感谢完首长又感谢部队、感谢毛主席、感谢伟大的新中国。大家见她开心，就轮流过来敬酒，不一会儿她就醉倒了。魏主任说了些祝福二人的话，宣布宴席结束。

整个餐桌上，只有李红缨一语不发，筷子没动，杯子也只是象征性地举了举。魏主任一宣布结束，她如临大赦，起身就走。魏主任叫住她，指了指趴在桌上的贺大姐，她才很不情愿地走过来，俯身搀了她，跟跟跄跄地出门而去。

贺铁国也是被抬到床上的，李红缨鼓足勇气走进房间时，他正和衣而卧鼾声如雷，鞋都没有来得及脱。李红缨从未想过自己的男人会是如此一副尊容，以后还要举案齐眉、细水长流地过日子，这样的将来真是让她绝望。照顾病人是李红缨的本职工作，比这个更脏更累的情形她经历得多了，可她从没想过在自己家里也要这样面对。李红缨也想和衣而卧，睡到床的另一边，可深陷美梦之中的"黑铁锅"丝毫没有让步的意思。李红缨用力推了推，"黑铁锅"纹丝不动，倒是鼾声更响了。李红缨苦笑一下，敲开值班室借了床被褥，回来铺在地上，将满身疲惫交给了地板。

已经连续失眠两三天，上午又颠簸了几个小时的山路，李红缨实在太困了。等她醒来，贺铁国已经不在屋里，床铺也被收拾整齐。她虽然还躺在地铺上，身上却多了一床被子。洗脸水已经打好，放在脸盆架上，窗台上摆着崭新的搪瓷牙缸，想必里面也已盛满了温水——因为牙刷上牙膏已经挤好。如果说这样的早晨还算不错的话，唯一令人失望的就是牙缸上的大红喜字太过刺目，张牙舞爪的，令她不安。

门被推开，贺铁国风一样刮进来，手里捧着饭盒，饭盒外还用毛巾包裹，他把这些往李红缨跟前一递，说，先吃饭吧，还是热乎的。李红缨没有接，而是低声说道，我想静一会儿，你先出去吧。贺铁国见她心情不好，本来想软语温存，问个究竟，怎奈吭哧病发作在即，脑子里的优美词句都集体短路，牙关里再也蹦不出一个字，只能悻悻出门，到操场跑步去了。

跑到第五圈，魏主任的通信员气喘吁吁地跑了过来，敬个礼说，贺干事，贺大姐找不见李护士长，正在魏主任办公室发脾气呢，你快过去看看吧。

李护士长不是在房间里吗？我刚才还给她送饭来着。贺铁国从单杠上扯下外套和军帽，急匆匆往魏主任办公室走。通信员在后面跟着，说贺大姐刚才去房间找过了，没见人，结果到门岗上一问，才知道李护士长已经走了，据说是医院有紧急任务。今天师里没有往医院发的车，应该是乘地方上的长途车回去的。

办公室的门大开着，贺大姐坐在椅子上，止不住地唉声叹气。魏主任拎着暖水瓶，正在给她沏茶。贺铁国在门口喊了声报告，魏主任没回身，命令道，长途车应该还在路上，你立刻到司机班带上车，去把李红缨给我追回来。

贺铁国额头的汗如山间小溪，顺着黑色脸颊滴下来，重重砸在地板上，溅落的声音清晰可闻。他的呼吸稍有些乱，人却冷静得出奇，舌头也丝毫不磕巴，他平静地说，报告主任，不用追了，红缨是回医院，又不是当逃兵，我理解她。

理解？贺大姐从椅子上跳下来，声音高到了房顶上，天花板上吊着的电棒被这声音震撼，在半空摇晃不休。她指着"黑铁锅"，一副恨铁不成钢的模样。她愤愤说着，理解个屁，昨天我就看出来了，咱是热脸贴了冷屁股，人家打心眼里看不上你，你还欢天喜地以为捡了便宜，咱老贺家是造了什么孽，怎么出了你这么没出息的……

魏主任赶紧把茶缸递到贺大姐手里，劝她消消气。

贺铁国脸色铁青，语气仍然坚定：

人是我选的，我会负责到底。

此话落进屋子里，差点把地板砸穿，贺大姐单薄的身子顿时失去了支撑，软软地跌进椅子里。良久，她才长出一口气，说道，明天我就回家去，你送送我吧。

贺大姐刚走，李红缨就又回到了师部的临时新房，原因是北京家里回电报了，她哥哥很快就到，要来看看这个从未谋面的妹夫。李红缨本想打电话让贺铁国到766医院去，那里条件好些，医院安排住宿什么的也方便。可拿起电话又不知如何开口，万一贺铁国拒绝了，脸上挂不住还是其次，哥哥那边如何交代？倒不如回师部去，万一有个三长两短，师首长和魏主任他们都在呢，总不至于弄得太僵。

反正婚假还没有用完，李红缨跟院里打了招呼，横下心，又返回了师部。

贺铁国很是意外，原本他正在招待所收拾东西——新房里既然没新娘了，就应该尽快打扫出来，搬回自己的宿舍去。李红缨进门后一声不响地把他刚整理好的行李打开，东西归了原位。然后开始给自己打地铺——一个全军知名的女英雄、堂堂的师党委委员，这副模样倒让贺铁国于心不忍。他给她倒了一杯热水，放在桌上，说道：

地铺还是我睡吧，你睡床上。

李大哥风尘仆仆赶到师部的时候，天色已晚。坐了一天一夜火车，又换长途汽车颠簸十几个小时到这里，实在够辛苦的。贺铁国自掏腰包，让炊事班做了四菜一汤，备了喜酒招待他。为了表示尊重，还邀请了魏主任。听说来的是李红缨的哥哥，魏主任亲自陪着贺铁国在师部门口迎接。县城很小，晚上灯火稀少，面目难辨，几个人见面寒暄两句，便前往炊事班的小食堂。李大哥虽然隐约觉得这个妹夫脸庞有些模糊，但魏主任的热情迅速让他忘记了不快。直到在饭桌边坐定，酒杯举起时，他才惊觉这个妹夫长得实在惊心动魄。他站起身，冷冷问道：

你们部队没别人了？

魏主任愣住了，李红缨赶紧拽拽哥哥的衣服，想让他坐下来。谁知他用力一挣，倒把李红缨弄得狼狈不堪。

论长相论人品，我妹妹都是百里挑一的。她是女英雄，是受过中央首长接见的，你们把她送给这么一个黑锅底，你们安的什么心？

贺铁国手足无措，不知说什么好。

魏主任摆摆手，示意李大哥坐下，说，李家兄弟，你可别小看了我们贺干事啊，他可是我们师几万人里的大秀才。刚刚入伍就提了干，还是即将转正的预备党员，已经在《解放军报》《工程兵报》发表过好几篇文章啦。要说红缨百里挑一，那不假，但我们贺干事是万里挑一，你说般配不般配？

"黑铁锅"本来如坐针毡，听了这话，总算提起的心落了地，腰杆似乎也硬了许多。

魏主任说，我们部队有句话，叫"吃饱不想家"。李红缨同志，给你哥哥多夹点菜，千里奔波，肯定是饿啦。

听了这席话，李大哥不好发作，端起搪瓷茶缸，把里面的酒喝得干干净净。

酒过三巡，贺铁国起身去上厕所，他还没有回来，李大哥也摇摇晃晃起身，说是要到厕所去小解。

这边桌上，魏主任正打算趁机跟李红缨聊聊天，做做她的思想工作，那厢院子里却炸开了锅，警卫员推门进来，神色慌张地报告说，李大哥喝醉了，满院子追着贺干事跑，说是贺干事撒尿不规矩，尿到了他鞋上，要揍他。

胡闹。魏主任一拍桌子，高声说，叫警卫连按住他，醒醒酒，然后把他送招待所去。

酒宴不欢而散。临走前，一向温和的魏主任狠狠瞪了李红缨一眼，窘得她恨不得找个地缝钻进去。

八

人生处处都是柳暗花明，我爸说，刚结婚那会儿，李红缨实在看不上"黑铁锅"，可是后来李红缨却是凭借着"黑铁锅"改变了人生轨迹的。当然，人都没有前后眼，看不到将来的事儿，过去的事儿也没法子重来。那时节，李红缨本来就觉得亏欠"黑铁锅"一片人情，她哥哥这样一闹，她就彻底沉不住气了。"黑铁锅"再怎么不好，那也是自己的丈夫，是自己一个部队的战友，是宣传科里出类拔萃的秀才。以前家里人对她百般劝说，无非是想让她转业回京成家，她都当成了耳旁风。眼下她终于在部队结了婚，哥哥却在这儿大闹一场，不知道是有意跟部队过不去，还是跟自己妹妹过不去。今后北京那个家还能不能回了，她思量再三，如果回不去，那就一定要经营好自己这个部队里的家。

"黑铁锅"回去很晚，可能是去卫生室搽了点药，处理了一下皮外伤。门虚掩着，推开门，他立刻发现睡了两天的地铺不见了，心顿时凉了半截。他想起来她那醉醺醺的哥哥，她哥哥的拳头挺有劲儿，还专门朝人的脸上招呼，真是不留面子啊。显而易见，她哥哥对自己是不满意的。至于撒尿尿到他鞋上的事儿，纯属扯淡，他们之间距离有一个多蹲位，怎么可能出现那样的情况。可是男厕所里的事情，如何向李红缨解释清楚？算了，既然她家不认可我、不接受我，我也不必强求。我姐说得对，何必用热脸去贴人家的冷屁股。"黑铁锅"打定主意，索性不解释了，他小声说道，你睡吧，我回宿舍去。

回来。李红缨低声喝道。

"黑铁锅"半个身子已经迈出去，此时卡在门口，进退两难，走廊里空空荡荡，屋子里冷冷清清。他不知道等待在屋里的，是暴风骤雨还是羞辱讥讽，他犹豫着。一个男人被女人这样拿捏，也真是悲哀，如果下半生总是如此，那可真够受的，他想。

李红缨缓和了口气，说道，进来吧，把门关上。

"黑铁锅"顺从地关好门，转身走进屋子。

灯光突然一收，整个小屋就陷入了黑暗。夏夜的月光驱散浮云，穿透窗帘，牛奶样流动在床上。倘若此时月光更亮些，"黑铁锅"应该能看到床单是红的，如同跳动的火焰；枕巾上喜鹊欢叫，梅花吐蕊；宽阔的被面上游动着成对的鸳鸯，牡丹花正在大片盛开。

李红缨唰地掀开被子，满屋月光顿时惊慌失措地逃散，喜鹊噤声，梅花失色，牡丹颓然凋零。

"黑铁锅"想说点什么，但是嗓子哽着，身体像生长在岩石间的老树，无比僵硬。

李红缨走下床，赤着脚走过来，投入"黑铁锅"怀里。

"黑铁锅"如同三九寒冰突然化作柔软的春水。李红缨就这样把春天激活了，喜鹊又跳上枝头，梅花努力释放香氛，鸳鸯交颈嬉戏，牡丹再次嫩芽含苞。

"黑铁锅"后来多次跟我爸说起，说挨打那一夜是他人生中最重要的日子。

第二天一早，"黑铁锅"陪李红缨去找李大哥，却听说他刚刚已经走了。"黑铁锅"说，这时候长途车应该还没有出发，但李红缨摇摇头说不能去车站找他。哥哥也是要面子的人，昨天晚上那么一折腾，面子已经丢尽了，所以他才选择不告而别。倘若这时候去找他，会让他更加尴尬，何必呢，随他去吧。

婚假结束，李红缨还得回 766 医院去，这次是"黑铁锅"送她回去的。两人话依旧不多，甚至眼神交流都很少。

虽说是同在二师，但李红缨与"黑铁锅"平日里见面的机会并不多。施工前线进度喜人，技术革新能手不断涌现，很多先进事迹需要挖掘。"黑铁锅"总是在山里跑，几乎忘记了自己是有家的人。几个月以后，"黑铁锅"在红区采访时，送给养的汽车捎来口信，说是他要当爸爸了。"黑铁锅"立刻旋风般刮到营里，给 766 医院打去电话。

电话那头，李红缨声音懒懒的，说不知道他在哪个工地，只能托给养车带口信。原本也不想告诉他，只是肚子已经很大了，总得让他知道预产期，免得孩子第一眼看不见父亲。

"黑铁锅"吭吭哧哧，半天蹦出来一个"好"字，然后把那个好字颠来倒去说了不知道多少遍。那边没等他抒发完思想感情，就"咔嗒"一声挂了线。

我爸说，"黑铁锅"的女儿两岁多的时候，我们师在断鸿县的工程终于完工了。茫茫大山被挖空了，里面足以隐藏十万雄兵。军委领导验收合格后不久，部队被调到河北，在京郊执行新任务。原先调来的几个机械化作业团，各自回了原部队。新任务用不上的，都分到了别的工区。766 医院划归当地，成为省军区直属医院。

李红缨是党委委员，身份特殊，调到师卫生队，跟着到了河北。二师这次的任务没有上次那么艰苦，报道组基本没什

么工作可干，人员解散各自回了原部队。"黑铁锅"因为笔杆
子好，给吉人做过助手，被《工程兵报》借去当了编辑。一
同被借去的还有我爸，那时他们的工作地点在北京，太平路
14 号工程兵大院。

按说部队就驻扎在家门口，从驻地到北京不算太远，交
通也方便，李红缨总该回去看看，可是一连几个月，她压根儿
就不提这茬儿。黑铁锅揣着明白装糊涂，也绝口不提此事。他
和李红缨还和当年一样，虽说同在一支部队，但一年到头也
见不上几次。有一次"黑铁锅"跟我爸说他想孩子了。那天
正逢周末，两人发了少年狂，借辆自行车就上了路。据说骑了
四个多小时，到师部大院时，腿已麻木无法下车，都是直接摔
下来的。那天中午已经过了饭点儿，食堂大门紧锁，两人在树
影下蹲着修车。李红缨在宿舍的筒子楼里下了两碗挂面，每
人碗里添了俩荷包蛋。她说当年的病号饭就是这标准。我爸
和"黑铁锅"都哈哈大笑，说超标了，哪能吃到俩鸡蛋呀。

孩子大了，"黑铁锅"和李红缨商量休个假共同回一次苏
南老家，李红缨沉吟一阵点了头。贺家人见到小孙女，喜不自
胜，当年的不快早已烟消云散。贺大姐张罗了一大桌菜，标准
远远超过"黑铁锅"与纺织女工相亲那次。李红缨脸上带着
礼貌的笑容，热情跟家人应答着，只是吃得不多。

贺大姐问她，是不是菜色不合口味？

李红缨摇摇头，说自己本来饭量就不大，自从生了孩子
以后，胃口越发不好了。

贺大姐问她，那你喜欢吃什么？

李红缨说，自小爱吃羊肉饺子。

哎哟，这可难办啦，我们南方人最吃不得羊肉的膻味，市场上也没得卖啊。

李红缨摆手笑着，说早就吃饱了，不用大姐再惦记。

"黑铁锅"倒是惦记着，趁着到师部办事的机会，他在附近市场买了二斤羊肉，说是要给李红缨包饺子吃。可到了和面擀皮的环节，犯了难——他自小在南方长大，对面食陌生得很。倒是李红缨手脚麻利，下班后一通忙活，筒子楼的走廊上香气袭人，不多时，晶莹饱满的饺子便上了桌。李红缨吃得胃口大开，女儿也嚼得津津有味，饭后把饺子汤也喝去了一半。"黑铁锅"却吃得头皮发麻，吃完去水房刷了几次牙，把李红缨笑得花枝乱颤。

没多久，我爸就被调到武汉，在军区机关还是搞宣传。"黑铁锅"本来也有这样的机会，可他说红缨家在北京，他就不想往别处去了，于是又在报社借调了三四年。三四年间，战友们各奔东西，他的工作关系却迟迟转不过去。有消息说改革开放这几年，国家安定，要大力发展经济，很快就要大面积裁军，各兵种的报刊都在裁撤之列。"黑铁锅"觉得这样下去不是长久之计，就动了转业的心思。巧的是报社某领导的夫人就在军转办，他求上门去，如愿以偿转业到了某部委下属的出版社。干的还是本行，地方上天开地阔，"黑铁锅"是工作起来万分投入那种人，几年后就在出版社担任了领导职务。

没过多久，裁军果然裁到了工程兵，二师这支部队彻底在解放军建制中消失了，李红缨面临转业。早到地方几年，"黑铁锅"办起事情来已经游刃有余。他使了不少力，让李红缨也回了北京，就在这个部委的门诊部工作。结婚将近十年，两人终于团圆。

秋去冬来，护城河的河面上结了薄冰，纷纷扬扬的初雪中，宫城的红墙越发亮眼。

有一天"黑铁锅"接到门岗的电话，说是大院门口有个同志找他，让他登记，他不配合。按照规定，他们不能让他进去，还是贺主任亲自出来看看吧。"黑铁锅"感到有些意外，除了李红缨和几个战友，他在北京不认识什么人，更别提"不配合登记的同志"了。他穿上大衣匆匆下楼，雪挺大，"黑铁锅"快步走到门口，远远就看见雪地里立着一个人影。

"黑铁锅"走近了，对方才满脸愧疚地说道：

我妈想外孙女了。

胡同深处的大杂院里很久没有这么热闹了：老太太依旧是早早包好了羊肉饺子，炉子上的铁锅里，水已经滚开了几遍，只是没有下锅，单单等着她一家三口进门。嫂子一边寒暄，一边炒菜。支开桌，哥哥给老父亲和"黑铁锅"分别倒上了酒——酒是烫过的，喝到肚里热气腾腾。

从家里出来，雪已经停了，两人站在公交站牌前等车。孩子趴在"黑铁锅"肩头沉沉入睡。昏黄的灯影下，偶尔有人推着自行车小心翼翼地走在回家的路上。李红缨看着远处的夜色出神，"黑铁锅"却喃喃自语：

从来没有感觉，羊肉馅儿饺子竟然这么好吃。

我爸说，前些年他没退休时，在北京见过"黑铁锅"，李红缨也在，他们仨在饭店吃的就是羊肉饺子。现在他俩已经不同当初，说起话来没完没了，有时还要抬抬杠，完全忽视了我爸的存在。他们几个人岁数都大了，我爸当年的满头乌发已经全白而且谢顶，头发数量稀少可数。"黑铁锅"面皮白了很多，显然是生活条件改善所致，眼角的皱纹已经沟壑纵横。李红缨明显胖了，成了标准的中老年妇女，或许每天晚上她会在附近的广场上跟老头、老太太们跳广场舞。我爸说，这些战友里，只有他俩的故事最曲折、最动人，也最幸福。我哥说其实也稀松平常，还没有我爷爷的故事精彩。他说这话时我爷爷已经去世，淮海战役回来那年，医生告诉过他，说他命不会长，结果他活到了八十六岁，熬得那些同时归来的战友们都落叶凋零。最后那年听说自己得了癌症，他一点儿也没有惊恐，甚至一丝慌张都没有。他说不知道哪个战友把自己的命借给我了，让我活出这么大一个数来。停了一会儿，他又说，这么多年没见，我都想他们了。这话最能唤起我爸和我哥的共鸣，他们听了都默默无语，不知道在李红缨和"黑铁锅"甜蜜的生活里，会不会时常也有这样的感叹。

（原载《前卫文学》2017 年第 5 期）

心理活动说明书

那年春天，我开始做两件事：一是夜里走路上班，二是夜里写点东西，如果再穿件夜行衣，就如同武侠小说中的人物。九都市面积不大，就是长得邪乎，从东走到西需要两个小时，从南走到北却只需要放个屁的工夫。如果是冬天，屁的热气还没散尽，脚就从北端的铁路走到了南头的河边。这座城市的设计者是个数学家，他热爱对称图形几乎发了疯，出于这种热爱，他让人在这个长方形的对称轴上竖起一根柱子，柱子上刻着蟠龙浮雕，再刷上青铜色的油漆，柱子顶端摆上仿制的青铜大鼎，看上去古朴凝重，就像一根朝圣的阳具；他又让人在长方形的东头修上一个圆形花坛，里面种上蓬勃的花草，在西边他也同样照做，圆形花坛里花草蓬勃；倘若此时仙女在空中俯瞰，一定会臊红了面皮，因为那杆阳具正直撅撅地对着她，两边的阴囊毛发旺盛，像一个晨睡未醒的精壮男人。总之这个城市就像你想的那样，是个狭窄的长方形。我在城市这头，上班的地方在另一头，如果不借助交通工具，我只能披星戴月地出门，再戴月披星地回家。在家的日子，我基本看不到白天，节假日什么的，我也总是主动值班，我生命里最美好的时光，都挥霍在上班里。

那天早上出发之前，我先钻到巷子深处喝了一碗牛肉汤，吃掉两份饼丝。九都市的早汤是人间至味，牛肉汤羊肉汤驴肉汤种类繁多。汤馆门口拴着黄牛，眼角蒙着雾气。它的睾丸已经被砸得稀碎，失去了冲动的雄性激素。在它还是牛犊时，养牛人不等它头角长硬，不给它与母牛亲热的机会，便以迅雷不及掩耳之势完成了整套手术。自此以后它就温驯无比，即便顶你也用不上三分的力气，发怒时就像少年撒娇。这样的牛肉最适合熬汤，骨质疏松，肉散而油多，熬出的汤汁都是奶白色。炖汤的厨子挥汗如雨，切香菜切葱花切煮好的肉片；他也常常充当兼职屠夫，天边尚未露明，他就磨刀霍霍，磨刀石涎水滴答，胆小的汤客听到这些声音，立即四散逃去，张老三则会端了汤碗到门口看他宰牛。这种景象如同一场表演，他就是文惠君帐下的庖丁，解牛尖刀游刃有余，剥皮抽筋恰似跳舞，鲜活的生命很快被分解为污血四溢的小山，有些血珠会溅落在看客的鞋子上，他们抖落血珠感叹牛肉的肥美，喝汤的神情欢快异常，似乎碗里盛的正是刚刚剔下的鲜肉。庖丁跟他们聊着天，爆发出污浊的笑声。

为了躲避张老三，我溜着墙根走，然后纵身一个小跳，跨过油污、血汁和腐臭交融的暗沟，落地后我晃了几下，端着热汤的张老三在背后惊叹：

呦，腐败分子来啦。

扯淡，我一个教书匠咋腐败。

你太谦虚啦，没有个几万块谁敢进你的办公室。

我懒得理他，张老三就是这么庸俗，他侄子去年考我们学校差了两分，为了一万五的择校费他踢破了我家门槛，我没松口，他就到处贬损我。

我起程从长方形的这一边走到那一边去，一路上目击两场车祸。一个女司机想从马路牙子上倒车掉头，结果擦住了人行道上的红绿灯灯杆，灯杆剧烈晃动一下，晃碎了她的尾灯；另一个左拐时挂住了骑电动车的小伙子，女司机下车道了歉，然后互换了电话号码，我猜今晚他们会在城市的某个角落共进晚餐，然后畅谈一下美丽人生。他们会心一笑的时候，向我投过来锋利的目光，吓得我加紧了脚步。

听到学校铃声时，我的脚掌也将近崩溃，浓稠的汗汁在脊背上滚滚流淌。有学生举着鸡蛋灌饼和豆浆，一边小跑一边把豆浆洒在狭窄的人行道上。如果地上没有油渍，你就能看见方砖上雕琢着牡丹花。前几天我还在晚报副刊发表了一个豆腐块，夸耀这些花砖有特色，然后批评占道经营的小贩破坏卫生，给全国卫生城市抹黑。报纸出版的当天下午，门口的小贩就不肯卖给我鸡蛋饼，卖煎饼的、卖包子的、卖米线的纷纷效仿，对我爱答不理。

我高声叫着，根号二立即锁上大门，把迟到的学生都拦截到指定区域。有几个女生扔掉鸡蛋饼撒腿就跑，想在大门关闭的瞬间挤进去。她们发育良好，胸部紧绷，大腿修长轻盈，身高都接近或超过根号二，但是根号二没有给她们这个机会。另外几个小瘪犊子悄无声息地从等待训话的队列里溜走，以为能躲过我锐利的目光，我朝根号二做个手势，他立刻心领神会，带着两个校警跑向操场边的矮墙。我擦掉额头的咸腥，愤怒地喊叫着，他们的父母都在无形中给我加油鼓劲。我说上学迟到就是轻视学业，如果考不上大学，你们就是一摊甩不上墙的浓鼻涕，过些日子你们报名来上复读班，我会一脚把你们踢出去。队列里的女生已经开始轻声抽泣，男生们垂着头。看到他们的熊样儿我痛快无比，我让他们在迟到本上签名，写下自己的班级，这个月的月考我要抽查他们的成绩，他们听了以后都连连点头。根号二押解着那几个小瘪犊子匆匆赶来，他们没有听到我的训话，这多少有点遗憾，对于这些梗脖子斜眼睛的混蛋，刚才那一套根本起不了作用。我懒得跟他们废话，但是又不想像往常一样把他们轻易放走。

　　我给根号二使个眼色，他又一次心领神会。按照习惯，进办公楼前，我需要到几个重点班门口走一遭。我脚步不快，每个擦肩而过的教工都说着王校长好，故意把"副"字隐去。有些人会送来新鲜的茶叶，说这是他家乡的土特产品，我听说他老家方圆几百里之内根本没有茶园，但是茶叶一定要收下，尊重领导的人肯定懂得尊重工作，拒绝他们的好意就是打击工作积极性，我不能做那样损害团结的事；有些人下班以后在酒桌旁等我，让我用酒杯考验他的忠诚，如果他表现出色，我就会多次用酒杯考验他；也有个别同志倚老卖老，我当然要量才使用，让他们承担更为繁重的工作，尤其是落后班的差生，急需要他们的点拨。我盘算着这些事情，从教学楼走到办公楼边。

这栋三层旧楼据说是建校那年最好的建筑。如此推算，它已经是风烛残年，楼板轻薄，裂缝四起，嘎嘎吱吱到处掉渣。老师们已经搬了出去，只有我和老李头守着它。有一次我跟老李头说，早晚会被砸死在这里。他不动声色地说换个工作环境当然没问题，新修的教学楼上还空着好几间房呢，可建楼的资金没有审计完，这时候夹着尾巴肯定没错。他的决策很是英明，本市的日报专门采访了我们这两个坚持在危楼中办公的灵魂工程师。年底的时候市教育局下了红头文件表彰我们，可惜老李头没能到场参会，他被局纪检组约谈的时候血压顶破了脑门，这时候还躺在第一人民医院的病床上打哆嗦。

我走进办公室的时候，小瘪犊子们正嘻嘻哈哈乱作一团。有个小混蛋窝在我的椅子里翻看着电脑，脚丫跷在办公桌上，大声念着昨天我起草的文件。我发布政令的地方变成了花果山水帘洞，我脑门里血气上涌，我断喝一声，他手里的鼠标"咣当"一下掉在地上。人群在我的断喝声中倏然分开，我揪着耳朵把他拎起来，重重扔在对面的墙上。小瘪犊子们惊慌失措，缩在堆垃圾的角落瑟瑟发抖。我让他们滚蛋，立刻回到自己班级里去。小混蛋当然也想借机溜走，我抓起一支笔扔过去，正中他的后脑勺，他立刻蜡烛样凝固在原地。我暗自叹息扔过去的不是砖头，一支签字笔的重量远远不能化解我的心头之恨，但那只是片刻的想法，一泯而灭，我说：

关上门，把笔捡起来。

小混蛋立刻照做，把笔捡起来放在我的桌上。

说吧，哪个班的，叫啥名字，为啥迟到。

他梗着脖子，眼睛斜着用余光上下扫描我，如果此刻在他的脑门上连接一台打印机，一定能打印出一张我的一寸免冠彩色照片来。他说我叫曲非洲，高三四班的，我爸在非洲，我妈睡懒觉，我家远，所以迟到。这混蛋的描述简洁有力，写作天赋让我嫉妒。我说你妈是老睡懒觉还是光今天睡了懒觉。他说我妈的老相好要动手术，我妈去省城联系专家，回来时已经三更半夜了。关于"老相好"的问题我很有兴趣，但是碍于面子没有打听。我说你没有闹钟吗？你多大了还指望你妈，你这个借口糟糕透顶，回去以后罚写一千五百字心理活动说明书，另外让你妈明天来学校一趟。他说我们的作文也不过七百字，一千五百字实在太难，我妈明天还要去省城，肯定来不了。我说你别跟我讨价还价，明天早上这两件事你办不到，以后就别来上学啦。还有：

给我查查，是谁把我笔名传出去的。

他脸上终于有了愉快的神色，出门的时候还给我递送了一个谄媚的微笑。我不动声色地收下了，我就是这样知人善任，能让一堆粪土发挥应有的热量。曲非洲走了没几分钟，就有人敲门。昨天局里给我打过招呼，说是要派一个校团委书记来补缺，还能当音乐老师用，想必就是她了。我把鼠标从地板上捡起来，擦掉小混蛋遗留在桌子上的鞋印，喊了一声请进，门吱呀一声就被香水推开了。这样的早春她穿着紧绷颀长的浅色铅笔裤，裤脚露出一小段曲线玲珑的脚踝，料峭微寒被她的青春驱散，垂老的办公楼为之精神抖擞。她走过来伸出右手的时候，眉梢的笑容顿了一下。我的意外不比她少，反应速度却比她快很多，我立刻握了一下她的手，招呼她在沙发上坐下，起身去饮水机旁倒水。

她说王校长，早上骑电动车的男生是我中学同学，虽说是交通事故，但解决很快。我说好啊，多亏是同学，要是撞住别人就不好脱身啦。她点点头，几缕长发从肩头滑落到胸前。我敢打赌，那一对胸前的青春一定挺拔圆润，充满弹性。我遏制着内心的冲动，把水杯递给她，指尖感受到她手中的冰凉。她问我什么时候来上班，我说你的办公室就在一楼，暂时委屈一下，等新楼那边收拾好了再另行安排。她又点点头，说我找总务领钥匙。她站起来，又露出那段曲线玲珑的脚踝，淡蓝色的香水味从沙发上涌起，随着高跟鞋远去的节奏从我的办公室里缓缓退潮，年轻真好，我想。

我忘记告诉你啦，她叫赵姗姗，除了走路节奏跟"姗姗"有些相近，这个名字过于普通。老李头住院以后，原本我是这座小楼里唯一的留守者，现在又多了一个她，这多少让我感到欣慰。我嫌恶这座旧楼，除了它的清静。现在我可以动手再写点什么，为了这个计划我从网上订购了机械键盘，那种嗒嗒的击键声很有老旧打字机的快感。我喜欢老旧的东西，如同喜欢这座城市。这个城市的地下掩埋着一百多个旧王朝的帝王，他们的骨殖早已化为泥土，陪葬品被人盗掘精光，只有故事成为人们津津乐道的话题。即便是根号二这样的人，也时常把他们挂在嘴边，他说着汉朝皇帝的名字，把唐朝皇帝的故事安在他身上，然后指一指赵珊珊的背影说，皇上后宫里都是这样的女人，我日他姐，好几百个，累死他个龟孙也用不完。他点上烟，在袅袅而上的淡蓝色雾气中感叹，可惜了那些没沾过皇上身的美女，干渴了一辈子，到头来只好去御花园搬砖种草，或者去御膳房推碾子拉磨。咱小老百姓，哪儿说理去？我俯视着他，想象着他头脑中的画面，然后顺着他的目光抓住了赵珊珊的背影。她今天换了一件浅粉色的短大衣，看上去比校园里的学生大不了几岁，走过旧楼门口那棵大树时，如同枯枝上早开的桃花，生动可人。不远处的教学楼上，小瘪犊子们靠着栏杆吹口哨，曲非洲依然是最起劲的那个。我指了指他们，他们哄笑着散去。笑声散尽以后，我决定去曲非洲家里一趟。

就像我前面讲的，铁路就在这座城市的北边，越过铁路就可以称为郊区。我没有想到郊区这所逼仄的居民楼里，给我开门的竟然是柳眉。柳眉倒是很自然地把我让了进去，擦肩而过的时候我想起了她身上毛桃或者青杏般的味道。那时

候我对这种味道是有多贪婪，我常常在操场角落的水塔下紧
紧抱着她，一语不发，直到老李头提着手电筒赶来，气急败坏
地将我们驱散。多年不见，这种味道已经被劣质化妆品所遮
盖。她的嘴角已经松弛，只有身子还是那么瘦削，头发还是扎
在脑后。

　　她去倒茶的一小段时间里，我眼睛在小屋里逡巡。这种
老式居民楼在大厂密集的区域并不少见，这让我想起了柳眉
的母亲。她原先应该是在铁道南边的国营纱厂上班的，利用
工作便利常常拿大小不一的布头回家。她的手真是巧啊，用
那些布头做成了一件件衣服。她给我做过一对套袖，那套袖
让我双臂有了使不完的劲儿。那时候她家没有能用的男人，
重活都是我去包办。干完活我从不在她家吃饭，因为我吃饱
她俩就要饿肚子。那时候城里有正经工作还饿肚子的家庭已
经很少了，但是她家有个废物，她那懒鬼爸爸上夜班的时候
打瞌睡，裤子被绞进了机床里，醒来后两条腿已经喂给了机
器。惨叫声混着血腥，绕梁三月久久不散。那段时间他们厂没
有人愿意再上夜班，流水线上造就了一大批不合格的废品。
手术费让娘俩举债多年，他却心安理得，吃喝拉撒都在床上。
我那么嫌恶他，还不得不用省下的早点钱给他买烟。他欢快
地抽着，咧开黄牙参差的嘴大笑，迸发出的恶臭连续不断地
喷在我脸上。他说我闺女长得那么顺溜，这辈子是轮不到你
啦。他边说边咳嗽，咳嗽完就把黄痰吐在地上，扯过柳眉洗净
晒干的枕巾抹去嘴角的黏液。我摔门而去的时候，他大声说

散花不好抽，下回拿红塔山啊，红塔山，信球。

信球，非洲他爸也是个信球。柳眉说这话的时候就像十月里的落叶，被凉风卷得飘飘荡荡。她瘦小的头颅比整栋楼房还要沉重，不得不用双手勉力撑着。那双手已经失去水分和色泽，皮肉掩不住骨节的棱角。当年她没有考上大学，她妈就提前退休让她到厂里接了班。年轻漂亮的纺织女工谁不想要？上门提亲的人络绎不绝，媒人来的时候满脸喜色，走的时候一脸黑云。据说几个不错的小伙子央着父母上门，都被她爸气走了。国企改革那年她爸咽了气，本以为苦日子终于熬到了头，谁知医院在她爸肚里发现了半包老鼠药。公安迟迟不让火化，停尸费打了好几个滚儿，折腾半个月后铐走了她妈。她妈上警车的时候，柳眉哭得像丢在火堆里的蜡烛，倒是老太太一粒金豆没掉，她用戴着铐子的手给柳眉抹泪，说你别哭，你妈才应该哭。柳眉一个劲儿摇头，嗓子迸出了血珠，可血珠拦不住警车，血珠也拦不住生活这头狂奔的野马。没过几年国企改革就抓大放小，八千多人的纱厂破产了。柳眉下了岗，几年青春换来一纸待业证。这时候老曲还在九都市住单身宿舍，只是每年铁路上有工程的时候跟着外出施工，干一年歇半年。有一回在百货楼南边的小街里补衣服，衣服在柳眉手上补得又快又好，他就老去送点儿缝缝补补的活儿，送着送着就送成了两口子。纱厂拆迁那会儿，柳眉没了住处，俩人就狠狠心在这里买了房。买房借的钱还没还完，曲非洲就出生了。

真是个讨账鬼啊，柳眉感叹说，你不知道曲非洲有多能吃，嘬得我奶头生疼，揪下来嘴上总带着血丝。那阵子楼上楼下的邻居们总是红肿着眼，一副没睡够的模样，我和老曲见了人就道歉，光道歉有啥用，还是得管住他的嘴啊。奶粉一袋接一袋喂得我心里冒火。老曲是眼睛里冒火，要是不冒火他干吗报名去非洲。第一回去了五年，回来抱了一堆票子，还完债还有不少余头。老曲说受够啦，可我说还想开个铺子，进点衣服卖卖，孩子大了花销也大。老曲横下心说行，谁知这一去就再也没回来。说到这儿柳眉指缝里小溪潺潺，她说只能怪我自己，是我逼他走的，他不回来我不埋怨，他要回来我就等着。

等着也不是办法，你应该为自己考虑考虑。我说。

她摇摇头，嘴角一如当年给她爸洗枕巾般坚强。那些枕巾每天都会积攒满满一盆，上面浸满烟灰和痰液。她支着搓板，搓得两手通红。枕巾晒干后，她再叠整齐送到她爸的床头。那架床摇摇欲坠，翻身的时候嘎吱乱响，想必已经和她爸一起化成灰了吧。我注意到她家客厅的家具是这几年刚买的，样式还很新。这些年她应该过得不错，能把曲非洲那样的小混蛋送到我的学校里，不知道她花了多少钱。

短暂的沉默里，电视机突然没了图像，她转过身去摆弄，臀部撅得老高。我终于发现了她的变化，那时候她很小很紧绷，这时候足足长大了一圈，真是生过孩子的臀部啊，散发着苹果熟透的气息。如果我没有去上大学，这个苹果应该是属于我的。我的柳眉啊，没想到还能遇见你，我的柳眉啊，没想到你会是曲非洲的妈。想起曲非洲我脑海里咔嚓嚓亮起一道闪电，照亮了他说的那句"老相好"。这仨字热辣辣地刺痛了我，她竟然有个老相好，她竟然对我遮遮掩掩，装扮出一脸圣洁。我腾地一下点燃了，周身堆积几年的干柴啪啪爆响，我跳过去箍住她，紧紧顶着她那苹果样饱满的臀部。她受了惊，双手牢牢抓住裤腰，让我的突袭落了空。我腾出一只手来攻击她的乳房，这下她无从防御，只能来回扭动。我的喉咙里爆发出低吼，她的扭动更加剧烈，轻声说着不要不要。就在这不要声中，我颓然倒塌了，离婚几年我已经丧失与女人搏斗的经验，这么剧烈的扭动已经无法承受。

我瘫倒在地板上，她整理着衣服和头发，半晌没有说话，然后转身进了里屋，出来的时候手里拿条裤子，她说换上吧，老曲的。我喘息刚定，周身的热量正在退潮，我在羞愤中整理好衣服，换下裤子。我说我走了，她问我怎么来的，我说走路，她说挺远的，我送你吧，我没说话。她发动面包车轰鸣如雷，很快就到了学校门口。我跳下车的时候她低声说，你当初要是没有考上大学多好。这句话我听得不很真切，她又是一脚轰鸣，面包车消失在腾起的青烟之中，缺了一只尾灯的车屁股朝我晃动几下。

自从赵姗姗打开尘封已久的音乐组办公室，这里就老是琴声不断。有一天上楼时她突然喊住我，说是想给学校组建一个合唱队。我这才想起她的本职是音乐老师，好像以前还获得过市里的奖项。我说好啊，但是毕业班不能参加。她给了我一个明艳的笑容，幽暗的楼道里立刻挤满阳光，亮得人眼睛发痛。这是我的学校有史以来第一个学生社团，从那天下午开始，这里热闹非凡，每天都有男生和女生找她报名。她的房门总是敞开着，里面传来清脆的琴声和高高低低的伴唱，这些伴唱从涣散到整齐，从整齐再到错落有致，进展之快远超他们的学习成绩。毕业班冲刺动员会上，赵姗姗带队合唱了一首关于拼搏进取的歌，博得满堂喝彩，小瘪犊子们口哨不断，曲非洲又是最为起劲儿，差点儿跳到课桌上；赵姗姗兴奋得脸上发红，眉梢飞到鬓角里，从那以后学校每周的升旗仪式就加上了合唱队的国歌合唱。

这个消息迅速传遍九都市每个学校，团市委把这个形式树为爱国主义教育新典型，教育局在全市中小学推广我校的宝贵经验，主管副市长不辞劳苦亲自下基层调研。这是我在学校接待过的最高规格的领导，老李头要是听说了肯定要背过气去。副市长看到我时冷峻严肃，看见赵姗姗则满脸祥和。他向赵姗姗伸出右手，说小赵你很有想法，假以时日定成大器。赵姗姗握住他的手，说哪里哪里，都是王校长和同事们鼎力支持。她脸上的风轻云淡让我嫉妒，副市长与她走在队伍最前面，频频展开亲切交谈。教育局领导在身后跟着，不住点头称赞，我在队伍尾部显得很是多余。临走的时候副市长指了指风烛残年的老旧办公楼，问赵姗姗，你就在那里办公？赵姗姗微笑着点点头，说是啊，冬暖夏凉。我连忙赶上前去帮副市长拉开车门，说我也在那栋楼上办公，《九都日报》还报道过这事儿。他对我的话充耳不闻，对身边的教育局局长说，立个项，拆了重盖。

我的乖乖我的天，你知道老李头为了盖一栋楼跑了多少路，花了多少钱，喝了多少酒？有段时间我陪他喝酒喝得嗓子冒血，喝得我恨不能把心肝脾胃都掏出来在自来水管下冲洗干净。不喝酒的时候我就陪他送礼，送得脑袋里装下了全市地图。谁的老丈人住哪儿，谁的小舅子姓啥，谁的干闺女喜欢啥牌子的化妆品，我肚里账目清晰如数家珍。原来这些工作大可不必啊，一个合唱队就轻描淡写地办了。看来干工作还是要有思路有方法，要出成绩出政绩啊，给领导一个抓手，给自己一个亮点。小赵你果然很有想法，假以时日定成大器啊。我想起副市长的车开出不远停了下来，后窗玻璃缓缓降落，我一溜小跑把笑脸和耳朵送了上去。他说小赵很有能力，你要配合好她的工作。我连连称是，他放心地绝尘而去，好像赵姗姗才是副校长，我只是一个音乐老师。

想起这些我心里很失落，但我仍然对她的工作给予支持。旧楼不能再用下去啦，墙上已经写满红色的"拆"字，新楼上还剩一大一小两间房子，我把大的那间让给了她。她的合唱队常常排练，需要场地。听到这样的安排她喜出望外，立刻从办公室抱了个很胖的白色小熊送给我，说看它跟你像不像。接过这只毛茸小熊的时候我又碰到了她的手，这次传来的是温润滑腻，震颤从我心尖传来，在周身荡漾不已。

　　她的办公室门前已经挤满闻讯而来的学生，男生们摩拳擦掌，女生们大声叫嚷着维持秩序。她说是来给她搬东西的，钢琴很沉，零碎很多，她也不想麻烦其他老师。这会儿正好课间休息，王校长你先到新楼吧，我让他们来几个人帮你，话音刚落临时搬家队就在我门口集结完毕。我堂堂校长竟然沾了合唱队的光，真让人哭笑不得。这些孩子就像年轻时的我一样，干起活来从不惜力，只不过那阵子我的力气都用在了那个懒鬼身上。如果周末是这样的好天气，他就闹着要晒太阳。柳眉和她妈没辙，只能用满含歉意的目光望着我。我毫不犹豫地到床边背起他。他的裤管里空空荡荡，我只能把胳膊别过去把他固定在背上。他开心地举着香烟，把唾沫星子喷在我后颈里。他说好啊，真是红塔山，你个信球。这话让我无法反驳，我知道我确实是个信球。我正在长身体的时候，每顿饭能顶我爸妈两人的量。他们一边把自己碗里的饭菜拨给我，一边苦口婆心地跟我讲上大学的重要性，我一面应付着，一面小心翼翼地跟他们请示能否多给几个早点钱。他们拿着我的试卷，欣慰地接受了我的请求，我却把这些来之不易的钱换成了一盒盒香烟。红塔山啊红塔山，那可是领导们专享的牌子，现在成了这个懒鬼炫耀的资本。他贪婪地吮吸着温暖的阳光，呼出烟雾和腐臭，他向走过的熟人招着手，说过来尝尝我的烟，红塔山啊，厂长也吸不上哩。他那些游手好闲的工友立刻从四面八方聚过来，分享我的血汗。他们在烟雾里痛说革命家史，描述着某个女工桃红柳绿的故事。懒鬼躺在病床上那会儿，他们没有一个前来探望的，这会儿又重新续上了阶级感情。他们朝我挤眉弄眼，说这个女婿不错呀。懒鬼啐一口，说凭我们家柳眉那身段，咋能便宜他呢。这话扎得我耳朵生疼，我大步流星扛起他进了楼道，他的工友们一哄而散。他敲着我的头，用最恶毒的话骂我，楼梯上洒遍腥臭的涎水。我说你得把柳眉嫁给我。他说放屁，除非我死了。我咣当一下把他扔在楼道里，他捂着头翻滚，高声喊叫着柳眉她妈的名字。我仓皇逃走，从此以后再没进过他的家门。

有一次赵姗姗让我走路上班时叫上她，也好有个伴，这两年开车多了，体重有点上升。我说你这话就像在啪啪打我的脸。说这话的时候我们正在喝牛肉汤，炖汤的厨子照例在门口卖弄着庖丁解牛的手艺。看到这一幕她背过脸去，把大半碗好汤丢弃在饭桌上，我暗自惋惜，因为买汤是我掏的腰包，而她一点儿也没有谦让的意思。她低声问我那头牛头上有角为什么不反抗，我厚颜无耻地把道理给她讲了一遍。她问那些下水为啥要收起来，我说不但有用而且很贵，其中的两样东西被称作牛中双杰。男人吃了女人受不了，女人吃了男人受不了，男人女人都吃了床单受不了。她听得满脸绯红，埋怨我乱讲，我说是你起的头，我知无不言言无不尽。她说不过我，就把自己刚用过的餐巾纸揉成团扔在我肩膀上，我用胳膊挡了一下就掉在了面前的汤碗里，我不动声色地将纸巾挑出来继续喝着。她捂着嘴笑，说你把我这碗也喝了吧，我说行，等会儿。就在这样来言去语的时候，张老三进门了。这回他终于换了讽刺我的方式，对着赵姗姗打量很久，意味深长地朝我点点头说：

腐败出现了新形式。

我忘记告诉你一件事，就是为什么要请赵姗姗喝牛肉汤。这事儿需要推到前一天晚上，我的学校即将年满六十周岁，在社会上功成名就的校友们筹划搞一个校庆。既然是甲子轮回，就得隆重些，其中某个老板决定捐一笔款子，以作学校建设之用，听了这个消息其他人掌声雷动，他们摆下了鸿门宴，一定要让我出席。我对他们的手段十分清楚，其中的大部分人曾经是我的同窗，现在是我的学生家长，我们共同在酒桌上并肩战斗的历史超过了二十年。我从学校起程时，发现隔壁的灯还亮着。赵姗姗的工作并不算多，但她习惯每天很晚回家，有时是写工作计划，有时是在看书。我敲门进去，说走吧吃饭去。她说今天太阳打西边出来了。我说还是东边，今天老同学要给咱学校捐钱，说不定还能给你捐一架新钢琴哪。她立刻合上书说好事儿啊，我给你当司机。就这样我们并着肩悄悄穿过走廊，尽量不打扰学生们的自习。自从搬到这个楼上，她就不再穿高跟鞋，这一点很让我敬佩，女人愿意为工作而放弃美丽实在难得。我们经过重点班的时候，我的小棉袄朝我这里望一下，我停下来跟她招招手，她走出来说了声赵老师好，然后问我啥事。我说你最近成绩有点波动，可要加把油。她不耐烦地说着好，转身要走，我叫住她塞给她几张钞票。我说周末你妈忙你就回我那儿，你那屋也收拾收拾。她问，你翻我东西了？我说就开门看了一眼，比猪窝稍微强点儿，记着收拾啊。她答应着进了教室，我和赵姗姗脚步匆匆出了校门。

上车前我有些后悔，我本不想带人去赶赴酒场，免得当众出丑的样子传遍校园。她见我面色凝重，就问我什么情况，我照直说了，她口气无比轻松，说还以为什么大不了的事儿呢，不就是几杯酒嘛。她打开 CD 机，里面旋律轻柔。我说好听，她说是音箱的缘故，这辆车的音响系统完全改过了。我望着窗外，夜色中的城市正在释放入睡前多余的精力，路上行人匆匆，好在遇到的红灯不多，很快就望见了九都市中轴线上的那个标志性雕塑。她突然爆发出莫名其妙的笑声，我问她怎么回事，她说想起报纸上的一篇文章，把这个雕塑形容成那个。哪个？那个嘛。什么这个那个的？那个嘛，就是男人的那个。这可真是意外，我简直有些春风得意了，我说那是我写的。她从后视镜里看了看我的眼睛，我不假思索地说出了那个笔名，说还有一篇是写咱学校门口的流动摊贩的。现在他们已经不肯卖给我鸡蛋饼啦，包子铺和米线店也跟我集体作对，我现在只能在三条街以外的医院食堂混饭吃。她把车停在路边，趴在方向盘上咯咯大笑。交警走过来敲她的窗户，她连声说对不起，启动汽车继续前行。快到酒店时，她说市领导对你那个稿子很有意见，我说哪个？她说就雕塑那个，我问谁啊，她没有接茬。

酒香扑鼻门户洞开，一溜儿小酒杯依次摆开。有人高喊着王校长进门先喝三杯啊，可把哥几个等坏了。我指了指身边的赵姗姗，说我给大家介绍一下。有人抢过话头说王哥好福气呦，新嫂子年轻漂亮，啥时候勾搭上的？酒桌上哄地一下，我说别乱讲，人家赵老师还没结婚呢。赵姗姗风轻云淡地微笑着，说我是新来的校团委书记。这话说完，我看见对面陈总的眼睛里分明闪了闪光，他吩咐服务员关上房门，倒上热茶，说先落座吧，边吃边聊。

我说好。陈总说，你的三杯不能免，是赵老师给你倒还是我给你倒？赵姗姗立刻倒戈相向，把三杯酒笑盈盈地举到我面前。换了平时我一定会找借口耍赖，但是在赵姗姗面前我实在不愿意丢这个人。我仰头依次喝完，肚子里的火焰顿时从天而降。这些老油条经验丰富，没等我拿起筷子，他们就走马灯般找我敬酒。我虽然头晕但并不犯傻，赵姗姗也不傻，她立刻明白了即将发生什么事。她说王校长最近比较疲劳，咱们还是慢慢来吧。酒桌上又是哄地一下，喧闹声此起彼伏，说赵书记很贴心啊，你咋知道王校长很疲劳的？赵姗姗腾地臊红了脸，说喝酒图气氛，别把人往死里整嘛。陈总说，赵书记你有所不知，我们是让他喝美喝舒坦，缓解疲劳嘛。他边说边挤眉弄眼，又引来一阵哄笑。赵姗姗面色一寒，抄起我的酒杯站了起来。她说既然如此，我跟大家初次见面，按道理也得给几位校友敬敬酒。

接下来的事情大大超出了我的预料，我想破头也不会想到会以那种结局收场。我搀着赵姗姗离开的时候，酒桌上只剩下赵总趴着朝我摆手，其他人横七竖八地躺在地上沙发上，酣睡声吵闹声连绵不断。服务员还在上着热菜，我已经搀着她到了楼梯口。赵姗姗倚着我在衣袋里摸索了半天，扔给我一把钥匙，我没有接住，钥匙径直掉到了楼梯下面。她个子太高身子太软，搀扶起来东倒西歪，我只能背起她走下去。下面的服务生已经捡起钥匙递给我，说先生喝酒不开车，需要代驾吗。我说当然需要，我根本就不会开车。他帮我打了电话，没多久代驾就骑着自行车赶来，他把自行车折叠好放在后备厢，然后帮我把赵姗姗放在后座上，我则坐在副驾驶。他问我去哪儿，我这才发现赵姗姗已经睡着。我摇了摇她，问她住哪儿，她含含糊糊地说了一个小区的名字。代驾说知道了，发动汽车融入夜色。我摇下车窗，贪婪地吹着夜风。他说怎么让女人喝成这样，我没理他。他自觉没趣地打开了音响，立刻就被惊住了。他说这音响真好啊，比这车还贵吧。我说别问我，问她。他说年纪轻轻的这么有钱，她是做什么工作的。他废话多得有点不像样，如果他是我的学生我一定会揍他，他见我不接话，终于沉默下来。

我之前跟你讲过，这个城市的南端是一条大河。过了河也是郊区，但是这边的郊区要远比铁路北边的郊区繁华。这里都是近些年兴起的高层楼盘，花园洋房价格不菲。原本我在几条街以外的小区也住着这样的楼房，搬出来前我估算了一下，恐怕此生无望再买一套啦。我前妻跟她的现任老公住在那里，如果他俩没有结婚，我应该现在还替她背着房贷。她说要把房产证上写成我女儿的名字，我毫不犹豫地点了头，二话没说就收拾家当搬到了城市西头的老家属院。代驾把车停在楼下，我指指赵姗姗说帮我把她搀上去，他说我们没有这项服务。我抢过钥匙让他滚蛋，他骑上车吹起口哨，扭摆几下就出了小区。我余怒未歇，嘴里喋喋不休地说着脏话，背起赵姗姗进了电梯。梯门关闭的瞬间，她说十八楼，我说你醒了怎么还不下来，她说再歇会儿，反正坐电梯你也不累。她要比那个懒鬼轻便很多，也不会把香烟和口水喷在我后颈里。她有修长的胳臂和小腿，现在正环在我的颈上和腰上，她头上的栗色瀑布从肩头倾泻下来，溅落在我的脸颊边。我发现它们很温暖，很软很滑。我想起她那一小段曲线玲珑的脚踝，那样的曲线无比精致。在门口我终于回过神来，跟她要钥匙，她说老杂，你往前走。我顺从地往前走了一步，她瘦长的手指从我肩上越过，按在蓝色的液晶屏上，哗啦一声，门就自动弹开了。

　　指纹的，老杂。她说着从我背上跳下来，紧走几步倒在宽大的沙发上。她说开灯我就开灯，她说开窗我就开窗，她说去卫生间拿个脸盆我就立刻去拿，盆子还没有拿出来就听见外面哗啦啦的呕吐声。

　　我把地板收拾干净，然后又把拖把冲洗了几遍，客厅里的酒味已经被甘甜醇厚的香味掩盖。她吐过后精神好了许多，正在阳台边的茶桌上摆弄香炉。我说惠安沉，温中止呕，纳气平喘，她立刻把意外的目光投向我。她说行家啊，我说能不当行家吗，我前妻就是卖这个的。她问后来呢，我说卖着卖着就把自己个儿卖给顾客了。她说你真冷幽默，我说其实不想冷，没辙。我在沙发里寻找了一个角落，远远看她泡茶。她的茶桌很大，用料应该是不错的红酸枝。旁边的琴架上放着一把古琴，朱砂大漆，有大片的流水断纹，我走过来才发现上面还有描金的图案。她见我看得入神，问你也懂这个，我说书上读过，你很识货。她对我的赞美无动于衷，烫了茶盏又沏上茶，说过来坐吧。我端起茶盏才发现桌子上放着一个相框，照片上的男人搂着她，背后是阳光和大海。那个男人我似乎在哪里见过，我指了指说是你父亲？她立刻把相框反扣过来，阳光和大海收于一束，泯灭在柔和的灯光里。

她说你知道吗，你背上挺臭。我说天天走路上下班，走一趟出一趟汗，难免。她说那你赶紧回家洗洗睡吧。我说太突然了吧，不是得发生点啥事儿吗，电影里不都是这样演的吗？她终于又有了笑容，她说别贫了，咱俩不可能。我只得离开，出门时我回身对她说，明天早上喝牛肉汤吧，醒酒养胃，她说好。

喝完汤天边已经透光，她穿着运动鞋，摆明了要跟我走路上班，这样的好意我当然不能拒绝。张老三端着汤碗在门口目送我们的背影，这让我心底涌动着莫名其妙的畅快。她说你那帮狐朋狗友挺下作。我说男人都这样，工作上压抑久

了，酒桌上有点变态。她说你还真像个作家，深刻。我说你要
是局领导就赶紧提拔我。她说学校需要老师不需要作家，我
说当年没离开教学岗位的时候我也是名声在外，培养出芬芳
桃李满枝丫，祖国栋梁遍天下。她夸奖我脸皮真厚，我说不经
一番寒彻骨，哪得梅花扑鼻香。她说我笑得走不成路，咱换个
话题。我说行，你起个头。她说陈总还会不会给咱捐款了，我
说肯定会，她问原因，我本来想说说老陈的眼神，但是话到嘴
边又咽了回去。我说你酒量挺大，有啥经验传授给我呗。她沉
默了好久没有说话，走了大约一站地，她叫了一声老王，这声
音有着深思熟虑的味道，我知道她要讲自己的故事了。

我很小的时候就陪我爸喝酒了，他是个聋子，我说什么
他听不见，他说什么我听不懂。七九年那会儿他在高平谅山
一线，对面是越南人的精锐部队，上级命令集中兵力打掉对
方。我爸那时候是侦察兵，执行任务时队伍散了。他孤身一人
穿越密林，返回部队时路过炮兵阵地，第一轮齐射的时候他
竟然在阵地前侧穿行，嗡一声就被气浪掀翻在树坑里，醒来
后身上零件齐全，只是耳朵成了摆设。他说真好，从此以后世
间一半的烦心事就离他远去了。可是他越喝越消沉，越喝越
塌架，挺高的大老爷们儿缩成了不大点儿的球球，再喝就呜
呜咽咽哭了起来。他身体干枯，已经储藏不了多少水分，只能
发出毛骨悚然的干号，号得家里的电灯泡坏了好几盏。他说
要是换成我就好了，现在也不至于这么煎熬。我知道他说的

是小李叔叔，他俩本来是能一起撤回来的，可是小李踩上了地雷。我爸说他正在前面跑，轰一声面前就落了血淋淋的半条腿，腿上还挂着半截毛边裤子，鞋子也还在脚上，鞋带打着悠悠。他回头一看小李还活着，钢盔还在头上，枪还在手上，小李摇着血色弥漫的另一只手喊他的名字，声音撕心裂肺。他往回跑两步，听见对面的机枪嗒嗒响起来，旁边的大树立刻被剥光了皮，草叶子溅起一人多高。他看见小李高高举起的手被子弹打碎了，一小截指甲带着血汁飞溅到他脸上，一下子就把他打醒啦。再往回跑就是要命啊。他喊着小李你坚持，你坚持住我回去找部队救你。他跑得好快，耳朵边风声呼呼作响，很快就把子弹抛在了身后。小李可是他的战友啊，新兵连那会儿他们睡上下铺，经常交换家信看，看完就偷偷躲到厕所抽烟。说着家里的事儿，描绘着退伍后的生活。确定要上前线的那天小李塞了一封信给我爸，说大赵，如果我光荣了就把这封信送我家里去。我爸在他钢盔上重重敲一下，说别丧气，打完仗好日子还长着呢。到底有多长啊，谁知道打仗能打多久啊，对小李叔叔来说，那就是一辈子了。

　　我爸醒来后摸了摸胸口，那封信还在贴身的衣兜里装着呢，温吞吞的，也不知道是小李的体温还是我爸的体温。他翻了一下身就从床上直挺挺掉了下去，在地上蜷成一团放声大哭。他真不像个男人，总是哭哭啼啼的。话又说回来，能哭已经是运气了。我爸说他们连就剩一个半全乎人，一个是比他还小几岁的指导员，半个就是他。打完仗部队整编，指导员找

到我爸，说就剩你了，无论如何要给你安排好。他给我爸找了
对象成了家，后来又带我爸来九都市落户。那时候他已经是
军分区领导，把我爸安排在军分区干后勤。大厂效益好，就把
我妈安排在纱厂。后来国企改革，他又帮忙把我妈调到人民
公园管理处，事业全供，算是进了保险箱。纱厂啊，我想着柳
眉她妈，不知道八千女工里，她俩是不是互相认识。也许还低
头不见抬头见，也许还是好姐妹，或者吵过架，曾经大打出
手。

赵姗姗脚步突然加快了，她的腿比我长，我只能气喘吁
吁地跟着。她说我爸沉溺于酒精，只有喝醉他才能忘记自己
是个怂货，因为那封信一直没敢送出去。有一次我陪他喝酒，
他又絮叨这事儿，我就把冷酒泼在他脸上。他说我终于长大
了，然后把那封信交给了我。大学毕业那年我曾经按照上面
的地址找过一次，可是老人早已不在，小李叔叔唯一的亲人
是个妹妹，早就出门打工去了。我本想在老人的坟前烧了那
封信，但是我又觉得不妥。那天我们说到这儿都无话可说，就
这样并肩走进了学校。我一反常态没有召集迟到的学生训话，
直接让他们回去上课。根号二用诧异的目光看我，然后又看
赵姗姗，我们俩都没搭理他，各自回了办公室，没多久她那里
就传来了琴声。我给她发短信说学生们正在上课，琴声立刻
止住了。从那以后我总会绕点路去她小区等她，然后与她一
起步行上班，只是不再去喝牛肉汤，她说早餐太油腻对身体
不好。有一次她回过头来说老王，我想请几天假，我说怎么

了，她说这几天得到点音信，想去送信。我突然觉得这姑娘傻得可爱。

赵姗姗不在那几天，学校发生了挺大的一个事，我感觉无法摆平。这时候要是老李头在就好了，这个老油条总是有使不完的妙招。可他现在还躺在医院的病床上，每当我打电话的时候，他最关心的是医保能给他报销多少钱。我说你还记得学校那栋旧楼吗，他说废话，咱俩的办公室还在上面呢。我说那是以前的事儿了，现在我们都在新楼办公，那里成了工地。他很诧异地喔了一声，我说你在新楼也有一间办公室，东西都给你挪到这儿了。听到这话他长出了一口气，我说工地出了个事儿，你给我支支招。他说我脑子坏了，你自己做主吧。我说你是校长，这事儿得你来定夺，他终于忘掉那些医保的事儿，关心起学校的现状。

某一天晚上一对学生在旧楼里谈恋爱。那里已经成了拆迁工地，既没有电也没有灯，他俩点着蜡烛说情话。突然那帮小瘪犊子就闯进来，为首的还是曲非洲，他们打跑了男生又对女生动手动脚。没多久男生带了援军赶来，双方陷入混战，根号二带领大军闻讯而来将他们一网打尽。本来是狗咬狗一嘴毛的事儿，可没想到女生家长找上门来，说女儿遭到强奸，要求严肃处理凶手。我说顶多也就算个猥亵，离强奸还有一段距离嘛。他马上面色严肃地告诉我，如果我以这种态度处理此事，他只好诉诸法律程序。听到最后四个字我脑袋大了一圈，老李头听完我的诉说，大声叫着医生，他说我脑仁儿又疼了，咱们回头再联系。这家伙的妙招全用来应付我，我感到悲从中来不可断绝。这时候要是赵姗姗在就好了，多少能给我点建设性意见。

于是我给她打去电话，故意隐去受害人是合唱队队员的事实不说，以免她站到我的对立面去。她说这不是你一个人的事，也不是单靠学校能解决的事。我马上明白了她的意思，放下电话我责令他们立刻去把各自的家长叫来。小瘪犊子们散去以后，曲非洲还迟迟不想离开，我说你今天要是不叫家长，以后真的不用再来啦。曲非洲说我们没有强奸，就是隔着衣服摸了她几把，太冤。我说摸也不行，你以为你还是幼儿园小孩子，撩猫逗狗的没人管？他盯着我的裤子目光如刀，我这才想起来我穿的还是柳眉给的裤子。我有些尴尬，于是我缓和了语气，问那天晚上到底怎么回事。他说最近我们几个老是逃课打双升，那里避风又安全，没想到那天晚上我们的地盘被别人占了，我们仗着人多就把男生打跑了。正在洗牌的时候，小陈见女生没走，就动了歪心思。我说哪个小陈，他说就是陈董事长的儿子，据说要给咱们学校捐钱那个。我听得后背上汗毛倒竖，老陈啊老陈，真是家学渊源啊，学到精髓啦。我立马给老陈打去电话，他说他在外地开会，只要我能摆平这事儿，钱好说。我说这也不光是钱的事，他说学校六十年校庆的费用我也全包啦，咱俩同学一场几十年交情，你不能见死不救。这话把我噎得直伸脖子，我问曲非洲那几个小瘪犊子家里什么背景，他说都是市里几个委局的头头，好像谁谁他爸还是检察院的。听完这话我腰杆子硬了很多，我说这事儿别人都有门路解决，你咋办。他冷冷盯着我的裤子一语不发，我说你快回去叫家长吧，我跟你商量不成。他梗着脖子从我视野里消失了，现在出现在我视野里的是三个家长。家长们都很配合，我说学校可以帮助协调解决，但是对方的赔偿是决然少不了的，到时候赔偿款均摊，他们点头说好。我说公检法这边有关系的都帮忙跑跑，做好最坏打算，他们点头说好。我说那就分头行动吧。

柳眉实在是行动得太晚，她赶到的时候学生们已经在上晚自习，我收拾办公室准备离开。她进门后就把灯关掉了，径直走过来坐在我腿上。她身上香水味凶猛，把我迅速吞没在漫山遍野的桃红色之中。我揣摩着她的香水和赵姗姗的相比能差多少，她已经把我的皮带抽走扔在地板上，皮带上的金属件碰撞出叮咚声。有人拧了一下门把手，我猜多半是根号二，可是门已经被柳眉反锁，他的努力只是徒劳。外边的脚步声终于走远，我周身再一次噼啪爆响，柳眉含住我的嘴唇拉开了我的拉链。我手伸进裙子想要解除她最后的武装，她的丝袜和内裤做着无谓的抵抗。她终于站起来要脱掉它们，幽暗的灯光透过窗帘奔涌进来，沿着她的轮廓四下流淌，她弯腰的模样让我再次想起苹果，我急迫地想吃下它。楼上突然铃声大作，脚步杂沓，校园跌落于喧哗之中。柳眉趴在办公桌上等待着我，我能听到她紧绷的抽泣声，这声音让我迅速干枯。我扔下她，捡起自己的皮带。她说为啥。我说你别委屈自己。她整理好衣裙，颓然倒在沙发里。我们一言不发，窗外的喧哗终于完全流尽。我捡起高跟鞋，摸索着帮她穿上。她的足尖冰凉，她说老王，你还是原来那样。我说胖了，顶俩。她说你当初要是这么会耍嘴，我爸也不至于拆散咱俩。我说他要是不拆，我也学不会耍嘴。

柳眉走后，我故意隔了十分钟才下楼，根号二看到我神色怪异。柳眉在远处街角边的路灯下等我，旁边是那辆缺了一只尾灯的面包车，发动机在嗡嗡空转，没有那么声嘶力竭。她说我送你，我摇头说不用了，只要我在这学校，曲非洲就没事，放心吧。她满脸歉疚，说我实在没办法。她说我一定让非洲学好，不给你添乱。我说好，说完就和她擦肩而过，三两下就走到了路对面。夜风微凉，月色如水，唯有这夜风和月色几十年没变。我踩着它们就像踩着当年的记忆，那些记忆在脚下嘎吱作响，碎成粉末还在苦苦挣扎，这些挣扎真让人无奈啊，我想。

最近我明白了一条规律：一个企业老板想要找到你时，通常会在意想不到的情况下出现。我以为老陈急切见我是要跟我说孩子的事，到了他办公室才发现早就有人等在那里了。他的女秘书给我沏上茶，很规矩地退出去关上门。老陈把档案袋推到我跟前，指指我对面说这个老弟想认识你，托我给搭搭桥。我目测一下袋子厚度，说这是啥意思。老陈说你们不是有个盖办公楼的工程吗。我说那我做不了主，局里要招标的。老陈说局里的事不用你操心，将来在你地盘上的事，你多担待就行了。我说，我地盘上能有多少事，既然只管这些，我就却之不恭了。对面的人站起来给我递过一张名片，我接过来和他握手，交换了电话号码，他便匆匆离开，办公室里只剩下我和老陈两个人。他让女秘书进来把茶泼了重泡，她立刻撤走一次性纸杯，换了一套精致的茶具过来。她领口很低，泡茶时春光乍泄，有意无意地反复了多次。我暗自感叹老陈的艳福，他终于把话题扯到了儿子身上。我说我现在手里捏了俩王四个二，你就放宽心吧。他说好，这事你操心，校庆的事包在我身上，捐助那笔钱明天就给你打过去。我说再敲你一回竹杠，他问什么价，我说一架钢琴，赵姗姗用的。他的金丝眼镜后面又闪烁起光芒，说没问题啊，能不能单独请赵书记吃个饭。我说那看你自己的本事，我不拦着。

就像执意要去送信一样，赵姗姗要做什么事，我根本拦不住。她回来那天没跟我提前打招呼，我在门口看见了她的车，才知道她已经上班了。车前侧的剐痕还在，隐隐生了锈色。离上课还有几分钟，我在校门口目送学生们进班，抬头就看见了她。她站在办公室窗口望着我，她这一望让我有点儿久别重逢的感觉。我给根号二交代几句，匆匆走上楼去。她的门没有关，我走进去时她正坐在窗前看书。九都市的春天温和慵懒，最宜读书，只是这样的美好时光过于短促，常常一本书没看完就到了炎夏。她指了指办公桌上的袋子说给你买的，我已经闻到了鸡蛋饼和豆浆的气息，我走过去抓在手里，余温尚在。我说此行如何，她说太多，太复杂，不知从何说起。我说那就从请假第一天说起。她把书放在膝盖上，说总之我爸的事已经办妥。我嘴里满是食物，只能含糊着说那就好，那就好。她说下个月市里有个合唱比赛，我想带队参加。我说支持。她说合唱队少了一个女队员。我说哦。她说听说家里要给她办退学。我说哦。她说这事你打算怎么办。我没接腔，嘴里嚼得沙沙作响，就像老鼠掉进了米缸。她举起书念道："问了数声，如箭穿雁嘴，钩搭鱼腮，默默无言，无人敢应……"我说姑娘家家的，读什么《水浒传》。她把书举了举，原来是杜拉斯的《情人》。我说那上面没这句，她说你要是不把这事办好，我就替天行道为民除害了，我说行。她又问我是不是把她的电话号码给了老陈，我说一切为了学校嘛，她冷笑着说行，今晚我要跟他约会。听了这话我心里堵得慌，我原以为她会拒绝，谁知道结果这么出人意料。我得去外面透透气，她也没有起身相送的意思。在门口我和女儿的班主任撞了个满怀，她带来了我最不愿意听的消息，我的小棉袄成绩正在下降，据说跟学校的小瘪犊子们走得很近。我很恼火，如果不是因为局里的会议我一定要把她找来狠狠教训一顿。会议没什么新意，依然是强调做好考前动员，将来要对上线人数最多的学校给予奖励，明确一把手责任制，等等。

　　散了会，主管人事的副局长叫住我。他说组织上正在考虑让我接替老李头，这建议老李头也多次提过，毕竟年龄就要到了，身体也不好，要我早作准备。我的乖乖我的天，我的佛爷我的主，梦中的馅饼飘出香气啦。我呼地站起来，说我一定再接再厉不辜负上级的期望，他摆摆手示意我坐下。他说我这可不是代表组织谈话，只是从工作出发，提醒你早作准备。我说好，我一定充分准备。

我已经很久没有白天回过家，如果我没有那么慌乱，一定会注意到家里有人。注意到家里有人，就不会被自己的女儿吓到。可是我急迫地去自己房间翻找那个档案袋，进门连拖鞋都没来得及换，她脚步悄无声息，倚着门叫了一声爸，吓得我把纸袋扔在床头的书堆里，书堆立刻坍塌了，摆在书上的台灯砰地掉到地上，碎成一摊粉末。我一边扒书，一边问你咋回来了。她说头疼，刚吃了药，歇会儿。我这才注意到她两颊潮红，我站起来摸了摸她的头，温度适中。我说退烧了，等会儿赶紧回学校去，你这段儿成绩波动得厉害，你们班主任去找我了。八婆，她骂。我说怎么还学会骂人了。她说她跟你还说啥了。我说没来得及，我急着去局里开会。她哦了一声就返回自己屋里去，我本想跟她多聊几句，她砰地关上了门。孩子大了，总得有自己的空间，何况她还穿着睡衣，我也不好径直闯进去。我在门口说等会儿把我的屋子也收拾一下，然后拿着档案袋匆匆离去。我怀抱着那个袋子就像抱着未满月的女儿，这么多年过去了，只有那个时候我最幸福。离婚以后，我就把工作当成了爱好。我早出晚归加班加点，累死累活不就是为了这个？现在这个美梦就要实现，开水烧了八成，就差

最后一把火了。我坐在出租车上给副局长打电话，说想到您
那里报个材料，不知道方便不方便。他说这会儿已经下班，你
到我家里来吧。他真是心领神会，我以前从未发现我们之间
竟然如此默契。他家的茶很香，说是老乡从黄山带回来的。我
听说他是东北人，不知道他夫人是否来自安徽。她擦着手从
厨房出来，把档案袋仔细收好，又热情地留我吃饭。我说不用
啦，学校还有一堆事等着呢。副局长一边说学校的事要紧，一
边抓起桌上的茶筒塞给我，说你拿回去尝尝。我说却之不恭，
却之不恭啊，第二个却之不恭还没说完，门就啪嗒一声关上
了。

赵姗姗的车还在门口，人却不知去了哪里，我问根号二，
他说刚放学就被陈总的车接走了。整个午间我都在办公室狂
躁地来回走动，机械键盘被我打倒在地又踏上一只脚。那些
键帽纷纷脱落，露出青色的键轴。我余怒未消，根号二就推门
进来了，看到一片狼藉他很是意外。他说按计划今天工程队
就要进驻了，我说好。他低声说项目经理在门口呢，我把键盘
和键帽统统扫进垃圾桶，说你让他进来吧。项目经理敲了敲
门，说王校长，还记得我吗。我说当然记得，咱们前几天刚见
过面。他说以后就在您的地头上了，多多照应。我说好说好
说，你们能在局里拿到这个标，也是很不简单啊。他说彼此彼
此，然后说晚上约上陈总一起吃个饭吧。听到陈总我就气不
打一处来，不知道赵姗姗是否已经成为他的战俘。项目经理
离去时我送到了楼梯口，经过音乐组办公室，赵姗姗正坐在

窗口捧着书，大约还是那本《情人》。下午的阳光铺在她的肩头，看上去像一幅油画。我的狂躁立即熄灭了，我走进去，靠在窗台上问她，中午吃的什么菜？她没有抬头，说西餐，红酒是冒牌货。我说老陈挺有情调。她说是，挺能讨小女孩欢心的。我说你芳心大动了？她放下书说，我告诉他，他儿子是个混蛋。

她的眼睛深不见底，散发着森森寒意，她说合唱队队员的事，王校长请你务必重视。我说行，要不现在就去她家里看看。这个决定让她柔和起来。女孩家不太好找，车在老街旧巷里拐弯抹角，终于在一处院落门前停住。这种昏暗逼仄的民房早应该被社会淘汰，据说是晚清的旧院，现在挤挤挨挨住着五六户人。房檐上蒿草茂盛，院子里青砖腻滑，邻里之间除了口音一致，基本没有什么血缘关系。他说我女儿受到了严重的侵害。我说你女儿逃课谈恋爱，要说侵害，她的小男友侵害她更甚。他说我女儿要是考不上大学，耽误了终身，你们学校要负责任。我说学校并没有开除她，现在是你要给她退学，考不上大学责任在你。他说我女儿已经产生了厌学情绪。我说你要是老把她关在家里，她怎么能有学习兴趣？他瞪圆了眼睛要跳过来揍我，屋里瓶瓶罐罐太多使他难以得逞。我说其实你女儿成绩还算不错，当务之急是让她赶紧复课，至于赔偿，我一定替你争取。

这话终于说到了他的心坎上，他说十万块。我说杀人犯也就赔这么多。他说主要是精神损害。我说你把她放回学校

去，保证精神百倍。他再次试图跳过来揍我，瓶瓶罐罐们再次
阻止了他。我说两万吧，将来够大学学费了。他说四万，生活
费也利索出了。我说三万，顶天了。他说我去公安局告你们。
我说检察院领导就是某个小坏蛋他爸。他终于收起了嚣张，
说啥时候见钱。我说今天就让孩子复课，明天我带钱和他们
的家长来登门道歉。他总算点了头。

我听到房檐下的鸟笼里叫声清脆，不知道是什么名贵的
品种。我略略一问，他就眉飞色舞地讲了一大堆，看上去要比
对女儿亲近很多。回去路上赵姗姗一路无语，将要到达学校
时她说你俩真像流氓。我说本来就是，什么像不像的。她说一
个女孩子就这么不值钱？我说人本来就不是拿钱来衡量的，
谈钱的时候已经不是人了。她说你怎么知道他女儿一定会回
学校。我说考上这个学校本身就不易，放弃更不易，其实事态
并没有你想的那么严重。我说其实我应该绷住，让他先提赔
偿，这样的话最多一万块就摆平了。

坐柳眉的面包车有点坐按摩椅的意思，除了噪音有点大，
其他一切还好。她说谢谢。我说四家人分摊三万块本来也分
不均，既然他们都不愿意上人家的门，就只好委屈你了。委屈
什么啊，感谢还来不及呢。我说这事儿可不能说出去，她答应
着，右手从挡杆上滑下来，紧紧攥住了我的左手。这只手遍布
着粗粝与凄凉，残存着一丝当年的温度。她放开我去抓纸巾，
有孩子从车头前突然跑过，她一脚急刹，车咣当一下就熄火
了。她摇下玻璃大声骂着，孩子一溜烟跑远了，她还不依不

饶，骂着骂着眼泪就滴了下来，溅得满车厢到处都是，亮晶晶折射着太阳的光辉。她趴在方向盘上抖动着肩膀，车窗发出微微的震颤，这样的情形让我手足无措。我抽出一把纸巾从方向盘下面递给她，她接过去，声音小了很多。过了一会儿，她终于抬起头来，扳过后视镜整理鬓角的乱发。我说这下好了，不必担心被眼泪淹死。她扭过头看我，眼神衰弱无力，她说，老曲回来了。

柳眉终究是别人的柳眉，即便她曾经想把自己送给我，那也并不代表她就是我的。她说我上辈子究竟是造了什么孽啊，说完，纸片样的肩膀似乎又要再次抖动起来。我欠过身去抱住她，她有了依靠，终于不用趴在方向盘上。我说回来就回来吧，你不是一直在等他吗，今后两口子热热闹闹地过日子，不比一个人冷冷清清的强？她的抽泣摇得我脊柱生疼。她说你不知道啊，你不知道我有多难。我说知道，知道你难我才帮你。她告诉我老曲其实早就回国了，而且在老家又成了家，只是瞒着她。在非洲那几年他染上了赌瘾，在老家还是滥赌不休，直到家散了，他被人打断了腿，才又想起了她。我究竟是造了什么孽啊，遇上那样的爹，又摊上这样的男人。

有一次我贪图写作进度，第二天起晚了些，赵姗姗打来电话说再不出现，牛肉汤就要凉透了。我立刻洗漱下楼，匆匆赶到时她正和张老三聊着天。这情景有点触目惊心，我不知道张老三会在她面前怎样毁我，我暗自编织着应对的借口。

张老三却出乎意料地给我让了座，他说没事跟赵老师好好学学，别光学坏的。我给他道了谢，他心满意足地离去了。我说不是早餐要注意健康饮食吗。她说毕竟是九都人，外出一阵子没喝上汤，心里怪想的。这座城市就和它盛产的早汤一样，在毫无察觉中改变着人的性情。我说你当年上那么好的大学，就不应该回来，说不定现在也成音乐家啦。她说当初我确实不想回来，但是我做不了自己的主。我说是因为你爸吗。她摇摇头说，其实说到底我和我爸一样，都属于特没出息的人。她说这话时我正喝汤喝得面目狰狞，全身汗毛孔微微打开，鼻涕和口水蓄势待发。我朝她伸过手去要纸巾，嘴里还咔咔嚼着没有咬断的饼丝。她说感觉自己像是正在喂猪，陪猪说话的感觉挺好，你说你的，他吃他的，互不干涉。老王啊，你也就这点好了，喝汤的时候特别真诚。我说你也是不肯轻易浪费任何损我的机会，怪不得能跟张老三聊得来，又互相串通了不少黑材料吧。她说也没多说什么，老张人不错，还劝我别上你的贼船。我说我这么冰雪聪明的大姑娘，岂能让他这种窝囊废得逞，老张连连点头称是，说你自从升了副校长以后就忘记自己的鳖形了，原本挺不错的老师，现在混进了腐败分子的行列，可惜啊，可惜。我说我更可惜，还没敢腐败呢，就担了个腐败的名声，人啊，想做点自己愿意做的事，挺难。她听了若有所思，她说是啊，这次出去她见到了小李叔叔的妹妹。真不容易啊，就靠在一条小巷子里打烧饼挣钱，供两个儿子上了大学。几十年来她没敢睡过懒觉，每天要在窗口大的小屋里用掉三大袋子面粉。全是靠两只手啊，三大袋子面粉摞在一起，比她个子还要高。李姐说她饭量挺大，体重却从来没有超过九十斤。她男人原先在工地上当力工，干得太多把腰上的力气使完了，以后就在家操持家务，空闲时间来帮她收钱卖饼。两个人虽然生活艰辛，但是其乐融融幸福得很。看看她再想想自己，好像白活了二十八年。她说我真想做点自己想做的事了，我说合唱队不就是你的事嘛。她说，我说的不是这个，我想嫁人了。

老陈这样跟我描述与赵姗姗约会的情形：我原本想晚上请她吃饭，然后再去夜总会唱个歌或者去酒吧泡一会儿什么的。谁知道她主动给我打电话来，说改到中午。我说行，就在西餐店定了台子。我问喝酒吗，她说红酒，我让服务生取来一瓶最贵的，她喝了一口就抿着嘴笑了。她笑起来真是好看，那个词叫什么来着，美艳不可方物，对，就是美艳不可方物。她手指很长，真是弹琴的手啊，捏起刀叉来优雅得很，不像咱老爷们儿那费劲样。我弯腰捡手机时瞥见了她的腿，真是又长又直，没有一丝赘肉。好看，好看，我真是有点想入非非啦，等等，老王，容我擦擦口水啊，人岁数大了口水多，湿热，体虚湿热啊。你是不是也有这毛病，别瞪眼啊，你看你，这有啥可着急的，我说，我继续说不行吗。我说我打算送她一架新钢琴，她说不必了，好意心领。我说别啊，老王专门跟我提的要求，你让我咋跟老王交代。她有点意外，她说我以为王校长也就是随口一说，没想到他当真了。我说，必须当真，你要是来我们公司，我也得把你的话当真啊。她说陈总你的公司养不起我。听听，这是什么话？小姑娘还是嫩啊，盛气凌人，我这么大的公司养不起她？我说在九都，我的公司养不起的话，也没几个公司能养起你了。她说陈总你误会了，我没有小看你的意思，您要是真想捐赠钢琴，就捐给王校长吧，他爱让谁用就让谁用，反正我是不用。我说，你和老王这唱的是哪出戏啊？一个死皮赖脸地要，一个坚决不用，你让我何去何从？你让热心校友如何报答母校？她说报答母校当然要欢迎，但是给母校添乱的她就不喜欢了。我说这话怎么说的，我可是一向关心母校发展的。她说那谁谁谁是不是你儿子，我说是啊。她说前几天他们几个侵犯了一个女学生，你知道吗。她说那个女生是合唱队的，合唱队的每个学生都是她的宝贝。听了这话我当时就有点僵住了，她又给我讲了一番大道理，算是过足了瘾，然后起身就走，我追了出来，她脚步没停，坐上出租车就消失了。

听完这话我不知道自己脸上是什么表情，赵姗姗不愧是赵姗姗，老陈这样纵横风月场多年的老手都赢不得她正眼一看，倘若老陈知道我和她走得这么近，一定嫉妒得要死。说完约会他就跟我说校庆的事。他说要在操场上搭一个大舞台，舞台两边各自立上一块大屏幕，以保证远处的同学也能看到台上的情景，操场四角都要有音响，这样效果最好。他已经从九都电视台请了两个主持人，从歌舞剧院请了几个节目。老王你放心，都是主旋律的，学生们再搭配两首歌，歌颂一下老师和母校，这就齐了，隆重热烈。老王你还得费费心，咱花钱要花得好看。你得多请点领导，能请几个市领导最好，我在前排给他们安排座位，必要时到台上讲讲话，学生们上去献献花。花篮花束之类的我已经备好，你不用费心，你看这样安排如何？

我说细致周到，无可挑剔。

他说老王，你得再帮我个忙。我问什么事。他说赵姗姗啊，你给我再提供个机会。我说你这家伙碰钉子碰得满头包还嫌不够，这不是跟自己过不去吗。他说你不懂，她越是那样我越是喜欢，这妞儿气质好，不同于以前的那些庸脂俗粉。我说哪儿学来的词儿，用得挺贴切。他说你别取笑我，快说帮不帮吧。我说你先把计划说来听听。他说我打算在校庆时为母校献歌一首，老王你是知道的，年轻时我也进过合唱队啊。我说别扯那没用的，继续说。他说我想让她给我伴奏，这样的话送钢琴也顺理成章，然后我们这几天多多排练，剩下的就是你别打扰就行。我嘴上赞叹说你这老狐狸果然鬼点子多，心里却在打鼓，不知道赵姗姗能不能抵御这个糖衣炮弹。老陈说这事的时候，项目经理已经在旁边等很久了。老陈跟他说，你放心，老王办事妥妥的。他说最近工程上有点麻烦，还得请王校长帮助解决。我心里咯噔一下，说不是出了什么事吧？他说也算不上什么事，就是新来的工程监理管得太多太细，影响了施工进度。我说管得精细是好事啊，也是他的职责所在。他说你这工程太小，管得太细就没利润了。我说不会出现质量问题吧。他说只要不地震，楼可以放心用。我悬起的心安稳落了地，九都市山河拱戴，是老祖宗们选择的宝地，历史上从来没有遇到过什么地震。我说可以帮你做做工作。他说那就太感谢啦，甲方只要开口，他肯定没辙啦。

我在工地附近找到工程监理时，他正和赵姗姗说着话。我有些诧异，赵姗姗介绍说他是我中学同学，你还记得吗，就是那天早上被我的车挂了一下的那个。她说真没想到这么快就见面了，他可是我们班成绩最好的。我说当年你成绩咋样。她说不该问的就别问。我说赵老师我得跟你同学说点事，回避一下。她说你俩八竿子打不着，有啥可说的。我说私下议论一下你，不行吗。她微微涨红了脸，说还需要回去写个活动计划，你们聊吧。

她的背影走远后，我才问工程监理，我说学校里施工最重要的是什么。他说当然是保证质量。我说那是其次，最重要的是保证施工速度，要知道学业才是学生的命根子，早些完工才能让学生们少受影响。他们只在乎能不能考上理想的大学，校舍教室什么的根本无所谓。他反问说那工程质量就不管了？我说楼会塌吗？他说不会，但是会影响使用年限。我说几个月前我还在老楼上办公，早就超过使用年限了，也没见它把我砸死。放心吧，年轻人，不到使用年限就会拆了重新盖的。如果全市的楼都足够结实，还能有那么多工程吗？没了工程，你们监理谁去？我的话严重影响了他。我走过去搭住他的肩，我说借一步说话，我们就走到那棵枝繁叶茂的老树下，树枝和树叶吸走了说话声音，我递给他一个信封，里面是一张购物卡。我说这是施工方的一点心意。他摇着手说不要。我说小伙子，我是甲方，这是我的工程，在这一点上咱们的立场是一致的。但是不同的工程有不同的侧重点，如果能几方达成共识，不是开展起工作来更加顺利吗。你让他一尺，他敬你一丈，多好。我把信封装进他的衣袋里，说我还有其他事要办，你自己想想吧。他在身后叫了两声王校长，脚步却并没有追上来。

如果那栋旧楼没有拆，现在应该是它最美的时候。每当有风吹来，墙壁上绿色的海潮摇动起伏，将里面与外面分隔成两个世界。外面是三十摄氏度，里面只有二十五摄氏度。外面是阳光炫目，里面是灯光幽暗。外面是二十一世纪，里面还在二十世纪中期徘徊。想起旧楼我就想起了老李头。一段时间没有联系，也不知道他到底恢复得怎么样。据说省城来的医生又给他动了一次手术，或许会好一些吧，等忙完这几天，我就去看看他。自从我又一次在副局长家汇报工作并提交了一袋子新"材料"，局里就不断传来好消息，希望能在校庆前正式下发我的任命文件。赵姗姗跟老陈合练过几次，不用猜，老陈肯定又使尽浑身解数，劳而无功，终于安心筹备校庆典礼了。有一次他私下里问起我，说赵姗姗家里什么背景。我说没背景，她爸就是一个退伍兵，已经过世了。她妈在人民公园，她自己一个人住。他说不应该啊，她不应该如此简单。我说何以见得。他说你没发现吗，她从来就对钱不怎么关心，我几次谈到送钢琴的事她也毫不在意，要知道一架好琴也是需要花费不少钱的。他这么一说，我倒是想起来她十八楼的大房子。我想起了这些，却没有跟老陈讲。我说你没得手就别给自己找借口了，该干吗就干吗去。他说你小心些，这样深藏不露的人，都挺可怕的。我说人家赵老师一心扑在合唱队上，这几天还在准备节目呢。你倒好，事到眼前还不着急，操场上那四个音响还没到位呢。他尴尬地打着电话，说老王你别催，立刻落实，立刻落实啊。

我忘了告诉你，工程进行如此顺利，是因为换掉了工程监理。我虽然是甲方，但也没有这个权力，虽然我一度气急败坏，撤换他的决定却是局里下的。我送给他那张购物卡的第三天，他就通过赵姗姗把卡放回到了我的办公桌上。我问什么东西。她说你别装了，赃物你拿回去。我说人家施工方一片好意，礼尚往来嘛。她说好意心领啦，东西你帮忙退回去吧，或者你自己留着，他不想要。她说的最后几个字让我听了很不舒服，她连名字都不提了，直接以"他"代替，可见他们走得有多近。这些天她已经不约我一起走路上班，而是改坐电动车后座了。她甚至改变了穿着习惯，变得越来越素气，常常是衬衣与牛仔裤的搭配，一副学生模样。监理小伙子每天神采飞扬，见到我很远就开始热情地伸出右手。每到中午他们还会相约去校外吃饭，一点都不顾及我的感受。根号二终于可以点燃香烟，再次跟我提起皇帝后宫的话题。他说老王，这才像你自己。根号二说的对，没有了赵姗姗的打扰，我的生活节奏完全恢复了正常。每天晚上写作时激情勃发，早晨照例会吃掉一碗牛肉汤和两份饼丝。我会每天提前五分钟走到学校门前，痛斥那些迟到的学生。我在报纸上跟鸡蛋饼小贩们做着顽强斗争，然后走三条街到医院食堂买饭吃。得知工程监理被撤换那天我有点担心，就敲开了赵姗姗的门，她看上去有些消瘦。她坐在琴前，却没有打开琴盖。我说局里要换工程监理了。她说我知道这事，这几天我也在帮他找工作。我说不就是换个工地吗，怎么连工作也没了。她摇摇头说你不懂。我说需要我帮忙不。她又摇摇头，她说我们不能再欠别的人情了。这话说得莫名其妙，我说校庆节目准备怎么样了。她没有回答，话说到这里气氛有点僵住了，我拔脚想走。她说老王，我要是像你一样那么能写就好了，我会把我这前半生写下来，那该有多精彩。我说什么前半生啊，你不过是个二十大几的姑娘而已。她望着窗外没有接话，我便合上门退了出来。那以后不久，赵姗姗便给局里递交了辞职信，永远在我的生活里消失了。

她走那天我在局里开会，回来时她的办公室门大开着，里面除了旧钢琴以外空无一物。她留给我的就只有那只毛茸茸的玩具白熊，现在正躺在我办公室的柜子里。偶尔在晚自习时，我会反锁上办公室的门，把它取出来看一下，想着她身上淡蓝色的香水味，猜测她现在是否已经和监理小伙子结婚。如果真是那样，他们就欠我一张请柬。有几次晚上散步回家，我拐了不小的弯儿走到她家楼下。十八楼的灯光从未亮过，我就打消了上去的念头。我暗自惋惜她没有多留几天，她的合唱队已经磨合得很好了，需要这样一个展现的机会。

多年以后她会后悔的，我想。

这个周五发生了不少让人意外的事情，第一件便是老李头重新出现在了学校门口。他到得比我还要早，挂着单拐站在迟到学生的队列前，说起话来语重心长，完全不像我那种疾风暴雨。他的银发在朝阳下熠熠生辉，本身就有攫取人心的感染力。我远远望着，等他讲完才迎上去，他说走吧，到办公室里去。根号二正带着几个人给他卖力打扫着，他挥挥手说都走吧，我跟老王说点事，他们立刻退出去关上了门。老李头说真好，宽敞明亮。我说等新办公楼盖好，会比这儿更好。他说到时候还要在墙角种点爬山虎，他喜欢那种绿意蓬勃的感觉。我说那不是锦衣夜行吗，谁知道咱用的是新楼还是旧楼。他没接这个茬儿，而是问四家人赔了三万块的事情，是你做的主？我说是。他说为什么曲非洲家没出钱。我说他家里困难。他又问为什么没有处理肇事学生。我说他们已经达成和解，就宽大处理了。他说如果不处罚，学生们以后效仿起来如何处理。我说事情已经过去了，就不要再追究，下不为例吧。

他盯着我的裤子看了很久，我这才想起来他也有一条一模一样的。他挪开目光，抄起桌上的报纸，装模作样地看着。他说为了体现学校纪律的严肃性，现在决定开除曲非洲，其他三人以批评教育为主，这个事交给你去办。他手里的报纸没有拿正，我看到一个加黑的小标题正直勾勾地对着我。我对报纸的认知仅限于副刊，对于其他版面，我一概不关心。我看到那个小标题上面写着市领导某某调任省委某职，那个名字突然就触动了我的神经，以至于老李头接下来说什么，我都没有听清。直到他说你去吧，尽快办，我才旋风样从他的办公室刮出来，又迅捷地刮回到自己的办公室里。我手忙脚乱地打开电脑，在里面输入这个名字，几秒钟以后屏幕上显示出数百条搜索结果。我打开一条带照片的报道，那张照片上的面容果然让我瞠目结舌。我又查了一下他的履历，得知他也曾经参加过对越自卫反击战，曾任军分区的领导，后来在市里担任主要职务，一个谜题就这样在无意之中解开了。我似乎明白了那所大房子和里面贵重的家具陈设意味着什么，也明白了为什么上面要兴师动众地敲碎一个年轻工程监理的饭碗，明白了为什么赵姗姗将近三十岁还没有结婚，也明白了她那句"你不懂"里包含的万千感慨。我颓然倒在办公椅里，听着玩具白熊在身后的柜子里低声饮泣，淡蓝色的香水味又一次涌起，我想起她那条修长的手臂越过我的肩膀，按开大门时的情景。她说，老杂。这话真精彩，我确实够老杂的。

晚自习前根号二敲门进来，问我怎么不开灯，他是借着电脑屏幕的蓝光发现我的。他说这话时，我还歪在办公椅里。他帮我打开灯，办公室内光线暴涨，很多光射到白墙上又反弹回来，刺得我眼睛生疼。我从椅子里跳出来问他要干什么，他吃惊地说只是帮你开灯而已。我收起狰狞的面目，沉重的肉身却要垮塌下来。我问他什么事，他提醒我说需要找曲非洲谈个话，告知他被学校开除的理由。我说等等看吧，我跟李校长再谈谈。根号二说估计这事挺玄。我问为什么，他没说话，只是指了指我的裤子。我想起来柳眉给的这条裤子合身且舒适，我至今还没有还她，也没有把自己那条换回来。根号二说李校长好像也有一条一模一样的。我说这有什么，这种裤子商店里多的是。他说记得这条裤子去年李校长新买时，在车门上挂了一下，应该是在右腿上，那天他回办公室换了条运动裤就去开会了，嘱咐我把破裤子交给曲非洲就行。他的裤子要交给那个捣蛋鬼，你说奇怪不奇怪？

　　他的话让我头皮紧了一下，我低头看了看，右膝附近果然有一道补痕，只是手艺很巧，不仔细寻找，根本看不出来。这样的手艺过去我在柳眉她妈那里见过，柳眉手上应该也有八九成这样的本事。我脑海里咔嚓嚓亮起一道闪电，照亮了曲非洲说的那句"老相好"。他这样的小坏蛋能在这所学校就读，当然应该有过硬的关系。这一点我早就应该想到的，在学校里，有什么关系能比校长还要好使。我脑袋里嗡嗡乱响，如同一万只蜜蜂在里面奔忙。我冲进老李头的办公室，他正在静静地等着我。看到我进来，他轻声说关上门，我不方便，你自己倒水。我走到他办公桌旁，克制着喉头的火焰。我指指身上的裤子，说老李你误会了，我和柳眉没什么。他说这不是你我两人的事，这个事关系到学校大局。我说大局个屁，裤裆里的事也算大局。他说看看你说的什么话，还有没有一个副校长的样子，你以为你做的那点儿事就没人知道。我说我做什么了，我问心无愧。他说你放屁，你以为我想回来收拾这烂摊子？我都安全到站要退休了，巴不得少点儿事。他这话激怒了我，我说你不回来一切都好好的，你一回来就天翻地覆，你不在病床上安生躺着享福，回来搅我的局干啥。他静静地望着我，等我喉头的火焰熄尽，他才说是局里命令他回来处理这些事的。

他说总共四家犯事，三家都赔了钱，独独一家没事，谁能愿意？你得罪的是谁你会不知道？除了你那同学有俩臭钱不在乎，另外的两家哪个好对付？我说有钱出钱，有力出力，他们不愿意登门道歉，柳眉愿意去怎么了？他说登门道歉当然好，不登门给了补偿也算道歉，上门说句对不起就值一万块？天底下哪有这样的道理。我说总之这样处理很不公平，马上就该考试了，你这不是毁掉孩子的前程吗？他说以曲非洲的成绩，能考上哪所大学，能有什么前程？这问题彻底击垮了我。他说开除了吧，他自己轻松，我们也轻松，今年的上线率说不定还能上浮呢。

事情到了这步田地，我已经不能再硬撑下去。我问这事能不能交给别人去办，他说行，反正到了下周一，文件就该下来了，你提早准备一下吧。我问什么文件，他很诧异，说你不知道吗，局里决定要把你调到郊区中学去，这回是校长，正的，恭喜你。

讲到这儿，这个故事就差不多该结束了。关于我自己实在没有什么可说的，一桌牌打完又洗了一遍，发到手上还跟上局一模一样，能赢的总是在赢，陪玩的永远只是配角。我看到柳眉站在街角的路灯下，旁边是那辆缺了一只尾灯的面包车。我说在等老李头，她点点头。我说如果秋天非洲想复读，就到郊区中学，虽然学校一般，毕竟我在那里，也好有个照应。

第二天我去得比较晚，操场上的音响正在演奏着欢快的音乐。校庆典礼安排在周末是赵珊珊的主意，她说不要占用正常的上课时间，以免引来非议，想到她我的心脏有点莫名的抽搐。我刻意绕开人流，走进办公室开始收拾自己的东西。根号二走进来，告诉我说李校长交代今天的校庆典礼要增加一项内容，是给优秀教师献花，正式调令还没有下，你还是这个学校的老师，也要上台。我本来想拒绝，转念想到这儿毕竟是我工作了十几年的地方，我的女儿还在这里上学，没有必要跟自己过不去。

老陈的节目取消了，没有了赵珊珊，他上台演唱没什么意思。实际上他今天也没有到场，平日里常在一块儿喝酒的那几个同学倒是都来了，三三两两聚在一起，看到我就点头致意。有人说王校长，你这回整得动静挺大啊，我们都跟着母校激动了。我打着哈哈，说多亏大家支持。大屏幕上反复播放着学校的宣传片，路过的行人聚集在铁艺栅栏外，探头探脑地看。负责引导的女生把我带到等待区，说王校长，等会儿您就排在这儿。一会儿老师们依次上台，然后在台上排成一行，李校长会上台讲话，他讲完我们就上去给你们献花，献花完毕从舞台的另一侧下，老师们记住了吗？我们虚心地点着头，她终于放下心来，去安排别的节目了。

站在我旁边的是女儿的班主任，上台前她对我说，你女儿最近老是缺课，你应该管管了。我说你怎么没早些跟我说？她说找过你几次都不在办公室。我说你上次说她和谁走得比较近来着？她苦笑着说就是那群惹是生非的孩子。我心里咯噔一下，我说原先她可是从没有跟他们有过任何联系啊。她说好像他们在查什么笔名泄露事件，查着查着就跟她混在一起了。她的话还没有说完，舞台上就传来慷慨激昂的乐曲，那个负责引导我们的女生不知从哪个角落冲了出来。她说大家都跟着我上台，注意次序啊。我站在台上，眼睛却在人群里寻找女儿。我早应该想到，这所学校里如果有人能把笔名和王校长挂上钩，一定只会是她。她们班级的位置就在主席台附近，我看了几遍也没有寻到她的影子。我正在猜测着她会去哪里，主持人把话筒递到了我的嘴边，说下面我们请这位老师谈谈自己此时此刻的感想。操场上立刻刮过暴风般的掌声，我把话筒推过去说，让别的老师说吧，我没准备。声音虽然不高，但也随着话筒播了出去，场下传来低低的哄笑。主持人说了几句俏皮话，揶揄了我一下，就把话筒递给了别人。别人说了什么我一句也没有听进去，台下依然响起暴风般的掌声。

根号二帮我把一些零碎搬到学校门口，我手上还抱着很大的纸箱，纸箱最上面放着那只玩具白熊。我说你能不能帮我叫个出租车，他正要去，柳眉的旧面包车就嘶吼着停在我的面前。她说曲非洲已经回家了，今天特意来接你。我问店里没人怎么办，她说老曲在呢，少一条腿不耽误卖东西。我指指操场说你不去看看，她忙着往车上搬东西没有答话，看样子她也不想回答关于老李头的任何问题。

我上了车，她一脚轰鸣，按摩程序就再次启动了。她问我玩具白熊是谁的，我说同事送的。她说一定是女同事。我说你要是喜欢可以送给你，她摆手说不要。轰鸣的马达声里，我掏出电话打给前妻，她说女儿今天没有回家，我正忙着呢，你去找找。我没等她说完就挂掉了，柳眉问孩子咋了，我说没事。面包车拐进家属院时，张老三正坐在树下听收音机，他问你们今天放假吗。我说没有，他脸上浮现出诧异的表情，我没有仔细咂摸那表情里的含义。车在楼下停稳，我便和柳眉抱了东西走上楼去，我进了客厅，放下箱子去给柳眉倒水，柳眉说不必了，我这就走。我说非洲怎么打算，她说他想去打工，我想让他再复习一年，好赖上个大学，也比在社会上瞎混强。我说也许他更适合自己创业，她说我自己创业已经创怕了，不能再让孩子受这份罪。我说也好，等我在那边立住了脚跟，你还把非洲送来。

柳眉说，老王，你还是那样儿，有点信球。我说柳眉，你爸要是看见咱俩现在这样儿，一定气得从骨灰盒里跳出来。说这话的时候柳眉正投在我怀里，手臂环在我的颈上。我能

感受到她身体的热度，那里面关着无边无际的大海。我是那
么口渴，那么期待海水，而她恰恰就有。我把她放在沙发上，
双手去解她的衣扣，她呼吸急促，胸前的肉团随呼吸节奏抖
动着。她说老王，你当初要是没有考上大学多好。我用粗暴的
动作回应她，我要把她撕碎，让她身体里的海洋肆意横流。这
多好啊，生活中有很多不如意，也有很多意外的惊喜啊。我在
波峰浪谷里徘徊，心里这样想着，不知道她是不是也这样想。
柳眉在我身下颤抖，压抑着牙关里的尖叫，我凝聚着全身的
力量，要做最后的冲刺。就在这凝聚的瞬间，我听见身后传来
哗啦啦的开门的声音，我惊叫着跳起来，抖抖索索地提着裤
子，柳眉面如红云，白色的身子在沙发上蜿蜒。我看见女儿的
卧室房门大开，她穿着睡衣，双颊潮红，背后站着一个人影，
分明就是曲非洲。